TRANZLATY

Language is for everyone

A linguagem é para todos

Folk Tales of Bengal

Contos populares de Bengala

Part One
Parte Um

1 / 2

Lal Behari Day

English / Português do Brasil

Folk Tales of Bengal
Contos populares de Bengala

Life's Secret
Segredo da Vida
Phakir Chand
Phakir Chand
The Indignant Brahman
O Brahman Indignado
The Story of the Rakshasas
A História dos Rakshasas
The Story of Swet and Bachanta
A história de Swet e Bachanta
The Evil Eye of Sani
O Mau-Olhado de Sani
The Boy whom Seven Mothers Suckled
O menino que foi amamentado por sete mães
The Story of Prince Sobur
A História do Príncipe Sobur
The Origins of Opium
As origens do ópio
Strike, but Listen First
Ataque, mas ouça primeiro

Life's Secret
Segredo da Vida

Once upon a time there was a king.
Era uma vez um rei.
This King had married two Queens.
Este rei se casou com duas rainhas.
The two queens were called Duo and Suo.
As duas rainhas eram chamadas Duo e Suo.
Both of the queens were childless.
Ambas as rainhas não tinham filhos.
One day a Faquir came to the palace gate.
Um dia, um faquir chegou ao portão do palácio.
The Faquir had come to ask for alms.
O Faquir veio pedir esmola.
Queen Suo went to the door.
A rainha Suo foi até a porta.
And she gave him a handful of rice.
E ela lhe deu um punhado de arroz.
The mendicant asked her a question.
O mendigo lhe fez uma pergunta.
"Do you have any children?"
"Você tem filhos?"
The queen had no children.
A rainha não teve filhos.
"I wish had children, but I have none"
"Gostaria de ter filhos, mas não tenho nenhum"
The holy man refused to take alms from her.
O homem santo recusou-se a aceitar esmola dela.
In these times there were different traditions.
Naquela época havia tradições diferentes.
And the people believed many different things.
E as pessoas acreditavam em muitas coisas diferentes.
Don't take charity from the hands of a childless woman.
Não aceite caridade das mãos de uma mulher sem filhos.
Such hands were ceremonially unclean.
Essas mãos eram cerimonialmente impuras.

The mendicant offered her a medicine.
O mendigo ofereceu-lhe um remédio.
This medicine was to remove her barrenness.
Este remédio serviria para acabar com sua esterilidade.
She expressed her willingness to take the medicine.
Ela expressou sua disposição em tomar o remédio.
The mendicant told her how to take the medicine.
O mendigo lhe disse como tomar o remédio.
"This is the potion you must swallow"
"Esta é a poção que você deve engolir"
"Prepare the juice of a pomegranate flower"
"Prepare o suco de uma flor de romã"
"Swallow the medicine with the juice"
"Engula o remédio com o suco"
"If you do this, you will soon have a son"
"Se fizeres isso, em breve terás um filho"
"Your son will be exceedingly handsome"
"Seu filho será extremamente bonito"
"His complexion will be beautiful"
"Sua pele ficará linda"
"He will have the colour of pomegranate flowers"
"Ele terá a cor das flores de romã"
"And you shall call him Dalim Kumar"
"E você o chamará Dalim Kumar"
"But he will also have enemies"
"Mas ele também terá inimigos"
"They will try to take your son's life"
"Eles vão tentar tirar a vida do seu filho"
"But there is a secret to his life"
"Mas há um segredo em sua vida"
"And I will tell you this secret"
"E eu vou te contar esse segredo"
"In front of your palace is a pond"
"Em frente ao seu palácio há um lago"
"In that pond there is a big Boal fish"
"Naquele lago há um grande peixe Boal"
"Your son's life is connected to that fish"

"A vida do seu filho está ligada a esse peixe"
"In the heart of the fish is a small box"
"No coração do peixe há uma pequena caixa"
"This small box is made of wood"
"Esta pequena caixa é feita de madeira"
"In the box of wood is a necklace of gold"
"Na caixa de madeira há um colar de ouro"
"That necklace is the life of your son"
"Esse colar é a vida do seu filho"
The mendicant gave her the medicine.
O mendigo deu-lhe o remédio.
And they said their farewells.
E eles se despediram.

Soon all in the palace whispered of an heir.
Logo todos no palácio sussurravam sobre um herdeiro.
Great was the joy of the King.
Grande foi a alegria do Rei.
He had visions of an heir to the throne.
Ele teve visões de um herdeiro do trono.
A never-ending succession of powerful monarchs.
Uma sucessão interminável de monarcas poderosos.
He dreamt of how they perpetuated his dynasty.
Ele sonhou em como eles perpetuariam sua dinastia.
These ideas floated before his mind.
Essas ideias flutuavam em sua mente.
It made him the happiest he had ever been.
Isso o fez se sentir mais feliz do que nunca.
Many ceremonies were performed for the occasion.
Muitas cerimônias foram realizadas para a ocasião.
The people of the kingdom played loud music.
O povo do reino tocava música alta.
The birth of a prince was a truly special event.
O nascimento de um príncipe era um evento verdadeiramente
especial.
Soon queen Suo gave birth to a son.
Logo a rainha Suo deu à luz um filho.

He was more beautiful than anyone had imagined.
Ele era mais bonito do que qualquer um poderia imaginar.
The King saw his son's face.
O rei viu o rosto do filho.
And his heart leaped with joy.
E seu coração saltou de alegria.
Soon the child ate his first rice.
Logo a criança comeu seu primeiro arroz.
Mukhe bhaat was celebrated with great joy.
Mukhe bhaat foi celebrado com grande alegria.
And the whole kingdom was filled with gladness.
E todo o reino ficou cheio de alegria.

Dalim Kumar grew up to be a fine boy.
Dalim Kumar cresceu e se tornou um bom menino.
There was one activity he particularly liked.
Havia uma atividade da qual ele gostava particularmente.
He loved playing with the pigeons.
Ele adorava brincar com os pombos.
However, the pigeons often flew to Queen Duo.
No entanto, os pombos frequentemente voavam até a Rainha
Duo.
Nobody knows why they did this.
Ninguém sabe por que eles fizeram isso.
And they flew into her apartment.
E eles voaram para o apartamento dela.
So Dalim Kumar often met Queen Duo.
Então Dalim Kumar frequentemente encontrava Queen Duo.
At first, she happily gave the pigeons back.
No início, ela devolveu os pombos alegremente.
But later she wasn't as willing to return the pigeons.
Mas depois ela não estava tão disposta a devolver os pombos.
She gave the pigeons up with some reluctance.
Ela desistiu dos pombos com alguma relutância.
She felt she could use this to her advantage.
Ela sentiu que poderia usar isso a seu favor.
She naturally hated the child.

Ela naturalmente odiava a criança.
Since Dalim's birth the king had neglected her.
Desde o nascimento de Dalim, o rei a negligenciou.
And the King idolized the mother of Dalim.
E o rei idolatrava a mãe de Dalim.
Somehow, she had heard of the mendicant.
De alguma forma, ela tinha ouvido falar do mendigo.
She heard he had given queen Suo a medicine.
Ela ouviu que ele havia dado um remédio à rainha Suo.
She had also heard about what he had said.
Ela também ouviu o que ele disse.
There was a secret to the prince's life.
Havia um segredo na vida do príncipe.
She had heard his life was bound to something.
Ela ouviu dizer que a vida dele estava ligada a alguma coisa.
But she did not know what his life was bound to.
Mas ela não sabia a que a vida dele estava ligada.
She was determined to get the secret.
Ela estava determinada a descobrir o segredo.

Of course, the pigeons came back to her.
É claro que os pombos voltaram para ela.
And the pigeons flew into her room again.
E os pombos voaram novamente para o quarto dela.
This time she refused to give the pigeons back.
Desta vez ela se recusou a devolver os pombos.
"I won't just give you your pigeon back"
"Eu não vou simplesmente devolver o seu pombo"
"First, you have to tell me something"
"Primeiro, você tem que me dizer uma coisa"
"What do you want, aunty?" the boy asked.
"O que você quer, tia?" perguntou o menino.
"Oh, my darling, do not worry"
"Oh, meu querido, não se preocupe"
"It's just a small thing I want"
"É só uma coisinha que eu quero"
"I want to know where your life is hidden"

"Quero saber onde sua vida está escondida"
The boy was very confused by this.
O menino ficou muito confuso com isso.
"What is that, aunty?"
"O que é isso, tia?"
"Where can my life be, except in me?"
"Onde pode estar minha vida, senão em mim?"
"No, child, that is not what I meant"
"Não, criança, não foi isso que eu quis dizer"
"A holy mendicant told your mother a secret"
"Um santo mendigo contou um segredo à sua mãe"
"Your life is bound up with something"
"Sua vida está ligada a algo"
"I wish to know what that thing is"
"Eu queria saber o que é essa coisa "
The boy was confused by what she said.
O menino ficou confuso com o que ela disse.
"I never heard of any such thing"
"Nunca ouvi falar de tal coisa"
But Queen Duo insisted it was true.
Mas a Rainha Duo insistiu que era verdade.
"Promise to find out from your mother"
"Prometa descobrir com sua mãe"
"Ask her where your life is hidden"
"Pergunte a ela onde sua vida está escondida"
"Then I will let you have the pigeons"
"Então eu vou deixar você ficar com os pombos"
"Otherwise, I will keep the pigeons"
"Caso contrário, ficarei com os pombos"
The boy wanted his pigeons back.
O menino queria seus pombos de volta.
So he agreed to get the information.
Então ele concordou em obter as informações.
But first she made him promise.
Mas primeiro ela o fez prometer.
"Promise me you won't tell your mother"
"Prometa que não vai contar para sua mãe"

And the boy promised not to tell her.
E o menino prometeu não contar a ela.
"I promise I won't tell my mum"
"Eu prometo que não vou contar para minha mãe"
Queen Duo freed the prince's pigeons.
A rainha Duo libertou os pombos do príncipe.
Dalim was overjoyed to have his birds again.
Dalim ficou muito feliz por ter seus pássaros novamente.
And he forgot the entire conversation.
E ele esqueceu toda a conversa.

The next day Dalim was playing again.
No dia seguinte, Dalim estava tocando novamente.
You can imagine what happened again.
Você pode imaginar o que aconteceu novamente.
The pigeons flew to Queen Duo's apartment.
Os pombos voaram para o apartamento da Rainha Duo.
And they flew into her room again.
E eles voaram para o quarto dela novamente.
Dalim went in to his stepmother's apartment.
Dalim foi ao apartamento de sua madrasta.
And he asked her for the pigeons.
E ele pediu os pombos.
Of course she asked him for the information.
É claro que ela pediu a informação a ele.
Dalim could not tell her where his life was hidden.
Dalim não pôde contar a ela onde sua vida estava escondida.
"I promise I will ask her today"
"Prometo que vou perguntar a ela hoje"
"But please can I have my pigeons"
"Mas, por favor, posso ficar com meus pombos?"
She didn't give the pigeons back so quickly.
Ela não devolveu os pombos tão rápido.
But, in the end, he got his pigeons again.
Mas, no final, ele conseguiu seus pombos novamente.

After playing, Dalim went to his mother.

Depois de brincar, Dalim foi até sua mãe.

"Mamma, please tell me where my life is hidden"

"Mamãe, por favor, me diga onde minha vida está escondida"

"What do you mean, child?" asked the mother.

"O que você quer dizer, criança?" perguntou a mãe.

She was astonished at the question.

Ela ficou surpresa com a pergunta.

Why would her child ask her this?

Por que seu filho perguntaria isso a ela?

"Yes, mamma," replied the child.

"Sim, mamãe", respondeu a criança.

"I have heard of a holy mendicant"

"Ouvi falar de um santo mendicante"

"He told you something about my life"

"Ele te contou algo sobre minha vida"

"He said my life is hidden in something"

"Ele disse que minha vida está escondida em algo"

"Tell me what that thing is"

"Diga-me o que é essa coisa"

"My child, my darling, my treasure"

"Meu filho, meu querido, meu tesouro"

"My golden moon," his mother pleaded.

"Minha lua dourada", implorou sua mãe.

"Do not ask such a question"

"Não faça tal pergunta"

"Cover my enemies' mouths with ashes"

"Cubra a boca dos meus inimigos com cinzas"

"Let my Dalim live forever," she begged.

"Deixe meu Dalim viver para sempre", ela implorou.

But the child insisted on knowing the secret.

Mas a criança insistiu em saber o segredo.

He refused to eat or drink until he knew.

Ele se recusou a comer ou beber até saber.

Queen Suo had no choice but to tell him.

A rainha Suo não teve escolha a não ser contar a ele.

Eventually she told him the secret of his life.

Por fim, ela lhe contou o segredo de sua vida.

The next day Dalim was playing again.
No dia seguinte, Dalim estava tocando novamente.
You can imagine where the pigeons flew.
Você pode imaginar para onde os pombos voaram.
Dalim chased after the birds into the apartment.
Dalim perseguiu os pássaros até o apartamento.
His stepmother told him many sweet words.
Sua madrasta lhe disse muitas palavras doces.
And finally, she got his secret from him.
E finalmente ela descobriu o segredo dele.
She wasted no time to start her wicked plan.
Ela não perdeu tempo e começou seu plano maligno.
And she gave orders to her servants.
E ela deu ordens aos seus servos.
"Get some dried stalk from the hemp plant"
"Pegue um pouco de talo seco da planta de cânhamo"
"Make sure the stalks are very brittle"
"Certifique-se de que os talos estejam bem quebradiços"
Brittle hemp stalks make a cracking sound.
Os talos quebradiços do cânhamo produzem um som de
estalo.
The sound is similar to the cracking of joints.
O som é semelhante ao estalo de articulações.
And it sounds like the bones of old people.
E soa como ossos de pessoas velhas.
She put the brittle hemp stalks under her bed.
Ela colocou os talos quebradiços de cânhamo debaixo da
cama.
And then she lied on her bed.
E então ela deitou na cama.
She wanted to test the hemp stalks.
Ela queria testar os talos de cânhamo.
The stalks cracked just as much as she wanted.
Os talos rachavam tanto quanto ela queria.
She was satisfied with how her plan was going.
Ela estava satisfeita com o andamento do seu plano.

She gave more orders to her servants.
Ela deu mais ordens aos seus servos.
"Tell the King I am very ill"
"Diga ao Rei que estou muito doente"
"He must come to see me immediately"
"Ele deve vir me ver imediatamente"
The king did not love this queen.
O rei não amava esta rainha.
But he still had a duty to care for her.
Mas ele ainda tinha o dever de cuidar dela.
If she was ill, he had to look after her.
Se ela estivesse doente, ele tinha que cuidar dela.
The King came to her bedroom.
O rei foi até o quarto dela.
She rolled on the bed in pain.
Ela rolou na cama de dor.
The King heard the cracking of her bones.
O rei ouviu o estalar dos ossos dela.
He ordered his best physician to attend her.
Ele ordenou que seu melhor médico a atendesse.
But the queen had thought of this.
Mas a rainha tinha pensado nisso.
She had already spoken with the physician.
Ela já tinha falado com o médico.
"There is only one remedy," he told the king.
"Só há um remédio", disse ele ao rei.
"There's a pond in front of the palace"
"Há um lago em frente ao palácio"
"In the pond there's a large Boal fish"
"No lago há um grande peixe Boal"
"The remedy is in that fish"
"O remédio está naquele peixe"
So the king let the physician catch the fish.
Então o rei deixou o médico pescar o peixe.
Meanwhile Dalim was busy playing.
Enquanto isso, Dalim estava ocupado tocando.
He knew nothing of his aunt's illness.

Ele não sabia nada sobre a doença da tia.
The fish was taken out the water.
O peixe foi retirado da água.
Dalim fell to the ground immediately.
Dalim caiu no chão imediatamente .
He flopped around on the floor.
Ele se jogou no chão.
And he could not breathe.
E ele não conseguia respirar.
The guards immediately noticed.
Os guardas notaram imediatamente.
Dalim was taken to his mother's room.
Dalim foi levado para o quarto de sua mãe.
And the King was informed of his son.
E o rei foi informado sobre seu filho.
He couldn't believe his son's illness.
Ele não conseguia acreditar na doença do filho.
The fish was taken to Queen Duo.
O peixe foi levado para a Rainha Duo.
Queen Duo was being saved.
A Rainha Duo estava sendo salva.
At the same time Dalim was dying.
Ao mesmo tempo, Dalim estava morrendo.
The fish was cut open.
O peixe foi aberto.
And they found the wooden box.
E eles encontraram a caixa de madeira.
In the box lay a necklace of gold.
Na caixa havia um colar de ouro.
Queen Duo put on the necklace.
A rainha Duo colocou o colar.
And Dalim died at the very same moment.
E Dalim morreu no mesmo momento.

News of the tragedy reached the king.
A notícia da tragédia chegou ao rei.
He was plunged into an ocean of grief.

Ele foi mergulhado em um oceano de tristeza.
News of Queen Duo's recovery did not help.
As notícias da recuperação da Rainha Duo não ajudaram.
He wept painful and bitter tears.
Ele chorou lágrimas dolorosas e amargas.
No one thought he would recover.
Ninguém pensou que ele iria se recuperar.
He could not bear to bury his son.
Ele não suportou enterrar seu filho.
Nor did he allow his body to be burned.
Ele também não permitiu que seu corpo fosse queimado.
He could not accept that his son had died.
Ele não conseguia aceitar que seu filho tivesse morrido.
His death was so sudden and senseless.
Sua morte foi tão repentina e sem sentido.
He had the dead body moved to a garden-houses.
Ele mandou levar o cadáver para um galpão com jardim.
This garden-house was in the suburbs.
Esta casa de jardim ficava nos subúrbios.
Here his son was laid in state.
Aqui seu filho foi sepultado.
All sorts of provisions were put there.
Todos os tipos de provisões foram colocadas lá.
Although everyone knew it was unnecessary.
Embora todos soubessem que era desnecessário.
The young boy did not need food anymore.
O menino não precisava mais de comida.
The house was kept locked day and night.
A casa ficava trancada dia e noite.
Dalim had had one very close friend.
Dalim tinha um amigo muito próximo.
Only this friend was allowed to visit.
Somente esse amigo teve permissão para visitar.
He was the son of the prime minister.
Ele era filho do primeiro-ministro.
He was entrusted with the key of the house.
Foi-lhe confiada a chave da casa.

Once a day he could visit his dead friend.
Uma vez por dia ele podia visitar seu amigo morto.

Queen Suo retired after the loss of her son.
A rainha Suo se aposentou após a perda de seu filho.
Now the King spent the nights with Queen Duo.
Agora o Rei passava as noites com a Rainha Duo.
The Queen wanted to avoid suspicion.
A rainha queria evitar suspeitas.
So she took the necklace off at night.
Então ela tirou o colar à noite.
But Dalim's life was tied to the necklace.
Mas a vida de Dalim estava ligada ao colar.
And his death was not so simple.
E sua morte não foi tão simples.
He was dead when the queen wore the necklace.
Ele estava morto quando a rainha usou o colar.
But when she took the necklace off, he returned to life.
Mas quando ela tirou o colar, ele voltou à vida.
And so he returned to life every night.
E assim ele retornava à vida todas as noites.
Every morning she put the necklace on again.
Todas as manhãs ela colocava o colar novamente.
And so, he died again every morning.
E assim, ele morria novamente todas as manhãs.
At night he ate whatever food he liked.
À noite, ele comia qualquer comida que quisesse.
Because there was plenty of food for him.
Porque havia bastante comida para ele.
He walked around in the premises.
Ele andou pelo local.
And he meditated on the strangeness of his life.
E ele meditou sobre a estranheza de sua vida.
Dalim's friend only visited him during the day.
O amigo de Dalim só o visitava durante o dia.
So he always saw him as a lifeless corpse.
Então ele sempre o viu como um cadáver sem vida.

But his body never seemed to change.
Mas seu corpo nunca pareceu mudar.
There was no sign of putrefaction.
Não havia sinal de putrefação.
The body was lifeless and pale.
O corpo estava sem vida e pálido.
But there were no symptoms of death.
Mas não houve sintomas de morte.
It all seemed too strange for him.
Tudo parecia estranho demais para ele.
So he decided to watch the corpse more closely.
Então ele decidiu observar o cadáver mais de perto.
And he visited his friend at night.
E ele visitou seu amigo à noite.
He was astonished at what he saw that night.
Ele ficou surpreso com o que viu naquela noite.
His dead friend was walking about in the garden.
Seu amigo morto estava andando pelo jardim.
At first, he thought Dalim might be a ghost.
A princípio, ele pensou que Dalim pudesse ser um fantasma.
So he went to see if he could touch him.
Então ele foi ver se conseguia tocá-lo.
And then he saw it was really his friend.
E então ele viu que realmente era seu amigo.
Dalim told his friend everything that had happened.
Dalim contou ao amigo tudo o que havia acontecido.
He told him all the circumstances of his death.
Ele contou-lhe todas as circunstâncias de sua morte.
And soon they solved the mystery.
E logo eles resolveram o mistério.
They understood why he revived only at night.
Eles entenderam por que ele só reagia à noite.
Every night the king came to see Queen Duo.
Todas as noites o rei ia ver a Rainha Duo.
When the King visited, she took off her necklace.
Quando o rei a visitou, ela tirou o colar.
The life of the prince depended on the necklace.

A vida do príncipe dependia do colar.
So the two friends worked on a plan.
Então os dois amigos elaboraram um plano.
Night after night they consulted together.
Noite após noite eles se consultavam.
But they could not think of any feasible scheme.
Mas eles não conseguiam pensar em nenhum esquema viável.

Eventually the Gods must have taken pity.
Por fim, os deuses devem ter sentido pena.
And they decided to free Dalim.
E eles decidiram libertar Dalim.
But we must understand how the Gods work.
Mas precisamos entender como os Deuses trabalham.
These things are planned long before.
Essas coisas são planejadas muito antes.
The sister of Bidhata-Purusha had had a daughter.
A irmã de Bidhata-Purusha teve uma filha.
Bidhata-Purusha was a great fortune teller.
Bidhata-Purusha era um grande adivinho.
He had written something on the child's forehead.
Ele havia escrito algo na testa da criança.
"This child will marry the dead bridegroom"
"Esta criança se casará com o noivo morto"
Her mother was very saddened by this.
Sua mãe ficou muito triste com isso.
She did not want this destiny for her daughter.
Ela não queria esse destino para sua filha.
But she could not argue with him.
Mas ela não podia discutir com ele.
He never changed what he had written.
Ele nunca mudou o que havia escrito.
The child became exceedingly beautiful.
A criança ficou extremamente bonita.
But the mother could not take any pleasure in this.
Mas a mãe não conseguia tirar nenhum prazer disso.
Because she knew the destiny of her child.

Porque ela conhecia o destino do seu filho.
Eventually the girl came to marriageable age.
Finalmente a menina chegou à idade de casar.
She had to find a way to avoid her fate.
Ela tinha que encontrar uma maneira de evitar seu destino.
So the mother fled the country with her child.
Então a mãe fugiu do país com seu filho.
Perhaps she could avoid her dreadful destiny.
Talvez ela pudesse evitar seu terrível destino.
But what was written was written.
Mas o que estava escrito, estava escrito.
And fate cannot be overruled like this.
E o destino não pode ser anulado dessa maneira.
Together they journeyed through the land.
Juntos eles viajaram pela terra.
You can imagine how fate was working.
Você pode imaginar como o destino estava trabalhando.
They wandered past Dalim's resting place.
Eles passaram pelo local de descanso de Dalim.
The shade of the evening was approaching.
A sombra da tarde se aproximava.
"Mother, I am thirsty," said her child.
"Mãe, estou com sede", disse sua filha.
"Sit at this gate," replied her mother.
"Sente-se neste portão", respondeu sua mãe.
"I will search for water in the village"
"Vou procurar água na aldeia"
The girl was curious about the garden.
A menina estava curiosa sobre o jardim.
And in the garden she saw strange house.
E no jardim ela viu uma casa estranha.
She pushed the gate, which opened itself.
Ela empurrou o portão, que se abriu sozinho.
When she went in, she saw a beautiful palace.
Quando ela entrou, viu um lindo palácio.
But she had an uneasy feeling about the palace.

Mas ela tinha uma sensação desconfortável em relação ao palácio.
However, the door had shut itself.
No entanto, a porta havia se fechado.
So she had no way of getting out.
Então ela não tinha como sair.

When night came the prince revived.
Quando a noite chegou, o príncipe reanimou-se.
As usual, he walked around in the garden.
Como de costume, ele caminhou pelo jardim.
But this time he saw a female figure.
Mas desta vez ele viu uma figura feminina.
The figure was standing near the gate.
A figura estava parada perto do portão.
Soon he saw that it was a girl.
Logo ele viu que era uma menina.
And he saw she was of unsurpassed beauty.
E ele viu que ela era de uma beleza inigualável.
"Who are you?" he asked her.
"Quem é você?" ele perguntou a ela.
She told Dalim everything that had happened.
Ela contou a Dalim tudo o que havia acontecido.
All the details of her little history.
Todos os detalhes da sua pequena história.
"My uncle is the divine Bidhata-Purusha"
"Meu tio é o divino Bidhata-Purusha"
"He wrote on my forehead at birth"
"Ele escreveu na minha testa quando nasci"
"This child will marry the dead bridegroom"
"Esta criança se casará com o noivo morto"
"My mother did not want that life for me"
"Minha mãe não queria essa vida para mim"
"So we left our house and city"
"Então deixamos nossa casa e nossa cidade"
"And we wandered through the country"
"E nós vagamos pelo país"

"We had come to the gate of your palace"
"Chegamos ao portão do seu palácio"
"After our journey I was thirsty"
"Depois da nossa viagem eu estava com sede"
"So my mother went to look for water"
"Então minha mãe foi procurar água"
"And now I am standing here before you"
"E agora estou aqui diante de vocês"
Dalim Kumar knew the meaning of the story.
Dalim Kumar conhecia o significado da história.
"I am the dead bridegroom," he told the girl.
"Eu sou o noivo morto", disse ele à moça.
"It is me who you will marry"
"Sou eu com quem você vai se casar"
"Come with me to the house," he asked of her.
"Venha comigo até a casa", ele pediu a ela.
But the girl wasn't so easily persuaded.
Mas a menina não se deixou persuadir tão facilmente.
"You are standing and speaking to me"
"Você está de pé e falando comigo"
"How can you be the dead bridegroom?"
"Como você pode ser o noivo morto?"
The prince understood her objection.
O príncipe entendeu sua objeção.
"You will understand it afterwards"
"Você entenderá depois"
The girl followed the prince into the house.
A menina seguiu o príncipe até a casa.
She had been fasting the whole day.
Ela ficou em jejum o dia todo.
So the prince gave her wonderful food.
Então o príncipe lhe deu uma comida maravilhosa.
Meanwhile, the girl's mother had come back.
Enquanto isso, a mãe da menina havia retornado.
She was standing at the gates of the garden.
Ela estava parada nos portões do jardim.
But her daughter was not there anymore.

Mas sua filha não estava mais lá.
She cried out for her daughter.
Ela gritou pela filha.
But she got no reply from her daughter.
Mas ela não obteve resposta da filha.
So she went looking for her in the village.
Então ela foi procurá-la na aldeia.

As usual, Dalim's friend came that night.
Como de costume, o amigo de Dalim veio naquela noite.
Dalim was still entertaining his guest.
Dalim ainda estava entretendo seu convidado.
He was not expecting to see a stranger.
Ele não esperava ver um estranho.
And the girl retold him her story.
E a menina lhe contou sua história.
You can imagine his surprise when she told him.
Você pode imaginar a surpresa dele quando ela lhe contou.
He was able to confirm Dalim's story.
Ele conseguiu confirmar a história de Dalim.
Soon they had all accepted destiny.
Logo todos eles aceitaram o destino.
That night they fulfilled their fates.
Naquela noite eles cumpriram seus destinos.
They decided to unite the couple in matrimony.
Eles decidiram unir o casal em matrimônio.
It was going to be impossible to get a priest.
Seria impossível conseguir um padre.
So Dalim's friend performed the hymeneal rites.
Então o amigo de Dalim realizou os ritos do himenénio.
The friend of the bridegroom left the palace.
O amigo do noivo deixou o palácio.
The newly-weds had the palace to themselves.
Os recém-casados ficaram com o palácio só para eles.
The happy couple did not sleep much that night.
O feliz casal não dormiu muito naquela noite.
So it was long after sunrise that they woke up.

Então, muito tempo depois do nascer do sol eles acordaram.
Of course it was only the young wife that woke up.
É claro que foi apenas a jovem esposa que acordou.
The prince had become a cold corpse again.
O príncipe havia se tornado um cadáver frio novamente.
The queen had put on her necklace.
A rainha colocou seu colar.
And life had departed from him again.
E a vida se foi dele novamente.
You can imagine how the young wife felt.
Você pode imaginar como a jovem esposa se sentiu.
She shook her husband to try and wake him.
Ela sacudiu o marido para tentar acordá-lo.
She kissed him on his cold lips.
Ela o beijou nos lábios frios.
But all her efforts were in vain.
Mas todos os seus esforços foram em vão.
He was as lifeless as a marble statue.
Ele estava tão sem vida quanto uma estátua de mármore.
The young wife was stricken with horror.
A jovem esposa ficou horrorizada.
She smote her breast with her fists.
Ela bateu no peito com os punhos.
She struck her forehead with her palms.
Ela bateu na testa com as palmas das mãos.
And she tore her hair from her head.
E ela arrancou os cabelos da cabeça.
She ran through the garden like a mad woman.
Ela correu pelo jardim como uma louca.
Dalim's friend did not come during the day.
O amigo de Dalim não veio durante o dia.
He did not want to see his friend this way.
Ele não queria ver seu amigo daquele jeito.
The poor girl did not know what to do.
A pobre menina não sabia o que fazer.
Time could not pass quickly enough.
O tempo não poderia passar rápido o suficiente.

The day seemed as long as a year.
O dia pareceu durar um ano.
But the even longest day has its end.
Mas o dia mais longo tem seu fim.
The shades of evening were descending.
As sombras da noite estavam descendo.
Her dead husband was awakened into consciousness.
Seu falecido marido foi despertado para a consciência.
He rose up from his bed again.
Ele se levantou da cama novamente.
And he embraced his new wife.
E ele abraçou sua nova esposa.
Again they ate, drank, and became merry.
Eles comeram, beberam e se alegraram novamente.
His friend made his usual appearance.
Seu amigo fez sua aparição habitual.
And the whole night was spent celebrating.
E passamos a noite toda comemorando.

They spent the next seven years this way.
Eles passaram os sete anos seguintes dessa maneira.
During the day Dalim was lifeless.
Durante o dia Dalim estava sem vida.
But at night he came to life.
Mas à noite ele ganhava vida.
And their life was quite usual.
E a vida deles era bem normal.
The princess gave her husband two lovely boys.
A princesa deu ao marido dois lindos meninos.
They were the exact image of their father.
Eles eram a imagem exata do pai.
Of course the king and Queens did not know.
É claro que o rei e as rainhas não sabiam.
They did not know they were grandparents.
Eles não sabiam que eram avós.
And they did not know Dalim was alive.
E eles não sabiam que Dalim estava vivo.

To be precise I should say he was alive at night.
Para ser preciso, eu diria que ele estava vivo à noite.
They all thought he had long been dead.
Todos pensavam que ele já estava morto há muito tempo.
They assumed his corpse would now be gone.
Eles presumiram que seu cadáver já não existiria mais.
But the heart of Dalim s wife was yearning.
Mas o coração da esposa de Dalim ansiava.
She wanted nothing more than her mother-in-law.
Ela não queria nada mais do que sua sogra.
Over the years she had come up with a plan.
Ao longo dos anos, ela elaborou um plano.
Perhaps she could see her mother-in-law.
Talvez ela pudesse ver sua sogra.
Maybe they could get hold of the necklace.
Talvez eles pudessem conseguir o colar.
She asked for the consent of her husband.
Ela pediu o consentimento do marido.
And he allowed her to disguise herself.
E ele permitiu que ela se disfarçasse.
She took on the appearance of a female barber.
Ela assumiu a aparência de uma barbeira.
Like every female barber, she needed equipment.
Como toda mulher barbeira, ela precisava de equipamentos.
She took the following tools;
Ela pegou as seguintes ferramentas;
An iron instrument for preparing finger nails.
Um instrumento de ferro para preparar as unhas.
Another iron instrument for scraping the feet.
Outro instrumento de ferro para raspar os pés.
A piece of burnt jhama brick.
Um pedaço de tijolo jhama queimado.
For rubbing the soles of the feet.
Para esfregar as solas dos pés.
And paint for the edges of the feet.
E tinta para as bordas dos pés.
She took all her tools with her.

Ela levou todas as suas ferramentas com ela.
And she stood at the gate of the King's palace.
E ela ficou no portão do palácio do rei.
I forgot something else she brought.
Esqueci outra coisa que ela trouxe.
She had come with her two sons.
Ela veio com seus dois filhos.
She spoke with the guards.
Ela falou com os guardas.
"I work as a barber"
"Eu trabalho como barbeiro"
"I have come to offer my services"
"Vim oferecer meus serviços"
"I desire to see Queen Suo"
"Desejo ver a Rainha Suo"
Queen Suo quickly gave her an interview.
A rainha Suo rapidamente lhe concedeu uma entrevista.
The queen was quite fond of the two little boys.
A rainha gostava muito dos dois meninos.
They strangely reminded her of her own son.
Eles estranhamente a lembravam de seu próprio filho.
And she remembered her lost treasure.
E ela se lembrou do seu tesouro perdido.
Tears fell profusely from her eyes.
Lágrimas caíram abundantemente de seus olhos.
She had not the remotest idea who they were.
Ela não tinha a menor ideia de quem eles eram.
Of course we know who they are.
Claro que sabemos quem eles são.
The two little boys are her grandsons.
Os dois meninos são netos dela.
She spoke to the barber.
Ela falou com o barbeiro.
"My son died when he was young"
"Meu filho morreu quando era jovem"
"I have given up these vanities"
"Eu abandonei essas vaidades"

"I stopped having my feet ceremoniously dyed"
"Parei de tingir meus pés cerimonialmente"
"But I would be glad to see your two fine boys"
"Mas eu ficaria feliz em ver seus dois lindos meninos"
The barber agreed to let Queen Suo see her boys.
O barbeiro concordou em deixar a Rainha Suo ver seus meninos.
But she had one question before she went.
Mas ela tinha uma pergunta antes de ir.
"Are there other ladies in the palace?
"Há outras damas no palácio?
"Someone else I could provide my service to"
"Alguém a quem eu poderia prestar meu serviço"
She was told there was another queen.
Disseram-lhe que havia outra rainha.
And she was also allowed to go to that queen.
E ela também teve permissão de ir até aquela rainha.
Queen Duo allowed her to prepare her nails.
A rainha Duo permitiu que ela preparasse as unhas.
And she was allowed to scrape her feet.
E foi permitido que ela raspasse os pés.
She painted her feet with alakta.
Ela pintou os pés com alakta.
And the queen was very pleased with her skill.
E a rainha ficou muito satisfeita com sua habilidade.
She also enjoyed the sweetness of her disposition.
Ela também apreciava a doçura de sua disposição.
So she booked to have more of her services.
Então ela reservou mais dos seus serviços.
The female barber had come for something else.
A barbeira veio para outra coisa.
And she quickly noticed the necklace.
E ela rapidamente notou o colar.
The necklace was around the Queen's neck.
O colar estava no pescoço da Rainha.

The day of her second visit had come.

O dia da sua segunda visita havia chegado.
She gave her eldest son the instructions.
Ela deu as instruções ao filho mais velho.
"We are going into the palace again"
"Estamos entrando no palácio novamente"
"When in the palace you have to cry"
"Quando estiver no palácio você tem que chorar"
"Say you would like the queen's necklace"
"Diga que você gostaria do colar da rainha"
"Don't stop crying until you have her necklace"
"Não pare de chorar até ter o colar dela"
The female barber went to queen Duo's apartment.
A barbeira foi ao apartamento da rainha Duo.
Soon the elder boy started to cry.
Logo o menino mais velho começou a chorar.
The boy acted his role well.
O menino desempenhou bem seu papel.
Nothing would console the boy.
Nada consolaria o menino.
"What is wrong?" Queen Duo asked.
"O que há de errado ?" perguntou a Rainha Duo.
They boy could hardly speak.
O menino mal conseguia falar.
"Your necklace is so beautiful"
"Seu colar é tão lindo"
And he continued to sob.
E ele continuou a soluçar.
"Can I please hold the necklace?"
"Posso segurar o colar, por favor?"
Queen Duo did not want to let him.
A Rainha Duo não queria deixá-lo.
"I cannot part with my necklace"
"Não posso me separar do meu colar"
"It is my most valuable jewel"
"É a minha joia mais valiosa"
But the boy did not stop crying.
Mas o menino não parava de chorar.

So she took the necklace off her neck.
Então ela tirou o colar do pescoço.
And she put the necklace into the boy's hand.
E ela colocou o colar na mão do menino.
The boy quickly stopped crying.
O menino parou de chorar rapidamente.
And he held the necklace in his hand.
E ele segurava o colar na mão.
The female barber had finished her work.
A barbeira havia terminado seu trabalho.
She was packing up her tools.
Ela estava arrumando suas ferramentas.
And she was about to leave the palace.
E ela estava prestes a deixar o palácio.
So the queen wanted the necklace back.
Então a rainha queria o colar de volta.
But the boy would not let her have the necklace.
Mas o menino não deixou que ela ficasse com o colar.
His mother attempted to snatch the necklace from him.
Sua mãe tentou arrancar o colar dele.
But he wept bitterly when she tried.
Mas ele chorou amargamente quando ela tentou.
And he cried as if his heart would break.
E ele chorou como se seu coração fosse se partir.
The female barber politely asked the queen;
A barbeira perguntou educadamente à rainha;
"Please let the boy take the necklace home"
"Por favor, deixe o menino levar o colar para casa"
"He will fall asleep after drinking his milk"
"Ele vai dormir depois de beber seu leite"
"And then I will bring your necklace back"
"E então eu trarei seu colar de volta"
She could see she had no choice.
Ela percebeu que não tinha escolha.
The boy would not allow her to take the necklace.
O menino não permitiu que ela pegasse o colar.
So she agreed to the proposal.

Então ela concordou com a proposta.
"Dalim must now be long dead," she thought.
"Dalim deve estar morto há muito tempo", pensou ela.
And she had nothing to worry about.
E ela não tinha nada com que se preocupar.

The princess had the prized necklace.
A princesa tinha o colar premiado.
The treasure bound to her husband's life.
O tesouro ligado à vida de seu marido.
She rushed back to the garden-house.
Ela correu de volta para a casa do jardim.
And she gave the necklace to Dalim.
E ela deu o colar para Dalim.
Dalim had been alive all morning.
Dalim estava vivo a manhã toda.
It was the first time he saw the sun again.
Foi a primeira vez que ele viu o sol novamente.
Their joy of his life knew no bounds.
A alegria que sentiam pela vida dele não tinha limites.
Their friend advised them to go to the palace.
O amigo deles os aconselhou a ir ao palácio.
"Go to the palace tomorrow"
"Vá ao palácio amanhã"
"Present yourselves to the King and Queen"
"Apresentem-se ao Rei e à Rainha"
"Let them know you're alive and well"
"Deixe-os saber que você está vivo e bem"
The couple accepted their friend's advice.
O casal aceitou o conselho do amigo.
And they prepared everything for their arrival.
E eles prepararam tudo para sua chegada.
An elephant was brought for the prince.
Um elefante foi trazido para o príncipe.
A pair of ponies were brought for the boys.
Um par de pôneis foi trazido para os meninos.
And there was a grand chaturdala.

E houve um grande chaturdala.
It was furnished with curtains of gold lace.
Estava mobiliado com cortinas de renda dourada.
Word was sent to the king and Queen Suo.
A notícia foi enviada ao rei e à rainha Suo.
"Prince Dalim Kumar is alive and well"
"O príncipe Dalim Kumar está vivo e bem"
"And he is coming to visit you"
"E ele vem te visitar"
"Now he has a wife and two sons"
"Agora ele tem uma esposa e dois filhos "
The King and Queen Suo could hardly believe it.
O Rei e a Rainha Suo mal podiam acreditar.
But they were assured that it was all true.
Mas eles tinham certeza de que tudo era verdade.
Queen Duo quickly realized her predicament.
A Rainha Duo rapidamente percebeu sua situação.
And she became overwhelmed with grief.
E ela ficou tomada pela tristeza.
A band of musicians followed the prince.
Uma banda de músicos seguiu o príncipe.
Prince Dalim Kumar approached the palace-gate.
O príncipe Dalim Kumar se aproximou do portão do palácio.
The King and Queen Suo went to the gates.
O Rei e a Rainha Suo foram até os portões.
And they welcomed their long-lost son.
E eles deram as boas-vindas ao seu filho há muito perdido.
You can imagine how happy they were.
Você pode imaginar o quão felizes eles ficaram.
Dalim told his parents of his death.
Dalim contou aos pais sobre sua morte.
He told them of the pond by the palace.
Ele contou-lhes sobre o lago perto do palácio.
And he told them of the fish in the pond.
E ele lhes contou sobre os peixes no lago.
He told them of the wooden box in the fish.
Ele contou-lhes sobre a caixa de madeira dentro do peixe.

He told them of the necklace in the wooden box.

Ele contou-lhes sobre o colar na caixa de madeira.

And he told them the secret of his life.

E ele lhes contou o segredo de sua vida.

He told them how he died each night.

Ele contou-lhes como morria a cada noite.

Of course he also mentioned his new wife.

É claro que ele também mencionou sua nova esposa.

The king was inflamed with rage at the news.

O rei ficou furioso com a notícia.

He ordered Queen Duo into his presence.

Ele ordenou que a Rainha Duo fosse à sua presença.

A large hole was dug in the ground.

Um grande buraco foi cavado no chão.

The hole was as deep as the height of a man.

O buraco era tão profundo quanto a altura de um homem.

Queen Duo was made to stand in the hole.

A Rainha Duo foi obrigada a ficar no buraco.

Prickly thorns were heaped around her.

Espinhos espinhosos estavam amontoados ao redor dela.

The thorns went up to the crown of her head.

Os espinhos subiam até o topo da cabeça dela.

And in this manner she was buried alive.

E desta maneira ela foi enterrada viva.

Phakir Chand
Phakir Chand

There was once a king, who had a son.
Era uma vez um rei que tinha um filho.
The king's minister also had a son.
O ministro do rei também tinha um filho.
The two sons loved each other dearly.
Os dois filhos se amavam muito.
And they did everything together.
E eles fizeram tudo juntos.
The two sons sat and stood up together.
Os dois filhos sentaram-se e levantaram-se juntos.
They walked together to the same places.
Eles caminharam juntos para os mesmos lugares.
They ate their meals together.
Eles faziam as refeições juntos.
They slept and got up together.
Eles dormiram e acordaram juntos.
They spent years in each other's company.
Eles passaram anos na companhia um do outro.
One day they both felt a new desire.
Um dia ambos sentiram um novo desejo.
They wanted to see foreign lands.
Eles queriam ver terras estrangeiras.
And so they set out on their journey.
E assim eles partiram em sua jornada.
One of them was the son of a king.
Um deles era filho de um rei.
One of them was the son of his chief minister.
Um deles era filho do seu primeiro-ministro.
So of course they were both quite rich.
Então é claro que ambos eram muito ricos.
But they did not take any servants with them.
Mas eles não levaram nenhum servo com eles.
They went by themselves, on horseback.
Eles foram sozinhos, a cavalo.

The horses were beautiful to look at.
Os cavalos eram lindos de se ver.
They were Pakshirajes horses.
Eles eram cavalos de Pakshirajes.
Such horses are known as the kings of birds.
Esses cavalos são conhecidos como os reis dos pássaros.
The two sons rode together for many days.
Os dois filhos cavalgaram juntos por muitos dias.
They passed through extensive plains.
Eles passaram por extensas planícies.
And the plains were covered with paddy.
E as planícies estavam cobertas de arroz.
And they passed through strange cities.
E passaram por cidades estranhas.
And they passed through towns, and villages.
E eles passaram por cidades e aldeias.
They passed through treeless deserts.
Eles passaram por desertos sem árvores.
And they passed through forests.
E eles passaram pelas florestas.
And the forests were dense with trees.
E as florestas eram densas de árvores.
These forests were the abode of the tiger.
Essas florestas eram a morada do tigre.
And the bear also lived in these forests.
E o urso também vivia nessas florestas.
One evening they were overtaken by the night.
Certa noite, eles foram surpreendidos pela noite.
They had not seen any human habitations.
Eles não tinham visto nenhuma habitação humana.
But it was getting darker and darker.
Mas estava ficando cada vez mais escuro.
So they dismounted beneath a lofty tree.
Então eles desmontaram sob uma árvore alta.
They tied their horses to the tree.
Eles amarraram seus cavalos na árvore.
And then they climbed up the tree.

E então eles subiram na árvore.
They covered the branches with thick foliage.
Eles cobriram os galhos com folhagem espessa.
So that they could sit on the branches.
Para que pudessem sentar nos galhos.
The tree had grown near a large body of water.
A árvore cresceu perto de um grande corpo de água.
The water was as clear as the eye of a crow.
A água era tão clara quanto o olho de um corvo.
The two friends made themselves comfortable.
Os dois amigos se acomodaram.
Of course it wasn't very comfortable in a tree.
Claro que não era muito confortável numa árvore.
But it wasn't uncomfortable in the tree either.
Mas também não era desconfortável na árvore.
They had decided to spend the night there.
Eles decidiram passar a noite lá.
They sometimes chatted together in whispers.
Às vezes eles conversavam em sussurros.
They felt whispering was better than talking.
Eles achavam que sussurrar era melhor do que falar.
Because the region seemed very strange to them.
Porque a região parecia muito estranha para eles.
And soon they were falling into a doze.
E logo eles estavam caindo no sono.
But their attention was suddenly jolted.
Mas a atenção deles foi repentinamente atraída.
From the water they heard a noise.
Eles ouviram um barulho vindo da água.
It sounded like the rushing of water.
Parecia o barulho de água corrente.
In front of them was a terrible sight!
Diante deles havia uma visão terrível!
A huge serpent came from under the water.
Uma enorme serpente surgiu de debaixo d'água.
The snake swam ashore and slithered around.
A cobra nadou até a praia e deslizou por aí.

But something else attracted their attention.
Mas algo mais atraiu sua atenção.
The crested hood of the serpent was shining.
O capuz com crista da serpente estava brilhando.
The snake had a brilliant manikya embedded.
A cobra tinha um manikya brilhante incrustado.
The jewel shone like a thousand diamonds.
A joia brilhava como mil diamantes.
The crystal lit up the water in the tank.
O cristal iluminou a água do tanque.
The embankments and trees were irradiated.
Os aterros e as árvores foram irradiados.
The serpent doffed the jewel from its crest.
A serpente tirou a joia de sua crista.
And the serpent threw the jewel on the ground.
E a serpente jogou a jóia no chão.
And then the serpent went in search of food.
E então a serpente foi em busca de comida.
They could not believe what they had seen.
Eles não podiam acreditar no que tinham visto.
They stayed in the safety of the tree.
Eles permaneceram na segurança da árvore.
But they greatly admired the jewel.
Mas eles admiravam muito a joia.
The ruby shed an ineffable luster.
O rubi emanava um brilho inefável.
Everything had a magical glow around it.
Tudo tinha um brilho mágico ao redor.
They had never seen anything like it.
Eles nunca tinham visto nada parecido.
Although, they had heard of this treasure.
Embora eles tivessem ouvido falar desse tesouro.
The jewel equaled the treasures of seven kings.
A joia equivalia aos tesouros de sete reis.
But their admiration soon changed to fear.
Mas sua admiração logo se transformou em medo.
The serpent came to the foot of their tree.

A serpente chegou ao pé da árvore deles.
The serpent had found their horses!
A serpente encontrou seus cavalos!
The poor horses had been tied to the tree.
Os pobres cavalos foram amarrados à árvore.
The animals had no way of escaping.
Os animais não tinham como escapar.
One by one the serpent ate their horses.
Um por um, a serpente comeu seus cavalos.
But the serpent's appetite did not seem satisfied.
Mas o apetite da serpente não parecia satisfeito.
They feared they would be the next victims.
Eles temiam ser as próximas vítimas.
But their fears were soon relieved.
Mas seus medos logo foram aliviados.
The gigantic cobra had not seen them.
A cobra gigante não os viu.
And eventually the snake left again.
E finalmente a cobra foi embora novamente.
The minister's son saw an opportunity.
O filho do ministro viu uma oportunidade.
This was his chance to take the gem.
Essa era sua chance de pegar a joia.
But there was one problem they had.
Mas havia um problema que eles tinham.
The jewel shone incredibly bright.
A joia brilhava incrivelmente.
The serpent would know what had happened.
A serpente saberia o que havia acontecido.
But there was a way to overcome this problem.
Mas havia uma maneira de superar esse problema.
And the minister's son knew the solution.
E o filho do ministro sabia a solução.
He had to cover the stone with horse-dung.
Ele teve que cobrir a pedra com esterco de cavalo.
And there was some horse-dung by the tree.
E havia um pouco de esterco de cavalo perto da árvore.

He quietly came down from the tree.
Ele desceu silenciosamente da árvore.
He picked up the horse-dung off the floor.
Ele pegou o esterco de cavalo do chão.
And he threw the dung upon the precious stone.
E ele jogou o esterco sobre a pedra preciosa.
And then he climbed up into the tree again.
E então ele subiu na árvore novamente.
The serpent noticed something had happened.
A serpente percebeu que algo havia acontecido.
The light of the jewel had vanished.
A luz da joia havia desaparecido.
The serpent rushed back with great fury.
A serpente reagiu com grande fúria.
The serpent returned to where it had left the stone.
A serpente retornou para onde havia deixado a pedra.
The serpent let out a frightful hiss at the night.
A serpente soltou um silvo assustador na noite.
The snake's groans and convulsions were terrible.
Os gemidos e convulsões da cobra eram terríveis.
The snake went round and round the jewel.
A cobra girava em volta da joia.
But the stone was covered with horse-dung.
Mas a pedra estava coberta de esterco de cavalo.
This way the serpent could not see its treasure.
Dessa forma a serpente não conseguia ver seu tesouro.
Finally, the serpent breathed its last breath.
Finalmente, a serpente deu seu último suspiro.

The two friends did not sleep much that night.
Os dois amigos não dormiram muito naquela noite.
In the morning they came down from the tree.
De manhã eles desceram da árvore.
They went to where the crest-jewel was.
Eles foram até onde estava a joia do brasão.
The mighty serpent was still laying there.
A poderosa serpente ainda estava lá.

But now the snake's body was perfectly lifeless.
Mas agora o corpo da cobra estava completamente sem vida.
The friend of the prince stepped over the dead snake.
O amigo do príncipe passou por cima da cobra morta.
And he picked up the dung covered jewel.
E ele pegou a joia coberta de esterco.
Both of them went to the bank of the water.
Ambos foram até a margem da água.
And they washed the precious stone.
E lavaram a pedra preciosa.
Finally, all the dung had been washed off.
Finalmente, todo o esterco foi lavado.
And the jewel shone as brilliantly as before.
E a joia brilhou tão intensamente quanto antes.
The jewel lit up the entire bed of the tank of water.
A joia iluminou todo o leito do tanque de água.
Now they could see the innumerable fishes.
Agora eles podiam ver os inúmeros peixes.
But the light also revealed something else.
Mas a luz também revelou algo mais.
This astonished them more than all the fishes.
Isso os surpreendeu mais do que a todos os peixes.
In the bottom of the water there was something.
No fundo da água havia alguma coisa.
They could see there were lofty walls.
Eles podiam ver que havia paredes altas.
The walls were from a magnificent palace.
As paredes eram de um palácio magnífico.
The prince's friend was feeling venturesome.
O amigo do príncipe estava se sentindo aventureiro.
He convinced the king's son to follow him.
Ele convenceu o filho do rei a segui-lo.
And then they wanted to swim to the palace below.
E então eles queriam nadar até o palácio abaixo.
The prince's friend took the jewel in his hand.
O amigo do príncipe pegou a joia em suas mãos.
And they both dived into the waters.

E ambos mergulharam nas águas.
Soon they stood at the gate of the palace.
Logo eles estavam no portão do palácio.
To their surprise the gate was open.
Para sua surpresa, o portão estava aberto.
They saw no being, human or superhuman.
Eles não viram nenhum ser, humano ou sobre-humano.
So they decided to venture inside the gate.
Então eles decidiram se aventurar dentro do portão.
Inside the walls there was a beautiful garden.
Dentro dos muros havia um lindo jardim.
In the middle of the garden was a house.
No meio do jardim havia uma casa.
No one had ever seen so many flowers.
Ninguém nunca tinha visto tantas flores.
There were roses of all imaginable varieties.
Havia rosas de todas as variedades imagináveis.
There were endless numbers of yellow jessamine.
Havia um número infinito de jasmins amarelos.
And there were numerous white bell flowers.
E havia inúmeras flores de sino brancas.
These flowers were the king of smells.
Essas flores eram as rainhas dos cheiros.
The most scented lily of the valley.
O lírio mais perfumado do vale.
There were the flowers from the champaka tree.
Havia as flores da árvore champaka.
And a thousand other sweet-scented flowers.
E mil outras flores de doce perfume.
Acres covered with the delicious jessamine.
Acres cobertos com o delicioso jasmim.
All the plants were gemmed with flowers.
Todas as plantas estavam enfeitadas com flores.
And all the flowers were in full bloom.
E todas as flores estavam em plena floração.
So the air was loaded with rich perfume.
Então o ar ficou carregado com um perfume rico.

A wilderness of sweet scents everywhere.
Uma selva de doces aromas por toda parte.
They went through this paradise of perfumery.
Eles passaram por esse paraíso da perfumaria.
And eventually they reached the house.
E finalmente eles chegaram à casa.
The house was surrounded by lofty trees.
A casa era cercada por árvores altas.
Soon they stood at the door of the house.
Logo eles estavam na porta da casa.
Now they could see it was a fairy palace.
Agora eles podiam ver que era um palácio de fadas.
The walls were of burnished gold.
As paredes eram de ouro polido.
Here and there shone diamonds of dazzling hue.
Aqui e ali brilhavam diamantes de tonalidades deslumbrantes.
But they did not see any beings.
Mas eles não viram nenhum ser.
So they went inside the palace.
Então eles entraram no palácio.
The palace was richly furnished.
O palácio era ricamente mobiliado.
They went from room to room.
Eles foram de cômodo em cômodo.
But they did not see anyone.
Mas eles não viram ninguém.
It seemed to be a deserted house.
Parecia uma casa deserta.
At last, however, they found a special room.
Por fim, porém, eles encontraram uma sala especial.
In this room there was a young lady.
Nesta sala havia uma jovem senhora.
She was sleeping on a golden bed.
Ela estava dormindo em uma cama dourada.
The young lady was of exquisite beauty.
A jovem era de uma beleza rara.
Her complexion was a mixture of red and white.

Sua pele era uma mistura de vermelho e branco.
She seemed to be about sixteen years of age.
Ela parecia ter cerca de dezesseis anos de idade.
The two friends gazed upon her.
Os dois amigos olharam para ela.
They were enchanted by her beauty.
Eles ficaram encantados com sua beleza.
But they could not admire her for long.
Mas eles não conseguiram admirá-la por muito tempo.
Because the young lady opened her eyes.
Porque a jovem abriu os olhos.
Her eyes seemed like the eyes of a gazelle.
Seus olhos pareciam os olhos de uma gazela.
On seeing the strangers she said;
Ao ver os estranhos ela disse;
"How have you come here, ye unfortunate men?"
"Como vocês chegaram aqui, homens infelizes?"
"Be gone, be gone! I beg of you two"
"Vão embora, vão embora! Eu imploro a vocês dois."
"This is the abode of a mighty serpent"
"Esta é a morada de uma serpente poderosa "
"The serpent which has devoured my parents"
"A serpente que devorou meus pais"
"And my brothers, and all my relatives"
"E meus irmãos, e todos os meus parentes"
"I am the only one that he has spared"
"Eu sou o único que ele poupou"
"Flee for your lives while you still can"
"Fujam para salvar suas vidas enquanto ainda podem"
"Or else the serpent will eat you both"
"Ou então a serpente comerá vocês dois"
The prince's friend told her what had happened.
O amigo do príncipe contou a ela o que havia acontecido.
"The serpent has breathed his last breath"
"A serpente deu seu último suspiro"
"The snake's body lies lifeless on the floor"
"O corpo da cobra jaz sem vida no chão"

"We took the head-jewel of the serpent"
"Pegamos a joia da cabeça da serpente"
"The jewel's light showed us to the palace.
"A luz da joia nos mostrou o palácio.
She thanked the strangers for their bravery.
Ela agradeceu aos estranhos pela bravura.
"You have freed me from the infernal serpent"
"Você me libertou da serpente infernal"
"Please live with me in my palace"
"Por favor, viva comigo no meu palácio"
"But please promise never to desert me"
"Mas, por favor, prometa nunca me abandonar"
They gladly accepted the invitation.
Eles aceitaram o convite de bom grado.
The king's son was smitten with the princess.
O filho do rei ficou apaixonado pela princesa.
He adored the charms of the peerless princess.
Ele adorava os encantos da princesa incomparável.
And he married her after a short time.
E ele se casou com ela pouco tempo depois.
There was no priest at the palace.
Não havia nenhum padre no palácio.
So the hymeneal knot was tied by other means.
Então o nó himenal foi amarrado por outros meios.
A simple exchange of garlands of flowers.
Uma simples troca de guirlandas de flores.
The king's son became inexpressibly happy.
O filho do rei ficou inexprimivelmente feliz.
He delighted in the company of the princess.
Ele se deliciava com a companhia da princesa.
The prince's friend also had a wife.
O amigo do príncipe também tinha uma esposa.
Of course she was living in the upper world.
É claro que ela estava vivendo no mundo superior.
But he participated in his friend's happiness.
Mas ele participou da felicidade do amigo.
The time they spent together passed merrily.

O tempo que passaram juntos passou alegremente.
But they could not live here forever.
Mas eles não poderiam viver aqui para sempre.
The prince had to return to his kingdom.
O príncipe teve que retornar ao seu reino.
But he knew the return would require some planning.
Mas ele sabia que o retorno exigiria algum planejamento.
The occasion would come with a lot of pomp.
A ocasião viria com muita pompa.
There were going to be many ceremonies.
Haveria muitas cerimônias.
Because there was a lot to be celebrated.
Porque havia muito a ser comemorado.
First the prince's friend was going to go.
Primeiro o amigo do príncipe iria.
And then he was going to return with the attendants.
E então ele voltaria com os atendentes.
Horses, and elephants for the happy pair.
Cavalos e elefantes para o casal feliz.
The prince accompanied his friend.
O príncipe acompanhou seu amigo.
Together they went back to the surface.
Juntos eles retornaram à superfície.
And they saw the upper world again.
E eles viram o mundo superior novamente.
The two friends bid each other adieu.
Os dois amigos se despediram.
The prince returned to his lovely wife.
O príncipe retornou para sua adorável esposa.
Before leaving everything had been organized.
Antes de sair, tudo já estava organizado.
The prince's friend arranged his return.
O amigo do príncipe providenciou seu retorno.
He said when he was going to go to the embankment.
Ele disse quando iria para o aterro.
He was going to have the horses that they needed.
Ele teria os cavalos que eles precisavam.

Elephants were going to be there too, and attendants.
Elefantes e acompanhantes também estariam lá.
They were going to wait upon the prince and princess.
Eles iriam esperar o príncipe e a princesa.
The snake-jewel gave them the rights to this.
A joia da cobra deu a eles os direitos sobre isso.
The prince's friend went back to his country.
O amigo do príncipe voltou para seu país.
To prepare for the return of his friend.
Para se preparar para o retorno do seu amigo.

One day the prince was sleeping.
Um dia o príncipe estava dormindo.
He had just had his midday meal.
Ele tinha acabado de almoçar.
The princess had never seen the upper regions.
A princesa nunca tinha visto as regiões superiores.
She felt the desire to see the upper world.
Ela sentiu o desejo de ver o mundo superior.
For this she needed the snake-jewel.
Para isso ela precisava da joia-cobra.
Only this could help her through the water.
Somente isso poderia ajudá-la a atravessar a água.
The jewel was shining its bright light in the room.
A joia brilhava intensamente no ambiente.
She took the snake-jewel into her hand.
Ela pegou a joia em forma de cobra em sua mão.
And then she left the palace and the garden.
E então ela deixou o palácio e o jardim.
She successfully swam to the upper world.
Ela nadou com sucesso até o mundo superior.
No mortal had caught sight of her.
Nenhum mortal a viu.
At the edge of the water were some steps.
Na beira da água havia alguns degraus.
The steps were for the convenience of bathers.
Os degraus eram para a conveniência dos banhistas.

And this is also where she sat.
E foi aqui também que ela se sentou.
She scrubbed her body with the sand.
Ela esfregou o corpo com a areia.
She washed her hair with the fresh water.
Ela lavou o cabelo com água fresca.
And she played with the water for fun.
E ela brincava com a água para se divertir.
She walked about on the water's edge.
Ela andava pela beira da água.
And she admired all the scenery around.
E ela admirou toda a paisagem ao redor.
But finally she returned back to her palace.
Mas finalmente ela retornou ao seu palácio.
Her husband was still deep in sleep.
O marido dela ainda dormia profundamente.
But eventually he had slept enough.
Mas, finalmente, ele dormiu o suficiente.
She did not tell him about her adventures.
Ela não lhe contou sobre suas aventuras.
The next day her husband fell asleep again.
No dia seguinte, seu marido adormeceu novamente.
And again she paid a visit to the upper world.
E novamente ela fez uma visita ao mundo superior.
And she remained unnoticed by mortal man.
E ela passou despercebida pelo homem mortal.
Her success was starting to give her courage.
Seu sucesso estava começando a lhe dar coragem.
So she repeated her adventure a third time.
Então ela repetiu sua aventura uma terceira vez.
The rajah's son was out hunting that day.
O filho do rajá estava caçando naquele dia.
He had his tent not far from the water.
Ele tinha sua barraca não muito longe da água.
His attendants were cooking his meal.
Seus assistentes estavam preparando sua refeição.
So, he wandered about along the water.

Então, ele vagou pela água.
Nearby an old woman was gathering sticks.
Perto dali, uma senhora idosa estava recolhendo gravetos.
She was collecting dried branches of trees.
Ela estava coletando galhos secos de árvores.
She needed the sticks for kindling wood.
Ela precisava dos gravetos para acender a lenha.
This was when the princess came out the water.
Foi quando a princesa saiu da água.
She gazed around and she saw a man.
Ela olhou ao redor e viu um homem.
And then she saw there was also a woman.
E então ela viu que também havia uma mulher.
The princess knew she didn't want to be seen.
A princesa sabia que não queria ser vista.
So she went back down to her palace.
Então ela voltou para seu palácio.
But the rajah's son had caught a glimpse of her.
Mas o filho do rajá a viu de relance.
And the old woman gathering sticks saw her too.
E a velha que estava recolhendo gravetos também a viu.
The rajah's son stood gazing on the waters.
O filho do rajá ficou olhando para as águas.
He had never seen such a beautiful woman.
Ele nunca tinha visto uma mulher tão bonita.
She seemed to him to be a deva-kanyas Goddess.
Ela parecia-lhe uma Deusa deva-kanyas.
Heavenly goddesses he had read of in old books.
Deusas celestiais sobre as quais ele havia lido em livros
antigos.
They are said to visit the upper world.
Dizem que eles visitam o mundo superior.
And the upper world is honored to have them.
E o mundo superior se sente honrado em tê-los.
But it is said to happen only rarely.
Mas dizem que isso acontece apenas raramente.
The way that angels only visit rarely.

A maneira como os anjos só visitam raramente.
He had seen the princess' unearthly beauty.
Ele viu a beleza sobrenatural da princesa.
She had made a deep impression on his heart.
Ela deixou uma profunda impressão em seu coração.
Although he had seen her only for a moment.
Embora ele a tivesse visto apenas por um momento.
But her beauty distracted his mind.
Mas a beleza dela distraiu sua mente.
He stood there like a statue, for hours.
Ele ficou ali parado como uma estátua, por horas.
All he could do was gaze into the waters.
Tudo o que ele podia fazer era olhar para as águas.
In the hope of seeing the lovely figure again.
Na esperança de ver a linda figura novamente.
But all his time was spent in vain.
Mas todo seu tempo foi gasto em vão.
The princess did not appear again.
A princesa não apareceu mais.
The rajah's son became mad with love.
O filho do rajá ficou louco de amor.
He kept muttering, "now here, now gone!"
Ele continuou resmungando: "agora aqui, agora se foi!"
He refused to leave the water's edge.
Ele se recusou a sair da beira da água.
His attendants had to forcibly remove him.
Seus assistentes tiveram que removê-lo à força.
They took him to his father's palace.
Levaram-no para o palácio do seu pai.
But he was in a state of hopeless insanity.
Mas ele estava em um estado de insanidade sem esperança.
He couldn't be made to speak to anyone.
Não era possível fazê-lo falar com ninguém.
And he spent his days sobbing heavily.
E ele passava os dias chorando muito.
No others words came out of his mouth.
Nenhuma outra palavra saiu de sua boca.

"Now here, now gone!"
"Ora aqui, ora se foi!"
"Now here, now gone!"
"Ora aqui, ora se foi!"
You can imagine the rajah's grief.
Você pode imaginar a dor do rajá.
"What could have deranged my son's mind?"
"O que poderia ter perturbado a mente do meu filho?"
"'Now here, now gone,' what does it mean?"
"'Ora aqui, ora se foi', o que significa?"
He could not unravel the words' meaning.
Ele não conseguia desvendar o significado das palavras.
His attendants couldn't decipher the words either.
Seus assistentes também não conseguiram decifrar as palavras.
The land's best physicians were consulted.
Os melhores médicos do país foram consultados.
But their consultation had no effect.
Mas a consulta não teve efeito.
The sons of æsculapius were not able to help.
Os filhos de Esculápio não puderam ajudar.
No one could ascertain the cause of the madness.
Ninguém conseguiu determinar a causa da loucura.
Without knowing the cause there was no cure.
Sem saber a causa não havia cura.
The physicians tried to ask the prince.
Os médicos tentaram perguntar ao príncipe.
But all he said was, "now here, now gone!"
Mas tudo o que ele disse foi: "agora aqui, agora se foi!"
The rajah was distracted with grief.
O rajá estava distraído pela tristeza.
Day and night he worried for his son.
Dia e noite ele se preocupava com seu filho.
He wished for his son's intellects to return.
Ele desejava que o intelecto do filho retornasse.
A proclamation was made in the capital.
Uma proclamação foi feita na capital.

Town criers were sent into the city.
Pregoeiros foram enviados à cidade.
And they beat their drums for attention.
E eles batem seus tambores para chamar atenção.
"The rajah's son has lost his mental faculties"
"O filho do rajá perdeu suas faculdades mentais"
"The rajah seeks a cure for his son"
"O rajá busca uma cura para seu filho"
"A reward is offered for the cure"
"Uma recompensa é oferecida pela cura"
"The hand of the rajah's daughter"
"A mão da filha do rajá"
"Her hand comes with half his kingdom"
"A mão dela vem com metade do seu reino"
The drum was beaten around the city.
O tambor foi tocado pela cidade.
But no one felt they could touch the drum.
Mas ninguém sentiu que podia tocar o tambor.
No one knew the cause of his madness.
Ninguém sabia a causa de sua loucura.
At last an old woman came forward.
Por fim, uma senhora idosa se aproximou.
And she stepped up to touch the drum.
E ela se aproximou para tocar o tambor.
"I will discover the cause of his madness"
"Eu descobrirei a causa da sua loucura"
"And I will cure him from his disease"
"E eu o curarei da sua doença"
She had seen what happened to the boy.
Ela viu o que aconteceu com o menino.
She was at the water's edge that day.
Ela estava na beira da água naquele dia.
It was her who was gathering up sticks.
Era ela quem estava recolhendo os gravetos.
This woman had a crack-brained son.
Essa mulher tinha um filho com o cérebro quebrado.
Her son was named of Phakir-Chand.

Seu filho foi chamado de Phakir-Chand.
So she was called Phakir's mother.
Por isso ela foi chamada de mãe de Faquir.
The woman was brought before the rajah.
A mulher foi levada perante o rajá.
And the following conversation took place.
E a seguinte conversa aconteceu.
"You are the woman that touched the drum"
"Você é a mulher que tocou o tambor"
"You know the cause of my son's madness?"
"Você sabe a causa da loucura do meu filho?"
"Yes, oh incarnation of justice!"
"Sim, ó encarnação da justiça!"
"I know the cause of your son's madness"
"Eu sei a causa da loucura do seu filho"
"But I will not say the cause of his madness"
"Mas não direi a causa da sua loucura"
"First I will cure your son of his madness"
"Primeiro curarei seu filho da loucura"
"How can I believe you are able to?"
"Como posso acreditar que você é capaz?"
"The best physicians of the land have failed"
"Os melhores médicos da terra falharam"
"You need not now believe, my king"
"Você não precisa acreditar agora, meu rei"
"Wait till I have performed the cure"
"Espere até que eu tenha realizado a cura"
"Many an old woman knows many secrets"
"Muitas mulheres idosas conhecem muitos segredos"
"Secrets wise men are unacquainted with"
"Segredos que os sábios desconhecem"
"Very well, let me see what you can do"
"Muito bem, deixe-me ver o que você pode fazer"
"In what time will you perform the cure?"
"Em quanto tempo você realizará a cura?"
"It is impossible to fix the time"
"É impossível fixar o tempo"

"Ff course I will begin work immediately"
"Claro que começarei a trabalhar imediatamente"
"But I need your lordship's assistance"
"Mas preciso da ajuda de Vossa Senhoria"
"What help do you require from me?"
"Que ajuda você precisa de mim?"
"Your lordship will please order a hut"
"Vossa Senhoria, por favor, ordene uma cabana"
"Have the hut raised on the embankment of the water"
"Mande erguer a cabana na margem da água"
"Where your son first caught the disease"
"Onde seu filho pegou a doença pela primeira vez"
"I mean to live in that hut for a few days"
"Pretendo viver naquela cabana por alguns dias"
"And please order some of your servants"
"E, por favor, ordene a alguns dos seus servos"
"They have to be in attendance at a distance"
"Eles têm que estar presentes à distância"
"Tell them to be about a hundred yards away"
"Diga a eles para ficarem a cerca de cem metros de distância"
"That way I can call them over when we need them"
"Dessa forma, posso chamá-los quando precisarmos deles"
The king had listened attentively.
O rei ouviu atentamente.
"I will order that to be immediately done"
"Ordenarei que isso seja feito imediatamente"
"Do you want anything else?"
"Você quer mais alguma coisa?"
"Those are all the preparations I need"
"Esses são todos os preparativos que preciso"
"But let me remind you of the agreement"
"Mas deixe-me lembrá-lo do acordo"
"You promised the hand of your daughter"
"Você prometeu a mão da sua filha"
"And you promised half your kingdom"
"E você prometeu metade do seu reino"
"But I can't marry your daughter"

"Mas eu não posso me casar com sua filha"
"Because your daughter has to marry a man"
"Porque sua filha tem que se casar com um homem"
"But I also have a son of marriageable age"
"Mas também tenho um filho em idade de casar"
"Allow my son to marry your daughter"
"Permita que meu filho se case com sua filha"
"Allow him to have half of your kingdom"
"Deixe-o ficar com metade do seu reino"
The king was agreed with the terms.
O rei concordou com os termos.
"If you find a cure, he marries my daughter"
"Se você encontrar uma cura, ele se casa com minha filha"
"And half of my kingdom shall be his"
"E metade do meu reino será dele"
A temporary hut was quickly erected.
Uma cabana temporária foi rapidamente erguida.
The hut was built on the embankment of the water.
A cabana foi construída na margem da água.
And Phakir's mother took up her abode.
E a mãe de Faquir fixou residência.
An outpost was also erected at some distance.
Um posto avançado também foi erguido a alguma distância.
Because the woman might require some attendance.
Porque a mulher pode precisar de alguma presença.
Strict orders were given by Phakir's mother.
Ordens rígidas foram dadas pela mãe de Phakir.
No one was allowed to go near the water.
Ninguém tinha permissão para chegar perto da água.
Only she was allowed to stay by the water.
Somente ela tinha permissão para ficar perto da água.

But let us leave Phakir's mother at the water.
Mas deixemos a mãe de Faquir na água.
Let us hasten down the subterranean palace.
Vamos descer rapidamente para o palácio subterrâneo.
To see what the prince and the princess are doing.

Para ver o que o príncipe e a princesa estão fazendo.
The princess did want to go up again.
A princesa queria subir novamente.
But she now knew that it would be dangerous.
Mas agora ela sabia que seria perigoso.
And she had given up the idea of a fourth visit.
E ela desistiu da ideia de uma quarta visita.
But women generally have greater curiosity.
Mas as mulheres geralmente têm mais curiosidade.
And the princess was no exception to the rule.
E a princesa não foi exceção à regra.
One day her husband was asleep.
Um dia seu marido estava dormindo.
He always slept after his noonday meal.
Ele sempre dormia depois da refeição do meio-dia.
She took the snake-jewel in her hand.
Ela pegou a joia em forma de cobra em sua mão.
And she rushed out of the palace.
E ela saiu correndo do palácio.
And she came up to the upper world.
E ela subiu para o mundo superior.
There was an upheaval in the waters.
Houve uma agitação nas águas.
And Phakir's mother was on high alert.
E a mãe de Phakir estava em alerta máximo.
She was hiding in the hut.
Ela estava escondida na cabana.
And she was looking through the chinks.
E ela estava olhando pelas frestas.
The princess saw no human being nearby.
A princesa não viu nenhum ser humano por perto.
So she came to the bank of the water.
Então ela chegou à margem da água.
Phakir's mother showed herself outside the hut.
A mãe de Phakir apareceu do lado de fora da cabana.
And she addressed the princess politely.
E ela se dirigiu à princesa educadamente.

"Come, my child, thou queen of beauty"
"Venha, minha filha, rainha da beleza"
"Come to me, and I will help you to bathe"
"Venha a mim e eu o ajudarei a tomar banho"
So saying, she approached the princess.
Dito isso, ela se aproximou da princesa.
The princess saw she was just an old woman.
A princesa viu que era apenas uma velha.
So she made no resistance to her offer.
Então ela não ofereceu resistência à oferta.
The old woman was washing the princess' hair.
A velha estava lavando o cabelo da princesa.
And she noticed the bright jewel in her hand.
E ela notou a joia brilhante em sua mão.
"Out the jewel here till you are bathed"
"Tire a joia aqui até você se banhar"
Now the jewel was in the hands of Phakir's mother.
Agora a joia estava nas mãos da mãe de Faquir.
She wrapped the jewel up in a cloth.
Ela embrulhou a joia em um pano.
And she wrapped the cloth around her waist.
E ela enrolou o pano em volta da cintura.
Now the princess was unable to escape.
Agora a princesa não conseguia escapar.
And Phakir's mother gave the signal.
E a mãe de Phakir deu o sinal.
The attendants rushed to the water.
Os atendentes correram para a água.
And they took the princess captive.
E eles levaram a princesa cativa.
The news soon reached the city.
A notícia logo chegou à cidade.
"Phakir's mother had captured a water-nymph"
"A mãe de Phakir capturou uma ninfa aquática"
And the people rejoiced at the news.
E o povo se alegrou com a notícia.
All came to see the "daughter of the immortals"

Todos vieram ver a "filha dos imortais"
She was brought to the palace.
Ela foi levada ao palácio.
And she was brought to the rajah's son.
E ela foi levada ao filho do rajá.
The rajah's son was still of impaired intellect.
O filho do rajá ainda tinha o intelecto debilitado.
But that cloud on his brain soon dissipated.
Mas aquela nuvem em seu cérebro logo se dissipou.
"I have found you! I have found you!"
"Eu te encontrei! Eu te encontrei!"
His eyes had been vacant and lusterless.
Seus olhos estavam vazios e sem brilho.
But now his eyes had the fire of intelligence.
Mas agora seus olhos tinham o fogo da inteligência.
He had almost lost the use of his tongue.
Ele quase havia perdido o uso da língua.
"Now here, now gone!" was all he had been able to say.
"Agora aqui, agora se foi!" foi tudo o que ele conseguiu dizer.
But this sense too was restored.
Mas esse sentido também foi restaurado.
The joy of the rajah knew no bounds.
A alegria do rajá não tinha limites.
There was great festivity in the city.
Houve grande festividade na cidade.
The people praised Phakir-Chand's mother.
O povo elogiava a mãe de Phakir-Chand.
And everyone soon expected the marriage.
E todos logo esperavam o casamento.
The rajah's son was to wed the water-nymph.
O filho do rajá deveria se casar com a ninfa das águas.
The princess, however, had made a promise.
A princesa, porém, havia feito uma promessa.
She told Phakir's mother of her promise.
Ela contou à mãe de Phakir sobre sua promessa.
"I won't as much as look at another man"
"Não vou nem olhar para outro homem"

"For one year my vows shall last"
"Por um ano meus votos durarão"
"The marriage cannot happen in that time"
"O casamento não pode acontecer nesse tempo"
The rajah's son was somewhat disappointed.
O filho do rajá ficou um tanto decepcionado.
But he readily agreed to the delay.
Mas ele concordou prontamente com o adiamento.
"Delay enhances the sweetness of the pleasure"
"O atraso aumenta a doçura do prazer"
Of course the princess spent her time in sorrow.
É claro que a princesa passou seu tempo na tristeza.
She spent her days and nights sighing.
Ela passava os dias e as noites suspirando.
And she lamented her idle curiosity.
E ela lamentou sua curiosidade ociosa.
The curiosity that led her to the upper world.
A curiosidade que a levou ao mundo superior.
The curiosity that separated her from her husband.
A curiosidade que a separava do marido.
She thought of her unfortunate husband.
Ela pensou em seu infeliz marido.
She had left him all alone below the waters.
Ela o deixou sozinho debaixo d'água.
And she wept bitter tears each day.
E ela chorava lágrimas amargas todos os dias.
She wished that she could run away.
Ela desejou poder fugir.
But that would have been impossible.
Mas isso teria sido impossível.
Because she was immured within walls.
Porque ela estava confinada entre paredes.
And there were walls within the walls.
E havia muros dentro dos muros.
And what use was getting out the palace?
E de que adiantava sair do palácio?
She couldn't get to her husband anyway.

De qualquer forma, ela não conseguia chegar até o marido.
She didn't have the serpent jewel.
Ela não tinha a joia da serpente.
The ladies of the palace tried to comfort her.
As damas do palácio tentaram confortá-la.
And Phakir's mother tried to divert her mind.
E a mãe de Phakir tentou distrair a mente dela.
But their efforts were in vain.
Mas seus esforços foram em vão.
She took pleasure in nothing.
Ela não sentia prazer em nada.
She hardly spoke to anyone.
Ela quase não falava com ninguém.
She wept throughout the day.
Ela chorou o dia todo.
And she wept through the night.
E ela chorou a noite toda.

The year of her vow was drawing to a close.
O ano de seu voto estava chegando ao fim.
But she was still disconsolate.
Mas ela ainda estava desconsolada.
The marriage, however, had to be celebrated.
O casamento, no entanto, teve que ser celebrado.
The rajah consulted the astrologers.
O rajá consultou os astrólogos.
The day and the hour had been decided.
O dia e a hora estavam decididos.
The nuptial knot was to be tied.
O nó nupcial deveria ser dado.
Great preparations were made.
Grandes preparativos foram feitos.
The confectioners were busy day and night.
Os confeiteiros estavam ocupados dia e noite.
They prepared all sorts of sweetmeats.
Eles prepararam todos os tipos de doces.
Milkmen supplied the palace with tanks of curds.

Os leiteiros abasteciam o palácio com tanques de coalhada.
Great quantities of gunpowder were manufactured.
Grandes quantidades de pólvora foram fabricadas.
There were going to be grand fireworks.
Haveria grandes fogos de artifício.
Stages were erected everywhere.
Palcos foram erguidos em todos os lugares.
And musicians were selected to play music.
E músicos foram selecionados para tocar música.
All the city assumed an air of mirth.
Toda a cidade assumiu um ar de alegria.
All looked forward to the festivities.
Todos esperavam ansiosamente pelas festividades.

We must return our attention to the minister's son.
Devemos voltar nossa atenção para o filho do ministro.
He had left his friend in the subterranean palace.
Ele havia deixado seu amigo no palácio subterrâneo.
And he had gone to his country.
E ele foi para seu país.
He was bringing horses and elephants.
Ele estava trazendo cavalos e elefantes.
And he had with him many attendants.
E ele tinha consigo muitos assistentes.
For the return of the king's son.
Pelo retorno do filho do rei.
And for the return of his lovely princess.
E pelo retorno de sua adorável princesa.
So that the ceremony had due pomp.
Para que a cerimônia tivesse a devida pompa.
The preparations took him many months.
Os preparativos levaram muitos meses.
But eventually all was prepared.
Mas finalmente tudo estava preparado.
And the minister's son started on his journey.
E o filho do ministro começou sua jornada.
He was accompanied by a long train of elephants.

Ele estava acompanhado por uma longa comitiva de elefantes.
And behind the elephants were horses.
E atrás dos elefantes estavam os cavalos.
And all the horses had their own attendants.
E todos os cavalos tinham seus próprios tratadores.
He reached the water ahead of schedule.
Ele chegou à água antes do previsto.
So he had two or three days to spare.
Então ele tinha dois ou três dias de sobra.
Tents were pitched in the mango slopes.
Tendas foram montadas nas encostas de manga.
So the men and cattle had accommodation.
Então os homens e o gado tinham acomodação.
The minister's son kept his eyes on the water.
O filho do ministro manteve os olhos na água.
The sun of the appointed day sank below the horizon.
O sol do dia marcado se pôs no horizonte.
But there was no sign of the prince.
Mas não havia sinal do príncipe.
Nor did the princess come to the surface.
A princesa também não voltou à superfície.
He waited two or three days longer.
Ele esperou mais dois ou três dias.
Still the prince did not make his appearance.
O príncipe ainda não apareceu.
What could have happened to his friend?
O que poderia ter acontecido com seu amigo?
And where was his beautiful wife?
E onde estava sua linda esposa?
Had another serpent beaten them to death?
Outra serpente os teria espancado até a morte?
Possibly the mate of the one that had died.
Possivelmente o companheiro daquele que morreu.
Had they somehow lost the serpent-jewel?
Eles teriam perdido de alguma forma a joia da serpente?
Or had they perhaps visited the upper world?
Ou talvez eles tenham visitado o mundo superior?

And had they been captured in the upper world?
E eles teriam sido capturados no mundo superior?
Such were the reflections of the prince's friend.
Tais foram as reflexões do amigo do príncipe.
The prince's friend was overwhelmed with grief.
O amigo do príncipe ficou tomado pela tristeza.
The waters were quite close to the city.
As águas estavam bem próximas da cidade.
And often the sound of music could be heard.
E muitas vezes o som da música podia ser ouvido.
He asked passers-by what that music meant.
Ele perguntou aos transeuntes o que aquela música significava.
He was told about the rajah's son.
Foi-lhe contado sobre o filho do rajá.
And he was told of a wonderful young lady.
E lhe contaram sobre uma jovem maravilhosa.
And he was told they were going to marry.
E lhe disseram que eles iriam se casar.
And he was told more about the wonderful lady.
E lhe contaram mais sobre a maravilhosa senhora.
She had come out of the waters he was waiting by.
Ela havia saído das águas onde ele estava esperando.
The marriage ceremony was in two days.
A cerimônia de casamento seria em dois dias.
The minister's son made the connection.
O filho do ministro fez a conexão.
The wonderful young lady was the wife of his friend.
A maravilhosa jovem era esposa de seu amigo.
He resolved, therefore, to go into the city.
Ele resolveu, então, ir à cidade.
And he was going to find out all he could.
E ele iria descobrir tudo o que pudesse.
If he could, he would rescue the princess.
Se pudesse, ele resgataria a princesa.
He told the attendants to go home.
Ele disse aos atendentes para irem para casa.

And he told them to take the elephants.
E ele disse para eles levarem os elefantes.
And he told them to take the horses.
E ele disse-lhes para levarem os cavalos.
And he himself went to the city.
E ele mesmo foi até a cidade.
And he took up his abode in the house of a Brahman.
E ele fixou residência na casa de um brâmane.
First, he rested from his journey.
Primeiro, ele descansou de sua jornada.
Then the prince's friend had his dinner.
Então o amigo do príncipe jantou.
And then he spoke to the Brahman.
E então ele falou com o brâmane.
"Throughout the city there are musicians and bands"
"Por toda a cidade há músicos e bandas"
"What is the cause of all the celebrations?
"Qual é a causa de todas as celebrações?
The Brahman was rather surprised.
O brâmane ficou bastante surpreso.
"From what part of the world have you come?"
"De que parte do mundo você veio?"
"What rock have you been living under?"
"Embaixo de que rocha você tem vivido?"
"Have you not heard the wonderful news?"
"Você não ouviu as notícias maravilhosas?"
"A young lady of heavenly beauty"
"Uma jovem de beleza celestial"
"She rose out of the waters"
"Ela surgiu das águas"
"And she is going to the son of our rajah"
"E ela vai para o filho do nosso rajá"
The prince's friend wanted to know more.
O amigo do príncipe queria saber mais.
The information could be useful.
A informação pode ser útil.
"I have not heard of this news"

"Não ouvi falar dessa notícia"
"I have come from a distant country"
"Eu vim de um país distante"
"The story has not reached us yet"
"A história ainda não chegou até nós"
"Will you kindly tell me the particulars?"
"Você poderia gentilmente me contar os detalhes?"
The Brahman was happy to relay the story.
O brâmane ficou feliz em contar a história.
"The rajah's son went out hunting"
"O filho do rajá saiu para caçar"
"It must have been about this time last year"
"Deve ter sido por volta desta época no ano passado"
"They pitched their tents by the waters in the suburbs"
"Eles armaram suas tendas perto das águas, nos subúrbios"
"One day, the rajah's son was walking near the water"
"Um dia, o filho do rajá estava caminhando perto da água"
"On this day, he saw a young woman"
"Neste dia, ele viu uma jovem"
"I have to mention she was of uncommon beauty"
"Devo mencionar que ela era de uma beleza incomum"
"She had risen from the depth of the waters"
"Ela havia surgido das profundezas das águas"
"She gazed about for a minute or two"
"Ela olhou ao redor por um ou dois minutos"
"And then the beautiful lady disappeared"
"E então a bela dama desapareceu"
"The rajah's son, however, had seen her"
"O filho do rajá, porém, a viu"
"He had been struck by her heavenly beauty"
"Ele ficou impressionado com sua beleza celestial"
"And so he became desperately enamored by her"
"E assim ele ficou desesperadamente apaixonado por ela"
"Indeed, she had affected him greatly"
"De fato, ela o afetou muito"
"And his mental faculties gave way to passion"
"E suas faculdades mentais deram lugar à paixão"

"He was carried home as a mad man"

"Ele foi levado para casa como um louco"

"He spoke no words except a few"

"Ele não disse nenhuma palavra, exceto algumas"

"'now here, now gone!' was all he said"

"'Agora aqui, agora se foi!' foi tudo o que ele disse"

"The rajah sent for all the best physicians"

"O rajá mandou chamar os melhores médicos"

"They tried to restore his son to reason"

"Eles tentaram fazer seu filho voltar à razão"

"But the physicians were powerless"

"Mas os médicos eram impotentes"

"At last the rajah made a proclamation"

"Finalmente o rajá fez uma proclamação"

"And he had the drum beat around the kingdom"

"E ele fez o tambor bater em todo o reino"

"There was a reward for anyone who cured his son"

"Havia uma recompensa para quem curasse seu filho"

"They would become the rajah's son-in-law"

"Eles se tornariam genros do rajá"

"And they would get half the kingdom"

" E eles receberiam metade do reino"

"An old woman answered the call of the drum"

"Uma velha respondeu ao chamado do tambor"

"All knew her as Phakir's mother"

"Todos a conheciam como a mãe de Phakir"

"She said she could cure the rajah's son"

"Ela disse que poderia curar o filho do rajá"

"She had a hut built outside the town"

"Ela mandou construir uma cabana fora da cidade"

"In the suburbs, next to the waters"

"No subúrbio, junto às águas"

"An in the hut she took her abode"

"E na cabana ela se instalou"

"She also had some huts erected close by"

"Ela também mandou construir algumas cabanas por perto"

"And in those huts attendants waited"

"E nessas cabanas os criados esperavam"
"In case she might need their help"
"Caso ela precise da ajuda deles"
"It seems the goddess rose from the waters"
"Parece que a deusa surgiu das águas"
"Phakir's mother and the attendants seized her"
"A mãe de Phakir e os assistentes a agarraram"
"And they carried her in a palki to the palace"
"E eles a carregaram em um palki para o palácio"
"The rajah's son saw the water-nymph"
"O filho do rajá viu a ninfa da água"
"And he was soon restored to his senses"
"E ele logo recuperou os sentidos"
"They would have married there and then"
"Eles teriam se casado ali mesmo"
"But the water goddess had made a vow"
"Mas a deusa da água fez um voto"
"She wouldn't look at a man for one year"
"Ela não olhou para um homem por um ano"
"The year of the vow is now over"
"O ano do voto acabou"
"The music is from the rajah's palace"
"A música é do palácio do rajá"
"This, in brief, is the story"
"Esta é, em resumo, a história"
The prince's friend could put the story together.
O amigo do príncipe conseguiu juntar as peças da história.
"a truly wonderful story!"
"uma história verdadeiramente maravilhosa!"
"So where is Phakir's mother?"
"Então, onde está a mãe de Phakir?"
"And where is Phakir-Chand himself?"
"E onde está o próprio Phakir-Chand?"
"Has he received the hand of the rajah's daughter?"
"Ele recebeu a mão da filha do rajá?"
"And has he received half the kingdom?"
"E ele recebeu metade do reino?"

The Brahman could also answer these questions.
O Brahman também poderia responder a essas perguntas.
"No, they have not married yet"
"Não, eles ainda não se casaram"
"And he doesn't yet have half the kingdom"
"E ele ainda não tem metade do reino"
"And, I should say, he is a dimwitted lad"
"E, eu diria, ele é um rapaz estúpido"
"In fact, no one knows where the lad is"
"Na verdade, ninguém sabe onde o rapaz está"
"He has been away from home for more than a year"
"Ele está fora de casa há mais de um ano"
"That is his manner," he explained.
"Esse é o jeito dele", explicou ele.
"He stays away for a long time"
"Ele fica longe por muito tempo"
"And then suddenly he comes home"
"E então de repente ele chega em casa"
"And then suddenly he leaves again"
"E de repente ele vai embora de novo"
"I believe his mother expects him to come soon"
"Acredito que a mãe dele espera que ele venha logo"
This was very useful information.
Esta foi uma informação muito útil.
"What is he like?" he asked.
"Como ele é?" ele perguntou.
"And what does he do when he returns home?"
"E o que ele faz quando volta para casa?"
These questions the Brahman could also answer.
O brâmane também poderia responder a essas perguntas.
"Well, he is about your height"
"Bem, ele tem mais ou menos a sua altura"
"Though he is somewhat younger than you"
"Embora ele seja um pouco mais novo que você"
"He wears a small piece of cloth round his waist"
"Ele usa um pequeno pedaço de pano em volta da cintura"
"And he rubs his body with ashes"

"E ele esfrega seu corpo com cinzas"
"He carries the branch of a tree in his hand"
"Ele carrega o galho de uma árvore na mão"
"And there is a tune to which he dances"
"E há uma melodia que ele dança"
"He comes to the door of the hut of his mother"
"Ele chega à porta da cabana de sua mãe"
"And he sings 'dhoop! dhoop! dhoop!'"
"E ele canta 'dhoop! dhoop! dhoop!'"
"His articulation is very indistinct"
"A sua articulação é muito indistinta"
"'Come, stay with your mother,' she says"
"' Venha, fique com sua mãe', ela diz"
"And he always gives the same answer"
"E ele sempre dá a mesma resposta"
"'No, I won't remain,' he says unintelligibly"
"Não, não vou ficar", diz ele de forma ininteligível.
"You should hear him when he wants to say yes"
"Você deveria ouvi-lo quando ele quer dizer sim"
"To answer in the affirmative he says 'hoom'"
"Para responder afirmativamente ele diz 'hoom'"
A flood of light entered the prince's friend.
Uma torrente de luz entrou no amigo do príncipe.
He now saw very well how matters stood.
Agora ele via muito bem como as coisas estavam.
The princess must have taken the snake-jewel.
A princesa deve ter pegado a joia da cobra.
And she must have left the palace alone.
E ela deve ter deixado o palácio sozinha.
And she was captured without the king's son.
E ela foi capturada sem o filho do rei.
Phakir's mother must have the snake-jewel.
A mãe de Phakir deve ter a joia da cobra.
His friend was still below the water.
Seu amigo ainda estava debaixo d'água.
The prince had no means of escape.
O príncipe não tinha meios de escapar.

He could imagine his friends desolate state.
Ele conseguia imaginar o estado desolado de seus amigos.
And he could imagine how hopeless he must be.
E ele podia imaginar o quão desesperado ele devia ser.
The prince's friend was filled with grief.
O amigo do príncipe estava cheio de tristeza.
But that was not cause to give up hope.
Mas isso não foi motivo para perder a esperança.
Perhaps he could rescue his friend.
Talvez ele pudesse resgatar seu amigo.
"I must get the jewel from the old woman"
"Preciso pegar a joia da velha"
"Can I not do it by personating Phakir-Chand?"
"Não posso fazer isso personificando Phakir-Chand?"
"His mother is expecting him soon"
"A mãe dele está esperando por ele em breve"
"Maybe I can rescue the princess the same way"
"Talvez eu possa resgatar a princesa da mesma forma"

He resolved to act the role of Phakir-Chand.
Ele resolveu assumir o papel de Phakir-Chand.
In the morning he left the Brahman's house.
De manhã ele deixou a casa do brâmane.
And he went to the outskirts of the city.
E ele foi para os arredores da cidade.
He divested himself of his usual clothing.
Ele se despiu de suas roupas habituais.
Around his waist he put a narrow piece of cloth.
Ele colocou um pedaço estreito de pano em volta da cintura.
The cloth scarcely reached his knees.
O pano mal chegava aos joelhos.
And he rubbed his body well with ashes.
E ele esfregou bem seu corpo com cinzas.
And finally he broke some twigs off a tree.
E finalmente ele quebrou alguns galhos de uma árvore.
And thus he was ready to play his role.
E assim ele estava pronto para desempenhar seu papel.

He went to the door of the hut of Phakir's mother.

Ele foi até a porta da cabana da mãe de Faquir.

And he commenced the operation by dancing.

E ele começou a operação dançando.

He danced in a most violent manner.

Ele dançou de uma maneira muito violenta.

And he sung to the tune of "dhoop! dhoop! dhoop!"

E ele cantou ao som de "dhoop! dhoop! dhoop!"

The dancing attracted the notice of the old woman.

A dança atraiu a atenção da velha.

The critical moment had come.

O momento crítico havia chegado.

The old woman looked to her door.

A velha olhou para a porta.

"Phakir-Chand, my son, have you come?"

"Phakir-Chand, meu filho, você veio?"

"My darling; the gods have become propitious to us"

"Meu querido, os deuses se tornaram propícios para nós"

Her supposed son uttered the monosyllable, "hoom"

Seu suposto filho pronunciou o monossílabo, "hoom"

And he danced more violently than before.

E ele dançou mais violentamente do que antes.

And he waved the twig in his hand.

E ele acenou com o galho em sua mão.

"This time you must not go away"

"Desta vez você não deve ir embora"

"You must remain with me"

"Você deve permanecer comigo"

"No, I won't remain," said the prince's friend.

"Não, não ficarei", disse o amigo do príncipe.

"Remain with me," the mother tried again.

"Fique comigo", a mãe tentou novamente.

"I'll get you married to the rajah's daughter"

"Eu vou te casar com a filha do rajá"

"Will you marry, Phakir-Chand?"

"Você vai se casar, Phakir-Chand?"

The minister's son replied—"hoom, hoom"

O filho do ministro respondeu: "hoom, hoom"
And he danced even more like a madman.
E ele dançou ainda mais como um louco.
"Will you come with me to the rajah's house?"
"Você virá comigo até a casa do rajá?"
"I'll show you a princess of uncommon beauty"
"Eu vou te mostrar uma princesa de beleza incomum"
"She rose from the waters"
"Ela surgiu das águas"
"Hoom, hoom," was the answer from his lips.
"Hoom, hoom", foi a resposta de seus lábios.
And his feet stomped violently to "dhoop! dhoop!"
E seus pés pisaram violentamente em "dhoop! dhoop!"
"Do you wish to see a jewel, Phakir?"
"Você deseja ver uma joia, Phakir?"
"The crest jewel of the serpent"
"A joia da crista da serpente"
"The treasure of seven kings"
"O tesouro dos sete reis"
"Hoom, hoom," was the reply.
"Hoom, hoom", foi a resposta.
The old woman went back into the hut.
A velha voltou para a cabana.
And she brought out the snake-jewel.
E ela tirou a joia em forma de cobra.
She put the jewel into the hand of her supposed son.
Ela colocou a joia nas mãos de seu suposto filho.
The minister's son took the snake-jewel.
O filho do ministro pegou a joia em forma de cobra.
He wrapped the jewel up in the piece of cloth.
Ele embrulhou a joia no pedaço de pano.
And he wrapped the cloth around his waist.
E ele enrolou o pano em volta da cintura.
Phakir's mother was delighted beyond measure.
A mãe de Phakir ficou imensamente feliz.
Her son had come at just the right time.
Seu filho chegou na hora certa.

She went to the rajah's house.
Ela foi até a casa do rajá.
She announced the news of Phakir's appearance.
Ela anunciou a notícia da aparição de Phakir.
And also in order to show Phakir the princess.
E também para mostrar a princesa a Phakir.
They were given access to the rajah's palace.
Eles tiveram acesso ao palácio do rajá.
And all parts of the palace were open to them.
E todas as partes do palácio estavam abertas para eles.
The old woman had saved the rajah's son.
A velha salvou o filho do rajá.
So she was the most important person in the kingdom.
Então ela era a pessoa mais importante do reino.
She took her supposed son around the palace.
Ela levou seu suposto filho para passear pelo palácio.
And she took him to the princess' room.
E ela o levou para o quarto da princesa.
Phakir's mother introduced her son to the princess.
A mãe de Phakir apresentou seu filho à princesa.
You can imagine the princess was not best impressed.
Você pode imaginar que a princesa não ficou muito
impressionada.
She did not appreciate the company of a madman.
Ela não gostava da companhia de um louco.
A madman, half naked, and covered in ash.
Um louco, seminu e coberto de cinzas.
And he kept dancing in a wild manner.
E ele continuou dançando de forma selvagem.

The three had spent the day together.
Os três passaram o dia juntos.
It was soon going to be sunset.
O pôr do sol já estava quase chegando.
The woman asked her son to come with her.
A mulher pediu ao filho que a acompanhasse.
But the supposed Phakir-Chand refused to comply.

Mas o suposto Phakir-Chand se recusou a obedecer.
He said he would stay there that night.
Ele disse que ficaria lá naquela noite.
His mother tried to persuade him to come with her.
Sua mãe tentou convencê-lo a ir com ela.
But he persisted in his determination.
Mas ele persistiu em sua determinação.
He said he would remain with the princess.
Ele disse que ficaria com a princesa.
Phakir's mother went home without him.
A mãe de Phakir foi para casa sem ele.
And she told the guards to look after her son.
E ela disse aos guardas para cuidarem de seu filho.
Eventually all the palace retired to rest.
Por fim, todo o palácio se retirou para descansar.
The supposed Phakir spoke to the princess again.
O suposto Phakir falou com a princesa novamente.
But this time he spoke in his own voice.
Mas desta vez ele falou com sua própria voz.
"Princess! do you not recognize me?"
"Princesa! você não me reconhece?"
"I am the prince's friend"
"Eu sou amigo do príncipe"
"I am the friend of your princely husband"
"Eu sou amigo do seu esposo principesco"
The princess was astonished for a moment.
A princesa ficou surpresa por um momento.
"Who? the prince's friend?"
"Quem? O amigo do príncipe?"
"Oh, my husband's best friend"
" Ah, o melhor amigo do meu marido"
"Please rescue me from this terrible captivity"
"Por favor, resgate-me deste terrível cativeiro"
"This is worse than death"
"Isto é pior que a morte"
"All of this is my own fault"
"Tudo isso é culpa minha"

"Rescue me, oh please, thou best of friends!"
"Salva-me, oh, por favor, tu, melhor dos amigos!"
She then burst into tears.
Ela então começou a chorar.
The prince's friend spoke again.
O amigo do príncipe falou novamente.
"Do not be disconsolate"
"Não fique desolado"
"I will try my best to rescue you"
"Farei o meu melhor para resgatá-lo"
"I will try to have you out of here tonight"
"Vou tentar tirar você daqui esta noite"
"But you must do whatever I tell you"
"Mas você deve fazer tudo o que eu lhe disser"
The princess trusted the prince's friend.
A princesa confiava no amigo do príncipe.
"I will do anything you tell me"
"Eu farei tudo o que você me disser"
After this the supposed Phakir left the room.
Depois disso, o suposto Phakir saiu da sala.
He passed through the courtyard of the palace.
Ele passou pelo pátio do palácio.
Some of the guards challenged him.
Alguns dos guardas o desafiaram.
"Hoom hoom!" he replied.
"Hoom hoom!" ele respondeu.
"I'm just going out for a minute"
"Vou sair só um minuto"
"And then I will come back again"
"E então eu voltarei novamente"
They understood that it was the madcap Phakir.
Eles entenderam que era o louco Phakir.
True to his word he did come back shortly.
Fiel à sua palavra, ele retornou logo em seguida.
And again he went to the princess.
E novamente ele foi até a princesa.
An hour afterwards he again went out.

Uma hora depois ele saiu novamente.
And again he was challenged by the guards.
E novamente ele foi desafiado pelos guardas.
He made the same reply as at the first time.
Ele deu a mesma resposta da primeira vez.
The guards began to talk among themselves.
Os guardas começaram a conversar entre si.
"This Phakir surely has no sense"
"Este Phakir certamente não tem juízo"
"He will go out and come in all night"
"Ele sai e entra a noite toda"
"Let us leave him to do what he likes"
"Deixemo-lo fazer o que quiser"
"There's no use guarding him all night"
"Não adianta ficar vigiando ele a noite toda"
The minister's son had worn down the guards.
O filho do ministro havia desgastado os guardas.
And he was looking for a way to escape.
E ele estava procurando uma maneira de escapar.
He kept going in and out until three at night.
Ele continuou entrando e saindo até as três da noite.
This time there were no guards there.
Desta vez não havia guardas lá.
Because all the guards had fallen asleep.
Porque todos os guardas estavam dormindo.
He was overjoyed at the auspicious circumstance.
Ele ficou muito feliz com a circunstância auspiciosa.
Then he went back to the princess.
Entãc ele voltou para a princesa.
"Now, princess, is the time for escape"
"Agora, princesa, é hora de escapar"
"The guards are all asleep"
"Os guardas estão todos dormindo"
"You must mount on my back"
"Você deve montar nas minhas costas"
"Tie the locks of your hair round my neck"
"Amarre as mechas do seu cabelo em volta do meu pescoço"

"And keep tight hold of me"
"E segura-me firme"
The princess did what she was asked of.
A princesa fez o que lhe foi pedido.
He passed unchallenged through the courtyard.
Ele passou pelo pátio sem ser desafiado.
And he had a lovely burden on his back.
E ele tinha um fardo adorável nas costas.
Eventually he got to the gate of the palace.
Finalmente ele chegou ao portão do palácio.
And he went through without being challenged.
E ele passou sem ser desafiado.
Then they went to the outskirts of the city.
Depois eles foram para os arredores da cidade.
Eventually he reached the outer suburbs.
Finalmente ele chegou aos subúrbios mais afastados.
They reached the water from which the princess had risen.
Eles chegaram à água de onde a princesa havia surgido.
The princess rejoiced at her escape.
A princesa se alegrou com sua fuga.
But she was still trembling with fear.
Mas ela ainda estava tremendo de medo.
The prince's friend untied the snake-jewel.
O amigo do príncipe desamarrou a joia-cobra.
And together they ascended into the water.
E juntos eles subiram para a água.
And soon they found back to the subterranean palace.
E logo eles retornaram ao palácio subterrâneo.
You can imagine how happy the prince was.
Você pode imaginar o quão feliz o príncipe ficou.
He had nearly died of grief.
Ele quase morreu de tristeza.
And you can imagine the princess' happiness too.
E você pode imaginar a felicidade da princesa também.
All the three of them were mad with joy.
Todos os três estavam loucos de alegria.
For three days they remained in the palace.

Eles permaneceram no palácio por três dias.
And they retold the prince the whole story.
E eles recontaram toda a história ao príncipe.
They told of how the princess was seized.
Eles contaram como a princesa foi capturada.
They told him of her captivity in the palace.
Contaram-lhe sobre seu cativeiro no palácio.
They described the marriage that was planned.
Eles descreveram o casamento que foi planejado.
They told him of the old woman.
Contaram-lhe sobre a velha.
And they told him all about her Phakir-Chand.
E eles lhe contaram tudo sobre seu Phakir-Chand.
They told him how he had impersonated him.
Contaram-lhe como ele o havia personificado.
And they told him how he freed the princess.
E lhe contaram como ele libertou a princesa.
I don't need to tell you how grateful they were.
Não preciso dizer o quanto eles ficaram gratos.
The prince's friend truly was a good friend.
O amigo do príncipe realmente era um bom amigo.
They thanked him in the warmest terms.
Eles lhe agradeceram nos termos mais calorosos.
And they vowed to always follow his counsel.
E eles juraram sempre seguir seu conselho.

They were all resolved to return home.
Todos estavam decididos a voltar para casa.
They wanted to return to their native country.
Eles queriam retornar ao seu país natal.
The king's son, the minister's son, and the princess.
O filho do rei, o filho do ministro e a princesa.
They left the subterranean palace together.
Eles deixaram o palácio subterrâneo juntos.
They lighted the passage with the snake-jewel.
Eles iluminaram a passagem com a joia da cobra.
And they made their way to the upper world.

E eles seguiram para o mundo superior.
They had neither elephants nor horses waiting for them.
Eles não tinham nem elefantes nem cavalos esperando por eles.
So they had no choice but to travel on foot.
Então eles não tiveram escolha a não ser viajar a pé.
The two friends had been bred in the lap of luxury.
Os dois amigos foram criados no luxo.
Both of them found walking troublesome.
Ambos achavam difícil caminhar.
But the princess found it infinitely more troublesome.
Mas a princesa achou isso infinitamente mais problemático.
She was used to even finer treatment.
Ela estava acostumada a um tratamento ainda melhor.
The stones of the road were too rough for her.
As pedras da estrada eram ásperas demais para ela.
And the rough stones wounded her tender feet.
E as pedras ásperas feriram seus pés delicados.
Eventually her feet became very sore.
Por fim, seus pés ficaram muito doloridos.
At times the king's son carried her on his shoulders.
Às vezes, o filho do rei a carregava nos ombros.
The load he was carrying was of course lovely.
A carga que ele carregava era, claro, adorável.
But although lovely, she was heavy to carry.
Mas embora adorável, ela era pesada para carregar.
And she could not be carried a great distance.
E ela não poderia ser carregada por uma grande distância.
And therefore she too had to walk often.
E por isso ela também tinha que caminhar com frequência.
One evening they arrived beneath a tree.
Uma noite eles chegaram debaixo de uma árvore.
There were no visible signs of human habitations.
Não havia sinais visíveis de habitações humanas.
So they decided to make the tree their sleeping place.
Então eles decidiram fazer da árvore seu lugar para dormir.
The prince's friend offered to keep guard.

O amigo do príncipe se ofereceu para ficar de guarda.
"Both of you can go to sleep"
"Vocês dois podem dormir"
"I will keep watch over you both tonight"
"Eu ficarei de olho em vocês dois esta noite"
"In order to prevent any danger"
"Para evitar qualquer perigo"
The royal couple soon dozed off.
O casal real logo adormeceu.
And they were locked in the arms of sleep.
E eles estavam presos nos braços do sono.
The faithful friend of the prince did not sleep.
O fiel amigo do príncipe não dormia.
He stayed awake and watched for danger.
Ele permaneceu acordado e atento ao perigo.
It so happened they camped under a special tree.
Acontece que eles acamparam sob uma árvore especial.
In the tree swung the nest of two birds.
Na árvore balançava o ninho de dois pássaros.
The immortal birds Bihangama and Bihangami.
Os pássaros imortais Bihangama e Bihangami.
These birds were endowed with human speech.
Essas aves eram dotadas da fala humana.
And they could also see into the future.
E eles também podiam ver o futuro.
The minister's son listened to the bird's conversation.
O filho do ministro ouviu a conversa do pássaro.
He was more than a little astonished at what he heard!
Ele ficou mais do que um pouco surpreso com o que ouviu!
Bihangama: "The prince's friend risked his own life"
Bihangama: "O amigo do príncipe arriscou a própria vida"
"He did everything for the safety of his friend"
"Ele fez tudo pela segurança do seu amigo"
"But more dangers will befall the king's son"
"Mas mais perigos recairão sobre o filho do rei"
"And he will find it difficult to save the prince"
"E ele terá dificuldade em salvar o príncipe"

Bihangami: "Why is that?"
Bihangami: "Por que isso?"
Bihangama: "Many dangers await the king's son"
Bihangama: "Muitos perigos aguardam o filho do rei"
"The prince's father will hear of his son's approach"
"O pai do príncipe ouvirá sobre a aproximação de seu filho"
"He will send for him an elephant and some horses"
"Ele mandará buscar um elefante e alguns cavalos"
"And he will arrange attendants to meet him"
"E ele providenciará servos para encontrá-lo"
"The king's son will ride the elephant"
"O filho do rei montará no elefante"
"But he will fall from the back of the elephant"
"Mas ele cairá das costas do elefante"
"And he will die from his fall from the elephant"
"E ele morrerá por causa da queda do elefante"
Bihangami: "But suppose someone prevented this?"
Bihangami: "Mas suponha que alguém impedisse isso?"
"Suppose the king's son is not going to ride on the elephant"
"Suponha que o filho do rei não vá andar no elefante"
"What might happen if he rides on a horse instead?"
"O que poderia acontecer se ele montasse num cavalo?"
"Will he not in that case be saved?"
"Ele não será salvo nesse caso?"
Bihangama: "Yes, in that case he would escape that fate"
Bihangama: "Sim, nesse caso ele escaparia desse destino"
"But then a fresh danger would await him"
"Mas então um novo perigo o aguardaria"
"When the king's son is in sight of his father's palace"
"Quando o filho do rei avista o palácio de seu pai"
"When he is in the act of passing through the lion-gate"
"Quando ele está prestes a passar pelo portão dos leões"
"In that moment the lion-gate will fall upon him"
"Naquele momento o portão do leão cairá sobre ele"
"And the stones will crush him to death"
"E as pedras o esmagarão até a morte"

Bihangami: "But suppose someone gets there first"
Bihangami: "Mas suponha que alguém chegue lá primeiro"
"Suppose someone destroys the lion-gate"
"Suponha que alguém destrua o portão do leão"
"If that happens the king's son couldn't go through the lion-gate"
"Se isso acontecesse, o filho do rei não poderia passar pelo portão dos leões"
"Will not the king's son in that case be saved?"
"O filho do rei não será salvo nesse caso?"
Bihangama: "Yes, in that case he would escape his fate"
Bihangama: "Sim, nesse caso ele escaparia do seu destino"
"But then a fresh danger would await him"
"Mas então um novo perigo o aguardaria"
"When the king's son reaches the palace"
"Quando o filho do rei chega ao palácio"
"When he sits at a feast prepared for him"
"Quando ele se senta em um banquete preparado para ele"
"The head of a fish will be cooked for him"
"A cabeça de um peixe será cozida para ele"
"He will put into his mouth the head of the fish"
"Ele porá na boca a cabeça do peixe"
"But the head of the fish will stick in his throat"
"Mas a cabeça do peixe ficará presa na garganta dele"
"And he will choke to death on the head of the fish"
"E ele morrerá engasgado com a cabeça do peixe"
Bihangami: "But suppose someone snatches the fish"
Bihangami: "Mas suponha que alguém roube o peixe"
"Suppose someone takes the head of the fish from his plate"
"Suponha que alguém tire a cabeça do peixe do seu prato"
"Suppose he can't put the fish's head in his mouth"
"Suponha que ele não consiga colocar a cabeça do peixe na boca"
"Will not the king's son in that case be saved?"
"O filho do rei não será salvo nesse caso?"
Bihangama: "Yes, in that case he will escape his fate"
Bihangama: "Sim, nesse caso ele escapará do seu destino"

"But a fresh danger would await him"
"Mas um novo perigo o aguardaria"
"When the prince and princess retire after dinner"
"Quando o príncipe e a princesa se retiram após o jantar"
"When they go into their sleeping apartment"
"Quando eles vão para o seu apartamento de dormir"
"They will lie together in bed"
"Eles ficarão juntos na cama "
"A terrible cobra will come into the room"
"Uma cobra terrível entrará na sala"
"And the cobra will bite the king's son to death"
"E a cobra morderá o filho do rei até a morte"
Bihangami: "But suppose someone was in the room"
Bihangami: "Mas suponha que alguém estivesse na sala"
"Suppose this person was waiting for the snake"
"Suponha que essa pessoa estivesse esperando pela cobra"
"And suppose that this person cuts the snake into pieces"
"E suponha que essa pessoa corte a cobra em pedaços"
"Will not the king's son in that case be saved?"
"O filho do rei não será salvo nesse caso?"
Bihangama: "Yes, in that case he will escape his fate"
Bihangama: "Sim, nesse caso ele escapará do seu destino"
"In that case the life of the king's son will be saved"
"Nesse caso a vida do filho do rei será salva"
"But he who saves him can't repeat these words"
"Mas aquele que o salva não pode repetir estas palavras"
"If he tells his secret he will be turned into marble"
"Se ele contar seu segredo, ele será transformado em
mármore"
Bihangami: "Can the statue be returned to life?"
Bihangami: "A estátua pode voltar à vida?"
Bihangama: "Yes, the marble statue can be restored to life"
Bihangama: "Sim, a estátua de mármore pode ser restaurada à
vida"
"The princess will give birth to a child"
"A princesa dará à luz uma criança"
"They must wash the statue with the blood of the infant"

"Eles devem lavar a estátua com o sangue do menino"
The prophetical birds had spoken until that point.
Os pássaros proféticos falaram até aquele momento.
But then they were interrupted by the craw of crows.
Mas então eles foram interrompidos pelo canto dos corvos.
The eastern sky tinted in a reddish hue.
O céu do leste estava tingido de um tom avermelhado.
And the travelers beneath the tree bestirred themselves.
E os viajantes sob a árvore se agitaram.
The prophetic conversation came to an end.
A conversa profética chegou ao fim.
But the prince's friend had heard everything.
Mas o amigo do príncipe ouviu tudo.

The next morning they continued their journey.
Na manhã seguinte, eles continuaram sua jornada.
The prince, the princess, and the prince's friend.
O príncipe, a princesa e o amigo do príncipe.
Soon they met the king's procession.
Logo eles encontraram a procissão do rei.
There was an elephant, a horse, and a palki.
Havia um elefante, um cavalo e um palki.
And there was a large number of attendants.
E havia um grande número de participantes.
These animals and men had been sent by the king.
Esses animais e homens foram enviados pelo rei.
The king heard his son was with his friend.
O rei ouviu que seu filho estava com seu amigo.
And he had heard that his son had married.
E ele ouviu que seu filho havia se casado.
And he heard they were not far from the capital.
E ele ouviu que eles não estavam longe da capital.
The elephant had been richly caparisoned.
O elefante estava ricamente enfeitado.
The elephant was intended for the prince.
O elefante era destinado ao príncipe.
The framework of the palki was of silver.

A estrutura do palki era de prata.
The palki was meant for the princess.
O palki era para a princesa.
And the horse was for the prince's friend.
E o cavalo era para o amigo do príncipe .
The prince was about to mount on the elephant.
O príncipe estava prestes a montar no elefante.
But then his friend spoke to him.
Mas então seu amigo falou com ele.
"Allow me to ride on the elephant, please"
"Deixe-me andar no elefante, por favor"
"And you can ride back on horseback"
"E você pode voltar a cavalo"
The prince was not a little surprised.
O príncipe não ficou nada surpreso.
The proposal had been made in a very cold manner.
A proposta foi feita de forma muito fria.
Maybe his friend felt a little too entitled.
Talvez o amigo dele se sentisse um pouco arrogante demais.
And the king's son was slightly annoyed.
E o filho do rei ficou um pouco irritado.
But he remembered what his friend had done for him.
Mas ele se lembrou do que seu amigo havia feito por ele.
And he remembered how he saved the princess.
E ele se lembrou de como salvou a princesa.
So he mounted the horse without objecting.
Então ele montou no cavalo sem fazer objeções.
But his mind became somewhat alienated from him.
Mas sua mente se tornou um tanto alienada dele.
The procession towards the capital started again.
A procissão em direção à capital começou novamente.
After some time they came in sight of the palace.
Depois de algum tempo, eles avistaram o palácio.
The lion-gate had been gaily adorned.
O portão do leão estava alegremente adornado.
There was a grand reception for the prince.
Houve uma grande recepção para o príncipe.

And the princess was equally anticipated.
E a princesa era igualmente esperada.
But the prince's friend seemed to have an objection.
Mas o amigo do príncipe parecia ter uma objeção.
"I want the lion-gate to be broken down"
"Quero que o portão dos leões seja quebrado"
The prince was astounded at the proposal.
O príncipe ficou surpreso com a proposta.
The request was very out of the ordinary.
O pedido foi muito fora do comum.
And he had given no reason for his demand.
E ele não deu nenhuma razão para sua exigência.
But he remembered all his friend had done for him.
Mas ele se lembrou de tudo que seu amigo fez por ele.
And he remembered how he saved the princess.
E ele se lembrou de como salvou a princesa.
So he complied with the wish of his friend.
Então ele atendeu ao desejo do amigo.
And the beautiful lion-gate was torn down.
E o belo portão dos leões foi derrubado.
But his mind became even more estranged from him.
Mas sua mente se tornou ainda mais distante dele.
The procession now went into the palace.
A procissão então entrou no palácio.
The king gave a warm reception to his son.
O rei deu uma recepção calorosa ao seu filho.
He welcomed his daughter-in-law equally warmly.
Ele recebeu sua nora com o mesmo carinho.
And he was very pleased to see the prince's friend.
E ele ficou muito satisfeito em ver o amigo do príncipe.
The story of their adventures was related.
A história de suas aventuras foi relatada.
The king expressed great astonishment at the tale.
O rei ficou muito surpreso com a história.
And his courtiers were equally impressed.
E seus cortesãos ficaram igualmente impressionados.
All praised the minister's son's devotion.

Todos elogiaram a devoção do filho do ministro.
And the ladies of the palace praised the princess.
E as damas do palácio elogiaram a princesa.
The connoisseurs of beauty praised the princess.
Os apreciadores da beleza elogiaram a princesa.
Her complexion was a mixture of milk and vermilion.
Sua pele era uma mistura de leite e vermelhão.
Her neck was like that of a swan.
Seu pescoço era como o de um cisne.
Her eyes were like those of a gazelle.
Seus olhos eram como os de uma gazela.
Her lips were as red as the berry bimba.
Os lábios dela estavam tão vermelhos quanto a berry bimba.
Her cheeks were as lovely as they could be.
Suas bochechas eram tão lindas quanto podiam ser.
And her nose was straight and high.
E seu nariz era reto e alto.
Her hair reached down to her ankles.
O cabelo dela chegava até os tornozelos.
Her walk was as graceful as that of a young elephant.
Seu andar era tão gracioso quanto o de um elefante jovem.
The princess whom destiny had brought to them.
A princesa que o destino trouxe até eles.
They sat around her wanting to know everything.
Eles sentaram-se ao redor dela querendo saber tudo.
And they put to her a thousand questions.
E lhe fizeram mil perguntas.
They asked her about her parents.
Perguntaram-lhe sobre os seus pais.
They asked her about the subterranean palace.
Perguntaram-lhe sobre o palácio subterrâneo.
And they asked her all about the serpent.
E perguntaram-lhe tudo sobre a serpente.
The serpent which had killed all her relatives.
A serpente que matou todos os seus parentes.
Soon it was time for the new arrivals to dine.
Logo chegou a hora dos recém-chegados jantarem.

The dinner was served up in dishes of gold.
O jantar foi servido em pratos de ouro.
All sorts of delicacies were on the table.
Havia todo tipo de iguarias na mesa.
The most conspicuous dish was the head of a rohita fish.
O prato mais chamativo era a cabeça de um peixe rohita.
The large fish's head was placed in a golden cup.
A cabeça do peixe grande foi colocada em uma taça de ouro.
And the cup was placed near the prince's plate.
E a taça foi colocada perto do prato do príncipe.
All were eating and retelling the adventure.
Todos estavam comendo e contando a aventura.
And suddenly the prince's friend snatched the head.
E de repente o amigo do príncipe arrancou a cabeça.
He took the fish's head from the prince's plate.
Ele pegou a cabeça do peixe do prato do príncipe.
"Let me, prince, eat this rohita's head"
"Deixe-me, príncipe, comer a cabeça desta rohita"
The king's son was quite indignant.
O filho do rei ficou bastante indignado.
But he remembered all his friend had done for him.
Mas ele se lembrou de tudo que seu amigo fez por ele.
And he remembered how he saved the princess.
E ele se lembrou de como salvou a princesa.
And so he made no objection to the request.
E então ele não fez nenhuma objeção ao pedido.
But he could not hide his terrible rage.
Mas ele não conseguia esconder sua terrível raiva.
Of course the prince's friend noticed this.
É claro que o amigo do príncipe percebeu isso.
But there was nothing else he could have done.
Mas não havia mais nada que ele pudesse ter feito.
His conduct, however strange, was necessary.
Sua conduta, por mais estranha que fosse, era necessária.
It was for the safety of his friend's life.
Era para a segurança da vida de seu amigo.
Nor could he tell his friend the reason.

Ele também não pôde contar o motivo ao amigo.
Else he would be transformed into a marble statue.
Caso contrário, ele seria transformado em uma estátua de mármore.
Soon the dinner was going to be over.
Logo o jantar acabaria.
The prince's friend had one more request.
O amigo do príncipe tinha mais um pedido.
The two friends had spent every night together.
Os dois amigos passavam todas as noites juntos.
But tonight he wanted to go to his own house.
Mas esta noite ele queria ir para sua própria casa.
The prince was also shocked at his strange conduct.
O príncipe também ficou chocado com sua conduta estranha.
But he remembered all his friend had done for him.
Mas ele se lembrou de tudo que seu amigo fez por ele.
And he remembered how he saved the princess.
E ele se lembrou de como salvou a princesa.
And he also agreed to this request of his friend.
E ele também concordou com o pedido do amigo.
The prince's friend, however, had other plans.
O amigo do príncipe, porém, tinha outros planos.
He had no intentions of going to his own house.
Ele não tinha intenção de ir para sua própria casa.
He was resolved to avert the last peril.
Ele estava decidido a evitar o último perigo.
The last thing to threaten the life of his friend.
A última coisa a ameaçar a vida de seu amigo.
Accordingly, he took a sword into his hand.
Então ele pegou uma espada.
And he stealthily entered the royal room.
E ele entrou furtivamente no salão real.
The room of the prince and the princess.
O quarto do príncipe e da princesa.
He ensconced himself under the bedstead.
Ele se aninhou debaixo da cama.
The bed was furnished with mattresses of down.

A cama estava mobiliada com colchões de plumas.
The mosquito curtains were of the richest silk.
As cortinas mosquiteiras eram da mais rica seda.
And all the bedding was laced with gold.
E toda a roupa de cama era adornada com ouro.
Soon the prince and princess came into the bedroom.
Logo o príncipe e a princesa entraram no quarto.
They undressed themselves and went to bed.
Eles se despiram e foram dormir.
And soon the royal couple were asleep.
E logo o casal real estava dormindo.
At midnight he heard the slithering of a snake.
À meia-noite ele ouviu o rastejar de uma cobra.
The sound was coming from a water passage.
O som vinha de uma passagem de água.
A snake of gigantic size entered the room.
Uma cobra de tamanho gigantesco entrou na sala.
The serpent climbed up the frame of the bed.
A serpente subiu na estrutura da cama.
The minister's son rushed out with the sword.
O filho do ministro saiu correndo com a espada.
And he killed the serpent with one blow.
E ele matou a serpente com um só golpe.
And then he cut the snake into smaller pieces.
E então ele cortou a cobra em pedaços menores.
He put the pieces in the dish for holding betel-leaves.
Ele colocou os pedaços no prato para guardar folhas de bétele.
But as he did this, he spilled a drop of blood.
Mas ao fazer isso, ele derramou uma gota de sangue.
The drop of blood fell on the breast of the princess.
A gota de sangue caiu no peito da princesa.
Because the mosquito curtains had not been let down.
Porque as cortinas mosquiteiras não estavam abaixadas.
He worried for the health of the princess.
Ele se preocupava com a saúde da princesa.
The blood might be of some sort of poison.
O sangue pode ser de algum tipo de veneno.

So he resolved to lick up the blood.

Então ele resolveu lamber o sangue.

But he could not look at the naked princess.

Mas ele não conseguia olhar para a princesa nua.

It would have been a great sin.

Teria sido um grande pecado.

So he blindfolded himself with seven-fold cloth.

Então ele vendou os olhos com um pano dobrado em sete partes.

And he licked off the drop of blood.

E ele lambeu a gota de sangue.

But just at this time the princess awoke.

Mas justamente nesse momento a princesa acordou.

Her scream roused her husband from his sleep.

O grito dela despertou o marido do sono.

And he could not believe what he was seeing.

E ele não conseguia acreditar no que estava vendo.

The prince fell into a great rage.

O príncipe ficou furioso.

And he was prepared to kill his friend.

E ele estava preparado para matar seu amigo.

But he gave his friend a chance to speak.

Mas ele deu ao amigo uma chance de falar.

"Please, my friend, restrain your anger"

"Por favor, meu amigo, controle sua raiva"

"I have done this only to save your life"

"Eu fiz isso apenas para salvar sua vida"

The prince was more confused than before.

O príncipe estava mais confuso do que antes.

"I do not understand what you mean"

"Não entendo o que você quer dizer"

"From the time we came out of the subterranean palace"

"Desde o momento em que saímos do palácio subterrâneo"

"You have been behaving in a most extraordinary way"

"Você tem se comportado de uma maneira extraordinária"

"First, you insisted on riding my elephant"

"Primeiro, você insistiu em montar no meu elefante"

"The elephant my father had sent for me"
"O elefante que meu pai mandou me buscar"
"I thought it was vain of you to ask"
"Achei que era vaidade sua perguntar"
"But I remembered what you had done for me"
"Mas eu me lembrei do que você fez por mim"
"And I decided to let the matter pass"
"E eu decidi deixar o assunto passar"
"And instead I rode back on horseback"
"E em vez disso voltei a cavalo"
"Secondly, you insisted on destroying the lion-gate"
"Em segundo lugar, você insistiu em destruir o portão do leão"
"The lion-gate my father had adorned for me"
"O portão dos leões que meu pai havia adornado para mim"
"I thought it was strange of you to ask"
"Achei estranho você perguntar"
"But I remembered what you had done for me"
"Mas eu me lembrei do que você fez por mim"
"And I decided to let the matter pass"
"E eu decidi deixar o assunto passar"
"And I had the lion-gate destroyed"
"E eu destruí o portão dos leões"
"Thirdly, at dinner you behaved most shamefully"
"Em terceiro lugar, no jantar você se comportou de forma muito vergonhosa"
"You snatched the rohita's head from my plate"
"Você arrancou a cabeça da rohita do meu prato"
"And you insisted on eating the fish head"
"E você insistiu em comer a cabeça do peixe"
"I thought you felt too entitled"
"Achei que você se sentia muito no direito"
"But I remembered what you had done for me"
"Mas eu me lembrei do que você fez por mim"
"So I decided to let the matter pass"
"Então decidi deixar o assunto passar"
"You then pretended that you were going home"

"Você então fingiu que estava indo para casa"
"And I was very glad you were going home"
"E eu fiquei muito feliz que você estava indo para casa"
"Because you had made yourself very disagreeable"
"Porque você se tornou muito desagradável"
"And now you are actually in my bedroom"
"E agora você está realmente no meu quarto"
"You are bending over the naked bosom of my wife"
"Você está curvado sobre o seio nu da minha esposa"
"You must have had some evil plan"
"Você deve ter tido algum plano maligno"
"And now you pretend you are saving my life"
"E agora você finge que está salvando minha vida"
"But I don't believe you want to save my life"
"Mas eu não acredito que você queira salvar minha vida"
"I believe you want to destroy my wife's chastity"
"Acredito que você quer destruir a castidade da minha esposa"
The prince's friend knew how things looked.
O amigo do príncipe sabia como as coisas pareciam.
"Oh, do not harbor such thoughts in your mind"
"Oh, não alimente tais pensamentos em sua mente"
"Please do not think badly against me"
"Por favor, não pense mal de mim"
"The gods know what I have done"
"Os deuses sabem o que eu fiz"
"They know I did it to save your life"
"Eles sabem que eu fiz isso para salvar sua vida"
"You would see the reasonableness of my conduct"
"Você veria a razoabilidade da minha conduta"
"But I don't have liberty to state my reasons"
"Mas não tenho liberdade para expor minhas razões"
The prince asked him to explain himself.
O príncipe pediu que ele se explicasse.
"And why are you not at liberty?"
"E por que você não tem liberdade?"
"Who has put a seal upon your mouth?"

"Quem pôs um selo na sua boca?"
And the prince's friend answered.
E o amigo do príncipe respondeu.
"Destiny has put a seal upon my mouth"
"O destino selou minha boca"
"If I told you, I would be transformed into marble"
"Se eu te dissesse, eu me transformaria em mármore"
The prince grew angrier with his friend.
O príncipe ficou ainda mais irritado com o amigo.
"You should be transformed into a marble statue!"
"Você deveria ser transformado em uma estátua de mármore!"
"You must take me to be a simpleton"
"Você deve me considerar um simplório"
"You can't expect me to believe this nonsense"
"Você não pode esperar que eu acredite nessa bobagem "
The minister's son made one last request.
O filho do ministro fez um último pedido.
"Do you wish me then, friend, for me to tell you?
"Você quer então, amigo, que eu lhe diga?
"You would make your friend turn into stone?"
"Você faria seu amigo se transformar em pedra?"
The prince wanted to hear the reason.
O príncipe queria ouvir o motivo.
He did not care about the consequences.
Ele não se importava com as consequências.
"Tell me, or else you are a dead man"
"Diga-me, senão você é um homem morto"
The prince's friend wanted to clear his name.
O amigo do príncipe queria limpar seu nome.
He wanted no foul accusations brought against him.
Ele não queria que acusações infames fossem feitas contra ele.
And he deemed it his duty to reveal the secret.
E ele considerou seu dever revelar o segredo.
Even if this would put his life at risk.
Mesmo que isso colocasse sua vida em risco.
He again warned the prince not to ask him.

Ele novamente alertou o príncipe para não lhe perguntar.
But the prince remained inexorable.
Mas o príncipe permaneceu inexorável.
The prince's friend then told him his secret.
O amigo do príncipe então lhe contou seu segredo.
"While sleeping under a lofty tree one night"
"Enquanto dormia sob uma árvore alta uma noite"
"I overheard a conversation between two birds.
"Ouvi uma conversa entre dois pássaros.
"The prophesizing birds Bihangama and Bihangami"
"Os pássaros profetizadores Bihangama e Bihangami"
"Bihangama predicted all the dangers in your life"
"Bihangama previu todos os perigos da sua vida"
"First the bird predicted your father would send an elephant"
"Primeiro o pássaro previu que seu pai enviaria um elefante"
"The bird said you would fall from the elephant"
"O pássaro disse que você cairia do elefante"
"And the bird said you would die from the fall"
"E o pássaro disse que você morreria com a queda"
At this point the minister's son's legs turned to stone.
Nesse momento, as pernas do filho do ministro viraram pedra.
"See? my legs have already turned to stone"
"Viu? Minhas pernas já viraram pedra"
"Go on with your story," said the prince.
"Continue com sua história", disse o príncipe.
And the prince's friend continued the story.
E o amigo do príncipe continuou a história.
"The bird said the lion-gate would be gaily decorated"
"O pássaro disse que o portão do leão seria alegremente decorado"
"And the bird said the lion-gate would collapse on you"
"E o pássaro disse que o portão do leão desabaria sobre você"
"If the lion-gate had fallen on you, you would have died"
"Se a porta dos leões tivesse caído sobre você, você teria morrido"
At this point the minister's son's torso turned to stone.

Nesse momento, o torso do filho do ministro se transformou em pedra.

But the prince insisted the minister's son continues.

Mas o príncipe insistiu que o filho do ministro continuasse.

"Go on with your story," said the prince.

"Continue com sua história", disse o príncipe.

"The bird said there would be the head of a fish"

"O pássaro disse que haveria uma cabeça de peixe"

"And the bird predicted you would choke on the fish"

"E o pássaro previu que você engasgaria com o peixe"

Now his head was the only thing not of stone.

Agora sua cabeça era a única coisa que não era de pedra.

"See? my whole body has turned to stone"

"Viu? Todo o meu corpo virou pedra"

"If I continue, I will become a man of stone"

"Se eu continuar, me tornarei um homem de pedra"

"Do you wish me to tell the rest"

"Você quer que eu conte o resto?"

"Go on with your story," said the prince.

"Continue com sua história", disse o príncipe.

"Very well, I will go on to the end"

"Muito bem, irei até o fim"

"But you may repent after I tell you"

"Mas você pode se arrepender depois que eu lhe disser"

"And you may wish to restore me to life"

"E você pode desejar me restaurar à vida"

"I will tell you how to reverse the spell"

"Eu vou te dizer como reverter o feitiço"

"In a few months the princess will bear a child"

"Em poucos meses a princesa dará à luz um filho"

"Wait for the birth of the child"

"Espere o nascimento da criança"

"Besmear my statue with the infant's blood"

"Manchai minha estátua com o sangue do menino"

"Only then will I be restored back to life"

"Só então serei restaurado à vida"

The last word left his lips, and he turned to stone.

A última palavra saiu de seus lábios e ele se transformou em pedra.
The princess jumped out of bed.
A princesa pulou da cama.
She opened the vessel for betel-leaves and spices.
Ela abriu o recipiente para folhas de bétele e especiarias.
And she saw the pieces of a serpent.
E ela viu os pedaços de uma serpente.
The prince and the princess were now convinced.
O príncipe e a princesa estavam agora convencidos.
They saw the good faith of their departed friend.
Eles viram a boa fé do amigo que partiu.
They saw the benevolence of his actions.
Eles viram a benevolência de suas ações.
They went to the marble statue.
Eles foram até a estátua de mármore.
But the statue of their friend was lifeless.
Mas a estátua do amigo deles estava sem vida.
They let out a loud cry of lamentation.
Eles soltaram um alto grito de lamentação.
But their cries were to no purpose.
Mas seus gritos não tiveram efeito algum.
Because the statue was not moved by tears.
Porque a estátua não se comoveu com lágrimas.
The prince and princess knew what they had to do.
O príncipe e a princesa sabiam o que tinham que fazer.
They concealed the marble figure in a safe place.
Eles esconderam a figura de mármore em um lugar seguro.
And they waited for the birth of their child.
E eles esperaram o nascimento do filho.
In process of time the hour came.
Com o passar do tempo, a hora chegou.
The princess's travail had arrived.
O trabalho da princesa havia chegado.
The princess bore a beautiful boy.
A princesa deu à luz um lindo menino.
The child was the perfect image of his mother.

A criança era a imagem perfeita de sua mãe.
The beauty of their child was striking.
A beleza do filho deles era impressionante.
And they were in awe of him.
E eles ficaram maravilhados com ele.
They would have spared his life.
Eles teriam poupado sua vida.
But they remembered their best friend.
Mas eles se lembraram do seu melhor amigo.
They remembered all he had done for them.
Eles se lembraram de tudo o que ele havia feito por eles.
But now he was a lifeless stone.
Mas agora ele era uma pedra sem vida.
And they remembered the vows they had made.
E eles se lembraram dos votos que fizeram.
And they cut the child into two.
E cortaram a criança em duas.
They besmeared the statue with the child's blood.
Eles mancharam a estátua com o sangue da criança.
And their friend became animated back to life.
E o amigo deles voltou à vida.
They were glad to see him alive again.
Eles ficaram felizes em vê-lo vivo novamente.
But the prince's friend was overwhelmed with grief.
Mas o amigo do príncipe ficou tomado pela tristeza.
Because he saw the new-born in a pool of blood.
Porque ele viu o recém-nascido em uma poça de sangue.
So he picked up the dead infant.
Então ele pegou a criança morta.
He carefully wrapped the child in a towel.
Ele cuidadosamente enrolou a criança em uma toalha.
And he resolved to get the child restored to life.
E ele resolveu trazer a criança de volta à vida.
He consulted all the physicians of the country.
Ele consultou todos os médicos do país.
They all told him the same thing.
Todos lhe disseram a mesma coisa.

A cure can be found for any illness.
É possível encontrar uma cura para qualquer doença.
But life requires the spark of life.
Mas a vida requer a centelha da vida.
When the spark is gone, it is beyond their jurisdiction.
Quando a centelha se apaga, está além da jurisdição deles.
And so they had to go on with their lives.
E então eles tiveram que seguir com suas vidas.

Eventually the prince's friend returned to his wife.
Por fim, o amigo do príncipe retornou para sua esposa.
She was a devoted worshipper of the goddess kali.
Ela era uma devota adoradora da deusa Kali.
She was the only one who could return life.
Ela era a única que podia trazer a vida de volta.
His wife was living in a distant town.
Sua esposa morava em uma cidade distante.
So he set out on a journey to the town.
Então ele partiu em uma jornada até a cidade.
His wife still lived in her father's house.
Sua esposa ainda morava na casa do pai.
Adjoining the house there was a garden.
Ao lado da casa havia um jardim.
And in the garden there was a tree.
E no jardim havia uma árvore.
The child had been stored in that tree.
A criança havia sido guardada naquela árvore.
His wife was overjoyed to see her husband.
Sua esposa ficou muito feliz em ver o marido.
She had not seen him for a long time.
Ela não o via há muito tempo.
But she was surprised when she saw him.
Mas ela ficou surpresa quando o viu.
Her husband was very melancholy that day.
O marido dela estava muito melancólico naquele dia.
He spoke very little to his wife.
Ele falava muito pouco com a esposa.

And his wife knew that he was not himself.
E sua esposa sabia que ele não era ele mesmo.
He was brooding over something in his mind.
Ele estava pensando em algo.
She asked the reason for his melancholy.
Ela perguntou o motivo de sua melancolia.
But he kept quiet, and wouldn't tell her.
Mas ele ficou quieto e não contou a ela.
One night they were lying together in bed.
Uma noite eles estavam deitados juntos na cama.
The wife got up and left the marital bed.
A esposa se levantou e saiu do leito conjugal.
She opened the door and went into the garden.
Ela abriu a porta e foi para o jardim.
Her husband had not been able to sleep well.
O marido dela não conseguia dormir bem.
Therefore he awoke from the movement of his wife.
Então ele acordou com o movimento de sua esposa.
He heard her leave in the dead of the night.
Ele a ouviu sair na calada da noite.
And he was determined to follow her.
E ele estava determinado a segui-la.
But he was also determined not to be noticed.
Mas ele também estava determinado a não ser notado.
She went to a temple of the goddess kali.
Ela foi ao templo da deusa Kali.
The temple was at no great distance from her house.
O templo não ficava muito longe de sua casa.
She worshipped the goddess with flowers.
Ela adorava a deusa com flores.
And she worshiped the goddess with sandal-wood perfume.
E ela adorou a deusa com perfume de sândalo.
"Oh mother kali! have mercy upon me"
"Ó mãe Kali! Tenha misericórdia de mim"
"Deliver me out of all my troubles"
"Livra-me de todas as minhas angústias"
The goddess replied to the woman.

A deusa respondeu à mulher.
"Why, what further grievance have you?
"Ora, que mais queixas você tem?
"You long prayed for the return of your husband"
"Você orou muito pelo retorno do seu marido"
"And your prayers have been answered"
"E suas orações foram atendidas"
"Your husband has returned to you"
"Seu marido voltou para você"
"So then, what ails thee now?"
"Então, o que te aflige agora?"
The woman answered the goddess.
A mulher respondeu à deusa.
"True, oh mother, my husband has come to me"
"É verdade, ó mãe, meu marido veio até mim"
"But he has come to me in a melancholy mood"
"Mas ele veio até mim com um humor melancólico"
"He hardly speaks to me when I speak to him"
"Ele mal fala comigo quando falo com ele"
"He takes no delight in me when he is with me"
"Ele não tem prazer em mim quando está comigo"
"All he does is sit melancholy in a corner"
"Tudo o que ele faz é sentar-se melancolicamente num canto"
The goddess replied to her devotee.
A deusa respondeu ao seu devoto.
"Ask your husband why he feels melancholy"
"Pergunte ao seu marido por que ele se sente melancólico"
"When he tells you, let me know the reason"
"Quando ele te contar, me diga o motivo"
The minister's son overheard the conversation.
O filho do ministro ouviu a conversa.
But he stayed unnoticed by the goddess.
Mas ele passou despercebido pela deusa.
And his wife did not notice him either.
E sua esposa também não percebeu.
He quietly slunk away before his wife.
Ele silenciosamente se afastou diante de sua esposa.

And he returned back to bed before her.
E ele voltou para a cama antes dela.
The following day the wife asked her husband.
No dia seguinte, a esposa perguntou ao marido.
"My dear husband, why are you in a melancholy mood?"
"Meu querido marido, por que você está tão melancólico?"
Her husband retold the whole story.
O marido dela recontou toda a história.
He told her about the jewel serpent.
Ele contou a ela sobre a serpente joia.
He told her about the subterranean palace.
Ele contou a ela sobre o palácio subterrâneo.
He told her about the princess being captured.
Ele contou a ela sobre a captura da princesa.
He told her how he freed the princess.
Ele contou a ela como libertou a princesa.
And he told her about Bihangama and Bihangami.
E ele contou a ela sobre Bihangama e Bihangami.
He told her how he had turned to stone.
Ele contou a ela como havia se transformado em pedra.
And he told her how he was returned back to life.
E ele contou a ela como foi trazido de volta à vida.
So he told her also about the killing of the child.
Então ele contou a ela também sobre o assassinato da criança.
That night his wife left the bed again.
Naquela noite, sua esposa saiu da cama novamente.
And she returned to the goddess kali's temple.
E ela retornou ao templo da deusa Kali.
And she told the goddess of her husband's melancholy.
E ela contou à deusa sobre a melancolia de seu marido.
The goddess listened intently to what was said.
A deusa ouviu atentamente o que foi dito.
"Bring the child here and I will restore it to life"
"Traga a criança aqui e eu a restaurarei à vida"
The next night she left the marital bed again.
Na noite seguinte, ela deixou o leito conjugal novamente.
She went to the tree in the garden.

Ela foi até a árvore no jardim.
And she took the child from the tree.
E ela tirou a criança da árvore.
And she took the child to the goddess kali.
E ela levou a criança para a deusa Kali.
And the goddess kali returned the child back to life.
E a deusa Kali trouxe a criança de volta à vida.
The prince's friend was entranced with joy.
O amigo do príncipe ficou encantado de alegria.
He picked up the reanimated child.
Ele pegou a criança reanimada.
And he ran as fast as he could to his friend.
E ele correu o mais rápido que pôde até seu amigo.
And he gave him his child, alive and well.
E ele lhe deu seu filho, vivo e bem.
They all rejoiced with exceedingly great joy.
Todos se alegraram muito.
And they lived together happily till the day of their death.
E viveram juntos e felizes até o dia de sua morte.

The Indignant Brahman
O Brahman Indignado

There was once a poor Brahman.
Era uma vez um pobre brâmane.
This poor Brahman had a wife.
Este pobre brâmane tinha uma esposa.
And he also had four children.
E ele também teve quatro filhos.
He was a very poor man.
Ele era um homem muito pobre.
And he had no resources in the world.
E ele não tinha recursos no mundo.
He lived from the charity of others.
Ele vivia da caridade dos outros.
During marriages he earned well.
Durante os casamentos ele ganhava bem.
And he earned well during funerals.
E ele ganhava bem durante os funerais.
But his parishioners did not marry daily.
Mas seus paroquianos não se casavam diariamente.
And they did not die every day either.
E eles não morriam todos os dias.
It was difficult to make the two ends meet.
Era difícil fazer as duas coisas se fecharem.
His wife often rebuked him.
Sua esposa o repreendia frequentemente.
"Why can you not support me?"
"Por que você não pode me apoiar?"
"Our children run around naked"
"Nossos filhos correm nus"
"And they suffer from hunger"
"E sofrem de fome"
Though poor, he was a good man.
Embora pobre, ele era um bom homem.
And he was diligent in his devotions.
E ele era diligente em suas devoções.

Every day he said his prayers.
Todos os dias ele fazia suas orações.
He prayed at the same time each day.
Ele orava no mesmo horário todos os dias.
His tutelary deity was the Goddess Durga.
Sua divindade tutelar era a Deusa Durga.
She is the consort of Shiva.
Ela é consorte de Shiva.
She is the creative energy of the universe.
Ela é a energia criativa do universo.
Every day he wrote the name of Durga.
Todos os dias ele escrevia o nome de Durga.
He wrote the name in red ink.
Ele escreveu o nome em tinta vermelha.
At least one hundred and eight times.
Pelo menos cento e oito vezes.
He did not drink or eat till he did this.
Ele não bebeu nem comeu até fazer isso.
throughout the day he uttered prayers.
durante todo o dia ele proferiu orações.
"O Durga! have mercy upon me"
"Ó Durga! Tem misericórdia de mim"
He prayed whenever he felt anxious.
Ele rezava sempre que se sentia ansioso.
And he often felt anxious.
E ele frequentemente se sentia ansioso.
Because he lived in poverty.
Porque ele vivia na pobreza.
He prayed when his worries were too much.
Ele orava quando suas preocupações eram demais.
And there were many things he worried about.
E havia muitas coisas com as quais ele se preocupava.
He worried about his wife and children.
Ele estava preocupado com a esposa e os filhos.
And he worried about supporting them.
E ele se preocupava em apoiá-los.

One day he was very sad.
Um dia ele ficou muito triste.
On this day he went to a forest.
Neste dia ele foi para uma floresta.
The forest was far outside the village.
A floresta ficava bem longe da aldeia.
He let out all his grief.
Ele deixou sair toda a sua dor.
And he wept bitter tears.
E ele chorou lágrimas amargas.
"O Durga! O Mother Bhagavati!"
"Ó Durga! Ó Mãe Bhagavati!"
"Please put an end to my misery?"
"Por favor, acabe com a minha miséria?"
"I wish I were alone in the world"
"Eu queria estar sozinho no mundo"
"Then my poverty wouldn't worry me"
"Então a minha pobreza não me preocuparia"
"But thou hast given me a wife"
"Mas tu me deste uma esposa"
"And my wife has given me children"
"E minha esposa me deu filhos"
"O Mother, I beg of you"
"Ó Mãe, eu te imploro"
"Give me the means to support them"
"Dê-me os meios para apoiá-los"
Shiva and his wife Durga happened to be there.
Shiva e sua esposa Durga estavam lá.
They were taking their morning walk.
Eles estavam fazendo sua caminhada matinal.
The Goddess Durga saw the Brahman at a distance.
A Deusa Durga viu Brahman à distância.
"O Lord of Kailas, do you see that Brahman?"
"Ó Senhor de Kailas, você vê aquele Brahman?"
"He is always taking my name on his lips"
"Ele está sempre falando meu nome"
"He prays I deliver him from his troubles"

"Ele reza para que eu o livre de seus problemas"
"Can we not do something for the poor Brahman?"
"Não podemos fazer algo pelo pobre Brahman?"
"He is oppressed with many cares"
"Ele está oprimido com muitos cuidados"
"And he deeply cares for his growing family"
"E ele se importa profundamente com sua crescente família"
"We should make his life more comfortable"
"Deveríamos tornar a vida dele mais confortável"
"Because the poor man never has enough to eat"
"Porque o pobre nunca tem o suficiente para comer"
"And his family doesn't have enough to eat either"
"E a família dele também não tem o que comer"
"Let us give him a pot"
"Vamos dar-lhe um pote"
"A pot with an infinite supply of murukku"
"Um pote com um suprimento infinito de murukku"
The divine consort was right.
A consorte divina estava certa.
The Lord of Kailas agreed to the proposal.
O Senhor de Kailas concordou com a proposta.
On the spot he created a magical pot.
Na hora ele criou um pote mágico.
Durga went to the poor Brahman.
Durga foi até o pobre brâmane.
"O Brahman! My loyal devotee"
"Ó Brahman! Meu devoto leal!"
"I have often thought of your pitiable case"
"Muitas vezes pensei no seu caso lamentável"
"Your repeated prayers have moved my compassion"
"Suas orações repetidas comoveram minha compaixão"
"Here is a pot for you"
"Aqui está uma panela para você"
"You must turn the pot upside down"
"Você deve virar a panela de cabeça para baixo"
"And then you must shake the pot"
"E então você deve sacudir o pote"

"The finest murukku will pour out"
"O melhor murukku será derramado"
"The murukku will keep pouring out forever"
"O murukku continuará a jorrar para sempre"
"Until you put the pot upright again"
"Até que você coloque a panela em pé novamente"
"You can eat as much murukku as you like"
"Você pode comer tanto murukku quanto quiser"
"Your wife and children will hunger no more"
"Sua esposa e seus filhos não passarão mais fome"
"And you can sell the murukku if you like"
"E você pode vender o murukku se quiser"
The Brahman was delighted beyond measure.
O brâmane ficou imensamente encantado.
He had received a truly valuable treasure.
Ele havia recebido um tesouro verdadeiramente valioso.
He made his deepest obeisance to the goddess.
Ele fez sua mais profunda reverência à deusa.
And he expressed his eternal gratefulness.
E ele expressou sua eterna gratidão.

The Brahman had started walking home.
O brâmane começou a caminhar para casa.
But first he had to test his magical pot.
Mas primeiro ele teve que testar seu pote mágico.
He wanted to see if the pot really worked.
Ele queria ver se a panela realmente funcionava.
He turned the pot upside down.
Ele virou o pote de cabeça para baixo.
And he shook the pot, as instructed.
E ele sacudiu o pote, conforme as instruções.
Lo and behold! The pot really did work.
E vejam só! A panela realmente funcionou.
The finest murukku fell to the ground.
O melhor murukku caiu no chão.
He tied the sweetmeat in his sheet.
Ele amarrou o doce em seu lençol.

And he walked on, towards his village.
E ele continuou andando em direção à sua aldeia.
By noon the Brahman had gotten hungry.
Ao meio-dia o brâmane ficou com fome.
But he could not eat without his ablutions.
Mas ele não conseguia comer sem fazer suas abluções.
First, he had to say his prayers.
Primeiro, ele teve que fazer suas orações.
There was an inn on his way.
Havia uma pousada no caminho.
Close to the inn there was a water tank.
Perto da pousada havia um tanque de água.
So, he intended to halt there.
Então, ele pretendia parar ali.
In order to bathe and say his prayers.
Para tomar banho e fazer suas orações.
After this he could eat all the murukku.
Depois disso ele pôde comer todos os murukku.
The Brahman sat at the innkeeper's shop.
O brâmane estava sentado na loja do estalajadeiro.
The shopkeeper was smoking tobacco.
O lojista estava fumando tabaco.
He put the pot near the shopkeeper.
Ele colocou a panela perto do lojista.
And he asked him to look after the pot.
E ele pediu que ele cuidasse do pote.
"Please take special care of this pot"
"Por favor, tome cuidado especial com esta panela"
"I must bathe and say my prayers"
"Devo tomar banho e fazer minhas orações"
"Please look after this pot for me"
"Por favor, cuide deste pote para mim"
"Make sure nothing happens to this pot"
"Certifique-se de que nada aconteça com esta panela"
He thought it was a strange request.
Ele achou que era um pedido estranho.
But he agreed to look after the pot.

Mas ele concordou em cuidar do pote.
And the Brahman gave him the pot.
E o brâmane lhe deu o pote.
He besmeared his body with mustard oil.
Ele ungiu seu corpo com óleo de mostarda.
And he went to do his ablutions.
E ele foi fazer suas abluções.
The innkeeper grew curious about the pot.
O estalajadeiro ficou curioso sobre o pote.
"This pot must have something valuable in it"
"Este pote deve ter algo valioso dentro"
"Why else would he be so careful?"
"Por que mais ele seria tão cuidadoso?"
His curiosity had been excited.
Sua curiosidade havia sido despertada.
So, he opened the pot.
Então, ele abriu a panela.
To his surprise the pot was empty.
Para sua surpresa, o pote estava vazio.
"What can be the meaning of this?"
"Qual pode ser o significado disto?"
"Why does he care so much for an empty pot?"
"Por que ele se importa tanto com um pote vazio?"
He began to examine the pot more carefully.
Ele começou a examinar o pote com mais cuidado.
During his inspection he turned the pot upside down.
Durante a inspeção, ele virou o pote de cabeça para baixo.
And then the finest murukku fell out from the pot.
E então o melhor murukku caiu do pote.
And the murukku didn't stop falling out.
E os murukku não paravam de cair.
The innkeeper called his wife and children.
O estalajadeiro chamou a esposa e os filhos.
He wanted them to witness what had happened.
Ele queria que eles testemunhassem o que havia acontecido.
An unexpected stroke of good fortune!
Um golpe de sorte inesperado!

The pot gave copious showers of sugared paddy.
A panela produziu chuvas abundantes de arroz açucarado.
He filled all his pots and jars.
Ele encheu todas as suas panelas e jarros.
He knew he had to have this pot.
Ele sabia que precisava daquele pote.
So, he replaced the pot with another one.
Então, ele substituiu o pote por outro.
He had a pot of the same size and color.
Ele tinha um pote do mesmo tamanho e cor.

The Brahman had finished his ablutions.
O brâmane havia terminado suas abluções.
He had performed all of his devotions.
Ele havia realizado todas as suas devoções.
He came back to the shop in wet clothes.
Ele voltou para a loja com roupas molhadas.
He was still reciting holy texts of the Vedas.
Ele ainda estava recitando textos sagrados dos Vedas.
He put back on his dry clothes.
Ele vestiu novamente suas roupas secas.
In red ink he wrote the name of Durga.
Em tinta vermelha ele escreveu o nome de Durga.
He wrote her name one hundred and eight times.
Ele escreveu o nome dela cento e oito vezes.
After doing this he broke his fast.
Depois de fazer isso, ele quebrou o jejum.
And he ate the murukku he had in his sheet.
E ele comeu o murukku que tinha em seu lençol.
He was refreshed from the meal.
Ele estava revigorado pela refeição.
Now he could resume his journey home.
Agora ele poderia retomar sua jornada para casa.
So he called to the innkeeper.
Então ele chamou o estalajadeiro.
"Please could I get my pot back"
"Por favor, você poderia me devolver meu pote?"

The innkeeper gave him back his pot.
O estalajadeiro devolveu-lhe o pote.
"There, sir, here is your pot"
"Aqui está, senhor, o seu pote"
"The pot is exactly where you had put it"
"O pote está exatamente onde você o colocou"
"Your pot is just as you left it"
"Sua panela está exatamente como você a deixou"
"I made sure no one has touched your pot"
"Eu me certifiquei de que ninguém tocou na sua panela"
The Brahman didn't suspect a thing.
O brâmane não suspeitou de nada.
He picked up the pot.
Ele pegou o pote.
And he proceeded on his journey home.
E ele prosseguiu sua jornada para casa.

On his journey he had to think.
Em sua jornada ele teve que pensar.
He congratulated his good fortune.
Ele o parabenizou pela boa sorte.
"My wife will be most pleasantly surprised!"
"Minha esposa ficará agradavelmente surpresa!"
"The children will devour the murukku!"
"As crianças vão devorar os murukku!"
"I shall soon become rich"
"Em breve ficarei rico"
"I will be able to lift my head up high"
"Eu serei capaz de levantar minha cabeça bem alto"
The pains of travelling had been reduced.
As dores da viagem foram reduzidas.
Now his problems were much more pleasant.
Agora seus problemas eram muito mais agradáveis.
Only anticipation made the journey difficult.
Somente a antecipação tornava a jornada difícil.
He finally reached his home again.
Ele finalmente chegou em casa novamente.

He called to his wife and children.
Ele chamou sua esposa e filhos.
"Look at what I have brought"
"Olha o que eu trouxe"
"This pot is an unfailing source of wealth".
"Este pote é uma fonte inesgotável de riqueza".
"We will never have to struggle again"
"Nunca mais teremos que lutar"
"I will turn the pot upside down"
"Vou virar a panela de cabeça para baixo"
"And then you will see something.
"E então você verá algo.
"Something you've never seen before"
"Algo que você nunca viu antes"
"A stream of the finest murukku will flow"
"Um fluxo do mais fino murukku fluirá"
You can imagine what his wife was thinking.
Você pode imaginar o que a esposa dele estava pensando.
"My husband has gone mad," she thought.
"Meu marido enlouqueceu", pensou ela.
She was soon confirmed in her opinion.
Logo sua opinião foi confirmada.
Nothing fell from the pot, as promised.
Nada caiu da panela, como prometido.
He turned the pot upside down again and again.
Ele virou o pote de cabeça para baixo várias vezes.
The Brahman was overwhelmed with grief.
O brâmane ficou tomado pela tristeza.
He realized that he had been tricked.
Ele percebeu que havia sido enganado.
The innkeeper must have swapped the pot.
O estalajadeiro deve ter trocado a panela.
He must have stolen Durga's pot.
Ele deve ter roubado o pote de Durga.
And he must have replaced the pot with a normal one.
E ele deve ter trocado o pote por um normal.
He went back to the innkeeper the next day.

Ele voltou ao estalajadeiro no dia seguinte.
And he accused him of having changed his pot.
E ele o acusou de ter trocado de panela.
At first the innkeeper acted surprised.
A princípio, o estalajadeiro pareceu surpreso.
Then he pretended to be angry at the accusation.
Então ele fingiu estar bravo com a acusação.
Finally, he chased him out of his shop.
Por fim, ele o expulsou da loja.

He had no way of getting the pot back.
Ele não tinha como recuperar o pote.
The Brahman knew what he had to do.
O brâmane sabia o que tinha que fazer.
He went to see the goddess Durga again.
Ele foi ver a deusa Durga novamente.
Siva and Durga honored him with their presence.
Shiva e Durga o honraram com sua presença.
Durga spoke to the poor Brahman.
Durga falou com o pobre brâmane.
"So, you have lost the pot I gave you"
"Então, você perdeu o pote que eu te dei"
"I take pity on your situation"
"Tenho pena da sua situação"
"Here is another magical pot"
"Aqui está outro pote mágico"
"Take this pot, and make good use of it"
"Pegue esta panela e faça bom uso dela"
The Brahman was elated with joy.
O brâmane ficou eufórico de alegria.
He made obeisance to the divine couple.
Ele prestou homenagem ao casal divino.
And he took the pot with him.
E ele levou o pote consigo.
Again he had to see if the pot worked.
Mais uma vez ele teve que ver se a panela funcionava.
He turned the pot upside down.

Ele virou o pote de cabeça para baixo.
And he shook the pot as before.
E ele sacudiu o pote como antes.
And he waited for the murukku to fall out.
E ele esperou que o murukku caísse.
But no, horror of horrors!
Mas não, horror dos horrores!
Murukku did not fall from the pot.
Murukku não caiu do pote.
Instead of murukku, demons jumped out.
Em vez de murukku, demônios saltaram.
They began to beat the astonished Brahman.
Eles começaram a bater no atônito Brahman.
The Brahman received punches and kicks.
O brâmane recebeu socos e chutes.
But he kept his presence of mind.
Mas ele manteve a presença de espírito.
He turned the pot the right way up.
Ele virou a panela para o lado certo.
And he covered the pot up again.
E ele cobriu a panela novamente.
Fortunately his quick thinking worked.
Felizmente, seu raciocínio rápido funcionou.
The demons disappeared as soon as he did this.
Os demônios desapareceram assim que ele fez isso.
The Brahman tried to understand what this meant.
O brâmane tentou entender o que isso significava.
It must be to punish the innkeeper!
Deve ser para punir o estalajadeiro!
So he went to the innkeeper again.
Então ele foi novamente até o estalajadeiro.
He gave him the new pot.
Ele lhe deu o pote novo.
He begged of him to look after the pot.
Ele implorou que ele cuidasse do pote.
Just like he had done before.
Assim como ele havia feito antes.

He went for his ablutions and prayers.
Ele foi para suas abluções e orações.
The innkeeper was delighted.
O estalajadeiro ficou encantado.
He had been given a second godsend.
Ele recebeu uma segunda dádiva divina.
He agreed to take the greatest care of the pot.
Ele concordou em tomar o máximo cuidado com o pote.
He waited for the Brahman to go.
Ele esperou que o Brahman fosse embora.
And he called his wife and children.
E ele chamou sua esposa e filhos.
"This is another pot from the Brahman"
"Este é outro pote do Brahman"
"This time I hope it is not murukku"
"Desta vez espero que não seja murukku"
"I hope this pot is full of sandesa"
"Espero que este pote esteja cheio de sandesa"
"Come, be ready with the baskets"
"Venham, preparem as cestas"
"I will turn the pot upside down"
"Vou virar a panela de cabeça para baixo"
"And then I will shake the pot"
"E então eu vou sacudir o pote"
And he did what he said he would do.
E ele fez o que disse que faria.
But the room did not fill with food.
Mas a sala não estava cheia de comida.
This time the room filled with demons.
Desta vez a sala estava cheia de demônios.
The demons caught hold of the innkeeper.
Os demônios tomaram conta do estalajadeiro.
And the demons also caught his family.
E os demônios também pegaram sua família.
And the demons beat them mercilessly.
E os demônios os espancavam sem piedade.
They would have completely destroyed the shop.

Eles teriam destruído completamente a loja.
But the victims ran to the Brahman.
Mas as vítimas correram para o Brahman.
The Brahman had returned from his ablutions.
O brâmane havia retornado de suas abluções.
The Brahman showed mercy to them.
O brâmane mostrou misericórdia para com eles.
And he accepted their request.
E ele aceitou o pedido deles.
But there was one condition to his help.
Mas havia uma condição para sua ajuda.
"I will only help if I get my pot back"
"Só vou ajudar se eu recuperar meu pote"
The innkeeper didn't have much choice.
O estalajadeiro não tinha muita escolha.
He had to accept the Brahman's conditions.
Ele teve que aceitar as condições do brâmane.
The Brahman put the pot upright again.
O brâmane colocou o pote em pé novamente.
And he put the lid on the pot.
E ele colocou a tampa na panela.
He took his pot back from the innkeeper.
Ele pegou o pote de volta do estalajadeiro.
And he returned back to his village.
E ele retornou para sua aldeia.
Now the Brahman had two magical pots.
Agora o brâmane tinha dois potes mágicos.
The Brahman shut the door of his house.
O brâmane fechou a porta de sua casa.
And he called his family again.
E ele ligou novamente para sua família.
He turned the murukku-pot upside down.
Ele virou o pote murukku de cabeça para baixo.
And he shook the murukku-pot as before.
E ele sacudiu o pote murukku como antes.
This time the magic pot worked.
Desta vez o pote mágico funcionou.

An endless stream of the finest murukku.
Um fluxo interminável dos melhores murukku.
The family devoured the sweetmeat.
A família devorou o doce.
They ate to their hearts' content.
Eles comeram à vontade.
All the pots and pans were filled.
Todas as panelas e frigideiras estavam cheias.

The next day the Brahman became confectioner.
No dia seguinte, o brâmane tornou-se confeiteiro.
He opened a shop in his house.
Ele abriu uma loja em sua casa.
And he sold the best murukku.
E ele vendeu o melhor murukku.
The whole village came to the Brahman's house.
Toda a aldeia foi até a casa do brâmane.
They all wanted to buy the wonderful murukku.
Todos queriam comprar o maravilhoso murukku.
They had never seen such murukku in their life.
Eles nunca tinham visto tal murukku em suas vidas.
It was the most delicious murukku they ever had.
Foi o murukku mais delicioso que eles já comeram.
No one had ever made anything like this dessert.
Ninguém nunca tinha feito nada parecido com essa
sobremesa.
The reputation of the Brahman's murukku spread.
A reputação do murukku do brâmane se espalhou.
Soon people from outside the city came.
Logo chegaram pessoas de fora da cidade.
Cartloads of the sweetmeat were sold every day.
Carroças carregadas de doces eram vendidas todos os dias.
The Brahman quickly became very rich.
O brâmane rapidamente se tornou muito rico.
He built a large brick house.
Ele construiu uma grande casa de tijolos.
And he lived like a nobleman of the land.

E ele viveu como um nobre da terra.
Once, however, his luck almost changed.
Certa vez, porém, sua sorte quase mudou.
His children had taken the wrong pot.
Os filhos dele pegaram o pote errado.
A large number of demons came out.
Um grande número de demônios saiu.
And they caught hold of the Brahman's wife.
E eles agarraram a esposa do brâmane.
And they also caught his children.
E também pegaram os filhos dele.
They were striking them mercilessly.
Eles os atacavam sem piedade.
Fortunately the Brahman came back into the house.
Felizmente o brâmane voltou para casa.
He turned the pot back to its proper position.
Ele girou a panela de volta para a posição correta.
He wanted to prevent a similar catastrophe.
Ele queria evitar uma catástrofe semelhante.
So the Brahman had a private room built.
Então o brâmane mandou construir um quarto privado.
And he put the pot in a secret place.
E ele colocou o pote em um lugar secreto.
Mortals, however, do not have the luck of Gods.
Os mortais, no entanto, não têm a sorte dos Deuses.
Uninterrupted prosperity is not their fortune.
Prosperidade ininterrupta não é a fortuna deles.
The demon-pot had been put out of the way.
O pote demoníaco havia sido retirado do caminho.
But why might accident not befall the murukku pot?
Mas por que o acidente não pode acontecer com o pote murukku?
One day the Brahman and his wife were absent.
Um dia, o brâmane e sua esposa estavam ausentes.
The children decided to shake the pot.
As crianças decidiram sacudir o pote.
Each of them wanted to do the honors.

Cada um deles queria fazer as honras.
So there was a fight to get the pot.
Então houve uma briga para ficar com o pote.
In the struggle the pot fell to the ground.
Na luta o pote caiu no chão.
Like any other earthen pot, it broke.
Como qualquer outro pote de barro, ele quebrou.
Eventually the Braham came back home again.
Finalmente, o Braham voltou para casa novamente.
You can imagine how the news grieved him.
Você pode imaginar o quanto a notícia o entristeceu.
Of course the children were well cudgeled.
É claro que as crianças estavam bem agasalhadas.
But anger could not replace the pot.
Mas a raiva não conseguiu substituir o pote.
After some days he went to the forest again.
Depois de alguns dias ele foi para a floresta novamente.
He offered many a prayer for Durga's favor.
Ele ofereceu muitas orações pelo favor de Durga.
At last Siva and Durga appeared to him.
Por fim, Shiva e Durga apareceram para ele.
They listened to how the pot had been broken.
Eles ouviram como o pote havia sido quebrado.
Durga decided to give him another pot.
Durga decidiu dar-lhe outro pote.
But this pot was accompanied with a caution.
Mas esse pote veio acompanhado de uma advertência.
"Brahman, take care of this pot"
"Brahman, cuide deste pote"
"Do not break or lose this pot again"
"Não quebre ou perca este pote novamente"
"Next time I will not give you another pot"
"Da próxima vez não te darei outro pote"
The Brahman made obeisance to the Gods.
O brâmane prestou homenagem aos deuses.
And he went straight back to his house.
E ele voltou direto para casa.

This time he did not halt at the innkeeper's.
Desta vez ele não parou na casa do estalajadeiro.
He shut the door of his house.
Ele fechou a porta de sua casa.
He called his family to him.
Ele chamou sua família.
And he turned the pot upside down.
E ele virou o pote de cabeça para baixo.
And then he began to shake the pot.
E então ele começou a sacudir o pote.
They were only expecting murukku.
Eles estavam esperando apenas murukku.
But this time it was not murukku.
Mas desta vez não foi murukku.
A stream of beautiful sandesa poured out.
Um fluxo de lindas sandesas jorrou.
It was the finest sandesa you can imagine.
Foi o melhor sandesa que você pode imaginar.
It truly was the food of Gods.
Era realmente o alimento dos Deuses.
The Brahman set up another shop.
O brâmane montou outra loja.
Now he was selling sandesa.
Agora ele estava vendendo sandesa.
The fame of his shop soon drew large crowds.
A fama de sua loja logo atraiu grandes multidões.
People came from all over the country.
Pessoas vieram de todo o país.
At all festivals and marriage feasts.
Em todos os festivais e festas de casamento.
And at all funeral celebrations in the area.
E em todas as celebrações fúnebres na área.
No one bought any other sandesa.
Ninguém comprou nenhuma outra sandesa.
All day long the pot produced sandesa.
O dia todo a panela produziu sandesa.
Gigantic jars were filled with sweet.

Potes gigantescos estavam cheios de doces.

And the jars were sent all over the country.

E os potes foram enviados para todo o país.

The Brahman's wealth made the Zemindar jealous.

A riqueza do brâmane deixou os Zemindar com inveja.

In these days all villages had a Zemindar.

Naquela época todas as aldeias tinham um Zemindar.

He had heard strange things about the sandesa.

Ele ouviu coisas estranhas sobre a sandesa.

He heard the dessert came from a magic pot.

Ele ouviu que a sobremesa veio de um pote mágico.

So he devised a plan to get this pot.

Então ele elaborou um plano para conseguir esse pote.

His son was going to get married.

Seu filho ia se casar.

To celebrate there was a great feast.

Para comemorar houve uma grande festa.

Many hundreds of people were invited.

Centenas de pessoas foram convidadas.

Mountain-loads of sandesa were required.

Eram necessárias montanhas de sandesa.

The Zemindar made a proposal to the Brahman.

O Zemindar fez uma proposta ao brâmane.

"Bring the magical pot to my house"

"Traga o pote mágico para minha casa"

At first the Brahman refused to bring the pot.

A princípio, o brâmane se recusou a trazer o pote.

But the Zemindar insisted.

Mas os Zemindar insistiram.

"I will have hundreds of guests"

"Terei centenas de convidados"

"I will need mountains of sandesa"

"Precisarei de montanhas de sandesa"

"More sandesa than you can carry"

"Mais sandesa do que você pode carregar"

"Bring the vessel to my house"

"Traga o vaso para minha casa"
"It will be easier for you and me"
"Será mais fácil para você e para mim"
Eventually the Brahman agreed.
Por fim, o brâmane concordou.
Himalayas of sandesa were shaken out.
Himalaias de sandesa foram abalados.
But the Zemindar got hold of the pot.
Mas os Zemindar ficaram com o pote.
The Zemindar insulted the Brahman.
O Zemindar insultou o brâmane.
And he chased him out of his house.
E ele o expulsou de casa.
The Brahman didn't give vent to anger.
O brâmane não deu vazão à raiva.
Instead, he quietly went back to his house.
Em vez disso, ele voltou silenciosamente para sua casa.
He went to the private room.
Ele foi para a sala privada.
And he took out the demon-pot.
E ele tirou o pote do demônio.
He came back to the Zemindar's house.
Ele voltou para a casa de Zemindar.
And he went to the door of the Zemindar.
E ele foi até a porta do Zemindar.
He turned the pot upside down.
Ele virou o pote de cabeça para baixo.
And then shook the magical pot.
E então sacudiu o pote mágico.
A hundred demons fell out of the pot.
Cem demônios caíram da panela.
The chaos was impossible to describe.
O caos era impossível de descrever.
The unearthly visitors flooded the party.
Os visitantes sobrenaturais inundaram a festa.
They caught hundreds of the guests.
Eles pegaram centenas de convidados.

And the demons beat them mercilessly.
E os demônios os espancavam sem piedade.
The women were dragged by their hair.
As mulheres foram arrastadas pelos cabelos.
The Zemindar was chased from room to room.
O Zemindar foi perseguido de sala em sala.
The demons' mischief was getting out of hand.
As travessuras dos demônios estavam saindo do controle.
Someone had to put an end to their mischief.
Alguém tinha que pôr fim a essas travessuras.
Else all the men would have been killed.
Caso contrário, todos os homens teriam sido mortos.
And the house would have been torn to the ground.
E a casa teria sido destruída.
The Zemindar fell at the feet of the Brahman.
O Zemindar caiu aos pés do brâmane.
And he begged to be shown mercy.
E ele implorou que lhe fosse mostrada misericórdia.
The Brahman showed him great mercy.
O brâmane demonstrou-lhe grande misericórdia.
And he put the demons back in the pot.
E ele colocou os demônios de volta na panela.
The Zemindar never disturbed the Brahman again.
O Zemindar nunca mais perturbou o Brahman.
Nor was he disturbed by anyone else.
Ele também não foi incomodado por mais ninguém.
And he lived for many happy years.
E ele viveu por muitos anos felizes.

The Story of the Rakshasas
A História dos Rakshasas

There was once a poor dimwitted Brahman.
Era uma vez um pobre brâmane idiota.
This dimwitted man had a wife, but no children.
Esse homem estúpido tinha esposa, mas não filhos.
But him not having children was probably for the best.
Mas provavelmente foi melhor ele não ter tido filhos.
Because he was barely able to meet his own needs.
Porque ele mal conseguia suprir suas próprias necessidades.
And he could hardly supply enough for his wife.
E ele mal conseguia suprir o suficiente para sua esposa.
But his dimwittedness was not even his biggest problem.
Mas sua estupidez nem era seu maior problema.
This dimwitted man was also a rather lazy man!
Esse homem estúpido também era um homem bastante preguiçoso!
He was averse to making any long journeys.
Ele era avesso a viagens longas.
Had he travelled further he might have had enough.
Se ele tivesse viajado mais, talvez já tivesse tido o suficiente.
He could have got presents from rich men.
Ele poderia ter ganhado presentes de homens ricos.
This would have enabled them to live comfortably.
Isso lhes permitiria viver confortavelmente.
There was a great king in a neighbouring country.
Havia um grande rei em um país vizinho.
The mother of the great king had just died.
A mãe do grande rei tinha acabado de morrer.
So this king was celebrating the funeral obsequies.
Então este rei estava celebrando as exéquias fúnebres.
And the funeral was celebrated with great pomp.
E o funeral foi celebrado com grande pompa.
Brahmans and beggars were coming from faraway lands.
Brâmanes e mendigos vinham de terras distantes.
They all came expecting to receive rich presents.

Todos eles vieram esperando receber presentes valiosos.
The Brahman's wife requested him to also go.
A esposa do brâmane pediu que ele também fosse.
"Seize this opportunity and get us a little money"
"Aproveite esta oportunidade e consiga um pouco de dinheiro para nós"
But his constitutional indolence stood in the way.
Mas sua indolência constitucional atrapalhou.
The woman, however, gave her husband no rest.
A mulher, porém, não deu descanso ao marido.
Finally she extorted from him the promise.
Finalmente ela extorquiu a promessa dele.
He promised his wife that he would go.
Ele prometeu à esposa que iria.
The good woman, accordingly, cut down a plantain tree.
A boa mulher, então, cortou uma bananeira.
And she burnt the plantain tree to ashes.
E ela queimou a bananeira até reduzi-la a cinzas.
With the ashes she cleaned the clothes of her husband.
Com as cinzas ela limpou as roupas do marido.
And she made his clothes as white as any cleaner could.
E ela deixou as roupas dele tão brancas quanto qualquer limpador poderia fazer.
Her husband was going to the palace of a great king.
Seu marido estava indo ao palácio de um grande rei.
The king could not be approached by men in rags.
O rei não podia ser abordado por homens em trapos.
Besides, Brahman are bound to appear neat and clean.
Além disso, os brâmanes tendem a parecer limpos e asseados.
At last, one morning the Brahman left his house.
Por fim, uma manhã o brâmane deixou sua casa.
And he made his way to the palace of the great king.
E ele seguiu em direção ao palácio do grande rei.
I have already mentioned he was a dimwitted man.
Já mencionei que ele era um homem estúpido.
He did not inquire which road he should take.
Ele não perguntou qual caminho deveria tomar.

Instead, he walked on and on without directions.

Em vez disso, ele continuou andando sem rumo.

And he followed wherever his nose pointed him.

E ele seguia para onde seu nariz apontava.

I don't need to say he was not on the right road.

Não preciso dizer que ele não estava no caminho certo.

The regions he wandered became less and less inhabited.

As regiões por onde ele vagou tornaram-se cada vez menos habitadas.

Soon he met no human being for many miles.

Logo ele não encontrou nenhum ser humano por muitos quilômetros.

But there were many other things he saw there.

Mas havia muitas outras coisas que ele viu lá.

Things he had never seen in all his life.

Coisas que ele nunca tinha visto em toda sua vida.

He saw hillocks of cowries on the roadside.

Ele viu montes de búzios na beira da estrada.

Cowries were shells used as money in those times.

Búzios eram conchas usadas como dinheiro naquela época.

He kept going and saw hillocks of jewels.

Ele continuou andando e viu montes de joias.

Next, he saw hillocks of four-anna pieces.

Em seguida, ele viu montes de pedaços de quatro annas.

Further along were hillocks of eight-anna pieces.

Mais adiante havia montes de pedaços de oito annas.

And further yet were hillocks of rupees.

E mais adiante ainda havia montes de rupias.

But the Brahman's surprise did not end there.

Mas a surpresa do brâmane não terminou aí.

Next there was a hill of burnished gold-mohurs.

Em seguida, havia uma colina de mohurs dourados polidos.

The burnished gold-mohurs were shining brightly.

Os mohurs de ouro polido brilhavam intensamente.

Because the gold-mohurs had been freshly minted.

Porque as moedas de ouro tinham sido cunhadas recentemente.

Close to the hill of gold-mohurs was a large house.
Perto da colina dos mohurs de ouro havia uma casa grande.
The house looked like the palace of a powerful king.
A casa parecia o palácio de um rei poderoso.
At the door stood a lady of exquisite beauty.
Na porta estava uma dama de rara beleza.
The lady, seeing the Brahman, said;
A senhora, vendo o brâmane, disse;
"Come to me, my beloved husband"
"Vem a mim, meu amado marido"
"You married me when I was young"
"Você se casou comigo quando eu era jovem"
"But you never came back after our marriage"
"Mas você nunca mais voltou depois do nosso casamento"
"Though I have been daily expecting you"
"Embora eu esteja esperando por você diariamente"
"Blessed be this day," said the lady.
"Bendito seja este dia", disse a senhora.
"On this day I see the face of my husband"
"Neste dia vejo o rosto do meu marido"
"Come, my sweet, come in," she asked of him.
"Venha, meu querido, entre", ela pediu a ele.
"You must be fatigued from your long journey"
"Você deve estar cansado da sua longa jornada"
"Wash your feet and rest, and eat and drink"
"Lava os pés, descansa, come e bebe"
"And after that we shall make ourselves merry"
"E depois disso nos faremos felizes"
The Brahman was astonished beyond measure.
O brâmane ficou extremamente surpreso.
He had no recollection marrying twice.
Ele não se lembrava de ter se casado duas vezes.
He remembered marrying the wife he left at home.
Ele se lembrou de ter se casado com a esposa que havia
deixado em casa.
But he did not remember marrying this lady.
Mas ele não se lembrava de ter se casado com esta senhora.

But he remembered that he was a Kulin Brahman.
Mas ele se lembrou de que era um Kulin Brahman.
Perhaps his father got him married as a child.
Talvez seu pai o tenha casado quando ele era criança.
But what he thought did not matter much.
Mas o que ele pensava não importava muito.
The woman was certain he was her husband.
A mulher tinha certeza de que ele era seu marido.
And he had no reason to say he was not her husband.
E ele não tinha razão para dizer que não era marido dela.
Because her beauty was more than he could fathom.
Porque a beleza dela era maior do que ele conseguia
compreender.
As beautiful as the Goddesses of Indra's heaven.
Tão bela quanto as Deusas do céu de Indra.
And he was sure that she was wealthy too.
E ele tinha certeza de que ela também era rica.
These thoughts went through the Brahman's mind.
Esses pensamentos passaram pela mente do brâmane.
But the lady interrupted his flow of thought.
Mas a senhora interrompeu seu fluxo de pensamento.
"Are you doubting whether I am your wife?"
"Você está duvidando que eu seja sua esposa?"
"Have you lost all memories of that happy event?
"Você perdeu todas as memórias daquele evento feliz?
"All the pomp and circumstance of our nuptials"
"Toda a pompa e circunstância das nossas núpcias"
"Come in, beloved; this is your house"
"Entre, amado; esta é a sua casa"
"Because whatever is mine is thine also"
"Porque tudo o que é meu é teu também"
The fair lady easily persuaded the Brahman.
A bela dama persuadiu facilmente o brâmane.
And he succumbed to her loving entreaties.
E ele sucumbiu aos seus apelos amorosos.
And he went into the house of the lady.
E ele entrou na casa da senhora.

The house was not an ordinary one.
A casa não era comum.
The house was in fact a magnificent palace.
A casa era de fato um palácio magnífico.
All the apartments were large and lofty.
Todos os apartamentos eram grandes e altos.
Every room in the palace was richly furnished.
Cada cômodo do palácio era ricamente mobiliado.
But one thing surprised the Brahman very much.
Mas uma coisa surpreendeu muito o brâmane.
There was no other person in all the house.
Não havia mais ninguém na casa.
The only one there was the lady herself.
A única que estava ali era a própria senhora.
He could not account for the strange phenomenon.
Ele não conseguiu explicar o estranho fenômeno.
They meet anyone on their walks either.
Eles também encontram qualquer pessoa em suas caminhadas.
The fact was that the lady was not a human being.
O fato é que a senhora não era um ser humano.
What the lady really was was a Rakshasi.
O que a senhora realmente era era uma Rakshasi.
She had eaten up the king and queen.
Ela havia devorado o rei e a rainha.
And she had eaten all the members of the royal family.
E ela comeu todos os membros da família real.
And gradually she had eaten their servants too.
E gradualmente ela comeu os servos deles também.
This was why there were no humans far and wide.
Era por isso que não havia humanos por toda parte.
The Rakshasi and the Brahman now lived together.
O Rakshasi e o Brahman agora viviam juntos.
After a week the former said to the latter;
Depois de uma semana o primeiro disse ao último;
"I am very anxious to see my sister"
"Estou muito ansioso para ver minha irmã"
"As you know, my sister is your other wife"

"Como você sabe, minha irmã é sua outra esposa "
"You must go and fetch my sister; your other wife"
"Você deve ir buscar minha irmã, sua outra esposa"
"Then we shall all live together happily"
"Então todos viveremos felizes juntos"
"You must go to get her early tomorrow"
"Você deve ir buscá-la amanhã cedo"
"I will give you clothes and jewels for her"
"Eu lhe darei roupas e joias para ela"
Next morning the Brahman set out for his home.
Na manhã seguinte, o brâmane partiu para sua casa.
He was furnished with fine clothes.
Ele estava munido de roupas finas.
And he wore around his wrists costly ornaments.
E ele usava em seus pulsos ornamentos caros.

The poor woman was in great distress.
A pobre mulher estava em grande angústia.
The funeral ceremony of the king's mother was over.
A cerimônia fúnebre da mãe do rei havia terminado.
All the Brahmans and Pandits had returned.
Todos os brâmanes e pandits retornaram.
And they were loaded with donations.
E eles estavam carregados de doações.
But her husband had not returned.
Mas seu marido não havia retornado.
No one could give any news of him.
Ninguém soube dar notícias dele.
Because no one had seen him there.
Porque ninguém o tinha visto lá.
The woman therefore could only come to one conclusion.
A mulher, portanto, só pôde chegar a uma conclusão.
He must have been murdered on the road by highwaymen.
Ele deve ter sido assassinado na estrada por salteadores.
She was in this terrible suspense.
Ela estava nesse suspense terrível.
But then one day she heard some rumors.

Mas um dia ela ouviu alguns rumores.

People in her village were talking about her husband.

As pessoas em sua aldeia estavam falando sobre seu marido.

They said they saw him coming back.

Eles disseram que o viram voltando.

And they said he was dressed in fine clothes.

E disseram que ele estava vestido com roupas finas.

And they said he had fine jewels for his wife.

E disseram que ele tinha belas joias para sua esposa.

And sure enough the Brahman soon appeared.

E de fato o Brahman logo apareceu.

And he was carrying fine jewels for his wife.

E ele carregava joias finas para sua esposa.

On seeing his wife the Brahman thus accosted her;

Ao ver sua esposa, o brâmane a abordou;

"Come with me, my dearest wife"

"Venha comigo, minha querida esposa"

"I have found my first wife"

"Encontrei minha primeira esposa"

"She lives in a stately palace"

"Ela mora em um palácio imponente"

"Near her palace are hillocks of rupees"

"Perto do seu palácio há montes de rupias"

"And there is a large hill of gold-mohurs"

"E há uma grande colina de mohurs de ouro"

"Why should you pine away in wretchedness?"

"Por que você deveria definhar na miséria?"

"Why would you stay in this horrible place?"

"Por que você ficaria neste lugar horrível?"

"Come with me to the house of my first wife"

"Venha comigo para a casa da minha primeira esposa"

"There we shall all live together happily"

"Lá viveremos todos juntos e felizes"

At first, she thought her half-witted man had gone mad.

A princípio, ela pensou que seu homem idiota tivesse enlouquecido.

She could not imagine the hillocks of rupees.

Ela não conseguia imaginar os montes de rupias.
And she could not imagine a hill of gold-mohurs.
E ela não conseguia imaginar uma colina de mohurs de ouro.
But then she saw how he was beautifully dressed.
Mas então ela viu como ele estava lindamente vestido.
Beautiful clothes of exquisite silks and satins.
Lindas roupas de sedas e cetins requintados.
Ornaments set with diamonds and precious stones.
Ornamentos cravejados com diamantes e pedras preciosas.
Clothes fit for the queen of the land.
Roupas dignas da rainha da terra.
Clothes only princesses were in the habit of putting on.
Roupas que só as princesas tinham o hábito de usar.
She concluded in her mind that something was amiss:
Ela concluiu em sua mente que algo estava errado:
Her stupid husband must have been tricked.
O marido idiota dela deve ter sido enganado.
He must have fallen into the meshes of a Rakshasi.
Ele deve ter caído nas malhas de uma Rakshasi.
The Brahman, however, insisted his wife went with him.
O brâmane, no entanto, insistiu que sua esposa fosse com ele.
"Feel free to stay here and pine away in poverty"
"Sinta-se à vontade para ficar aqui e definhar na pobreza"
"As for me, I will return to the palace of my first wife"
"Quanto a mim, retornarei ao palácio da minha primeira esposa"
The good woman did her best to stop her husband.
A boa mulher fez o melhor que pôde para impedir o marido.
But in the end she resolved to go with him.
Mas no final ela resolveu ir com ele.
Perhaps she could judge the matter better at the palace.
Talvez ela pudesse julgar melhor o assunto no palácio.

They set out accordingly the next morning.
Eles partiram na manhã seguinte.
They went the same road the Brahman had travelled.

Eles seguiram o mesmo caminho que o brâmane havia percorrido.

The woman was not a little surprised by what she saw.

A mulher ficou bastante surpresa com o que viu.

She saw the hillocks of cowries and of jewels.

Ela viu os montes de búzios e de joias.

And she saw hillocks of eight-anna pieces.

E ela viu montes de pedaços de oito annas.

And she saw the hillocks of rupees too.

E ela viu também os montes de rupias.

And last of all she saw a lofty hill of gold-mohurs.

E por último ela viu uma colina alta de mohurs dourados.

She saw also an exceedingly beautiful lady.

Ela viu também uma senhora extremamente bonita.

The lady of the palace was hastening towards her.

A senhora do palácio estava correndo em sua direção.

The lady fell on the neck of the Brahman woman.

A senhora caiu no pescoço da mulher brâmane.

And she wept tears of joy, and said:

E ela chorou lágrimas de alegria e disse:

"Welcome, beloved sister!"

"Bem-vinda, querida irmã!"

"This is the happiest day of my life!"

"Este é o dia mais feliz da minha vida!"

"I see the face of my dearest sister again!"

"Vejo novamente o rosto da minha querida irmã!"

The husband and his two wives entered the palace.

O marido e suas duas esposas entraram no palácio.

Now he was lodged in a stately mansion.

Agora ele estava hospedado em uma mansão imponente.

The most delectable food appeared, as if by enchantment.

A comida mais deliciosa apareceu, como por encanto.

He was caressed and endeared by his two wives.

Ele era acariciado e querido por suas duas esposas.

Both wives did their best to make him happy.

Ambas as esposas fizeram o melhor que puderam para fazê-lo feliz.

Both wives did their best to make him comfortable.

Ambas as esposas fizeram o melhor que puderam para deixá-lo confortável.

His two wives were competing for his love.

Suas duas esposas estavam competindo por seu amor.

The Brahman had a jolly time of it.

O brâmane se divertiu muito.

He was steeped in an ocean of enjoyment.

Ele estava imerso em um oceano de prazer.

The Brahman lived in this state of Elysian pleasure.

O brâmane vivia nesse estado de prazer elísio.

Some fifteen or sixteen years he spent this way.

Ele passou cerca de quinze ou dezesseis anos dessa maneira.

During this time his two wives presented him with two sons.

Durante esse tempo, suas duas esposas lhe deram dois filhos.

The Rakshasi's son was the elder.

O filho do Rakshasi era o mais velho.

He looked more like a god than a human being.

Ele parecia mais um deus do que um ser humano.

He was named Sahasra-Dal.

Ele foi chamado de Sahasra-Dal.

His name meant the thousand-branched.

Seu nome significava o de mil ramificações.

The son of the Brahman woman was a year younger.

O filho da mulher brâmane era um ano mais novo.

He was named Champa-Dal

Ele foi nomeado Champa-Dal

His name meant the branch of a champaka tree.

Seu nome significava o galho de uma árvore champaka.

The two brothers loved each other dearly.

Os dois irmãos se amavam muito.

They were both sent to the same school.

Ambos foram enviados para a mesma escola.

The school was several miles distant from the palace.

A escola ficava a vários quilômetros de distância do palácio.

Every day they rode their two little ponies to school.

Todos os dias eles iam para a escola em seus dois pequenos pôneis.
The Brahman woman had always been suspicious.
A mulher brâmane sempre foi desconfiada.
A thousand little circumstances gave her clues.
Mil pequenas circunstâncias lhe deram pistas.
She knew her sister-in-law was not a human being.
Ela sabia que sua cunhada não era um ser humano.
She was sure her sister-in-law was a Rakshasi.
Ela tinha certeza de que sua cunhada era uma Rakshasi.
But her suspicion had not yet ripened into certainty.
Mas sua suspeita ainda não havia se transformado em certeza.
Because the Rakshasi exercised great self-restraint.
Porque os Rakshasi exerciam grande autocontrole.
She never did anything which human beings did not do.
Ela nunca fez nada que os seres humanos não fizessem.
But she couldn't hide her demonic nature forever.
Mas ela não conseguiu esconder sua natureza demoníaca para sempre.
Her demonic nature was eventually going to reveal itself.
Sua natureza demoníaca acabaria se revelando.

The Brahman had little to keep him busy.
O brâmane tinha pouca coisa para mantê-lo ocupado.
In order to pass his time he went hunting.
Para passar o tempo ele foi caçar.
The first day he returned with an antelope.
No primeiro dia ele voltou com um antílope.
The antelope was laid in the courtyard of the palace.
O antílope foi depositado no pátio do palácio.
The Rakshasi saw the antelope with great interest.
O Rakshasi viu o antílope com grande interesse.
At the sight of the raw meat her mouth began to water.
Ao ver a carne crua sua boca começou a salivar.
The antelope was never taken to the kitchen.
O antílope nunca foi levado para a cozinha.
Instead, the Rakshasi took the antelope to another room.

Em vez disso, o Rakshasi levou o antílope para outra sala.
In this room she began devouring the antelope.
Nesta sala ela começou a devorar o antílope.
The Brahman woman saw everything from a secret room.
A mulher brâmane viu tudo de uma sala secreta.
Her Rakshasi sister tore a leg off the antelope.
Sua irmã Rakshasi arrancou uma perna do antílope.
She saw how she opened her tremendous jaw.
Ela viu como ela abriu sua mandíbula tremenda.
And in one mouthful she swallowed up the leg.
E numa só mordida ela engoliu a perna.
The other limbs were devoured in the same manner.
Os outros membros foram devorados da mesma maneira.
And opening her jaw even further, she swallowed the body.
E abrindo ainda mais a mandíbula, ela engoliu o corpo.
Only a little bit of the meat was kept for the kitchen.
Apenas uma pequena parte da carne era guardada para a cozinha.
On the second day the Brahman caught another antelope.
No segundo dia, o brâmane pegou outro antílope.
On the third day the Brahman caught another antelope.
No terceiro dia, o brâmane pegou outro antílope.
The Rakshasi was unable to restrain her appetite.
A Rakshasi não conseguiu conter seu apetite.
The raw flesh brought out her demonic nature.
A carne crua revelou sua natureza demoníaca.
And she devoured each antelope like the last.
E ela devorou cada antílope como se fosse o último.
On the third day the Brahman woman expressed her surprise.
No terceiro dia, a mulher brâmane expressou sua surpresa.
"Nearly three whole antelopes have disappeared"
"Quase três antílopes inteiros desapareceram"
"All that is left is a little bit of meat"
"Só resta um pouco de carne"
The Rakshasi did not appreciate the accusation.
Os Rakshasi não gostaram da acusação.

"Do I eat raw flesh?" she asked fiercely.

"Eu como carne crua?" ela perguntou ferozmente.

"Perhaps you do eat raw flesh," replied the Brahman
woman.

"Talvez você coma carne crua", respondeu a mulher brâmane.

"I have nothing to prove the contrary"

"Não tenho nada que prove o contrário"

The Rakshasi knew she had been discovered.

A Rakshasi sabia que ela havia sido descoberta.

Her eyes became even fiercer than before.

Seus olhos ficaram ainda mais ferozes do que antes.

And she vowed to get her revenge.

E ela jurou vingança.

The Brahman woman concluded her fate was sealed.

A mulher brâmane concluiu que seu destino estava selado.

She thought her husband would meet the same fate.

Ela pensou que seu marido teria o mesmo destino.

She did not expect her son to be spared either.

Ela também não esperava que seu filho fosse poupado.

That night she hardly slept at all.

Naquela noite ela quase não dormiu.

The Rakshasi had prevented her from seeing her husband.

O Rakshasi a impediu de ver o marido.

Early next morning Champa-Dal went to school.

Na manhã seguinte, Champa-Dal foi para a escola.

Before he went to school she gave her son a golden bottle.

Antes de ele ir para a escola, ela deu ao filho uma garrafa de
ouro.

In the golden bottle was her own breast milk.

Na garrafa dourada estava seu próprio leite materno.

"Carefully watch the colour of the milk"

"Observe atentamente a cor do leite"

"If the milk turns red, your father has been killed"

"Se o leite ficar vermelho, seu pai foi morto"

"If the milk turns redder, then I have been killed"

"Se o leite ficar mais vermelho, então eu morri"

"If the milk turns red you must gallop away"

"Se o leite ficar vermelho, você deve galopar para longe"
"Gallop as fast as your horse can carry you"
"Galope o mais rápido que seu cavalo puder carregar"
"If you do not run away, you will be devoured"
"Se você não fugir, será devorado"
That morning the Rakshasi made a suggestion to her husband.
Naquela manhã, a Rakshasi fez uma sugestão ao marido.
"Let us bathe in the river this morning"
"Vamos tomar banho no rio esta manhã"
She would not take no for an answer.
Ela não aceitaria um não como resposta.
The river was some distance from the palace.
O rio ficava a alguma distância do palácio.
The Brahman followed her as meekly as a lamb.
O brâmane a seguiu tão mansamente quanto um cordeiro.
The Brahman woman saw that her doom was near.
A mulher brâmane viu que seu fim estava próximo.
But it was beyond her power to avert the catastrophe.
Mas estava além de seu poder evitar a catástrofe.
The Brahman and the Rakshasi did indeed reach the river.
O brâmane e o rakshasi de fato chegaram ao rio.
Soon after the Rakshasi changed into her real dimensions.
Logo depois, a Rakshasi mudou para suas dimensões reais.
She tore the Brahman limb from limb.
Ela rasgou o Brahman membro por membro.
She devoured him like she had devoured the antelope.
Ela o devorou como havia devorado o antílope.
Then she ran back to her palace.
Então ela correu de volta para seu palácio.
The wife's fate was the same as the Brahman's.
O destino da esposa foi o mesmo do brâmane.

Young Champ Dal had done as his mother instructed.
O jovem Champ Dal fez o que sua mãe instruiu.
He was diligently observing the golden bottle.
Ele observava atentamente a garrafa dourada.

He paid special attention to the colour of the milk.
Ele prestou atenção especial à cor do leite.
He was horror-struck to find the milk redden a little.
Ele ficou horrorizado ao ver o leite ficar um pouco avermelhado.
"My father has been killed," he cried.
"Meu pai foi morto", ele gritou.
Soon after the milk completely reddened.
Logo depois o leite ficou completamente vermelho.
"Now my mother has been killed too," he cried.
"Agora minha mãe também foi morta", ele gritou.
Quickly he rushed to mount his pony.
Rapidamente ele correu para montar seu pônei.
His half-brother, Sahasra-Dal, was surprised.
Seu meio-irmão, Sahasra-Dal, ficou surpreso.
"Where are you going, Champa?"
"Aonde você vai, Champa?"
"Why are you crying, brother?"
"Por que você está chorando, irmão?"
"Let me accompany you to wherever you are going"
"Deixe-me acompanhá-lo para onde quer que você vá"
But Champa-Dal now feared his brother.
Mas Champa-Dal agora temia seu irmão.
"Oh! do not come to me," he objected.
"Oh! Não venha até mim", ele objetou.
"Your mother has devoured my father and mother"
"Sua mãe devorou meu pai e minha mãe"
"Don't you come and devour me"
"Não venha me devorar"
"I will not devour you," he promised his brother.
"Eu não vou te devorar", ele prometeu ao irmão.
"I'll save you," he promised his brother.
"Eu vou te salvar", ele prometeu ao irmão.
And he galloped after his brother, Champa-Dal.
E ele galopou atrás de seu irmão, Champa-Dal.
Soon his mother, the Rakshasi, appeared at a distance.
Logo sua mãe, a Rakshasi, apareceu à distância.

She demanded Champa-Dal to come to her.
Ela exigiu que Champa-Dal fosse até ela.
But Champa-Dal knew better than to go to the Rakshasi.
Mas Champa-Dal sabia que não era melhor ir até o Rakshasi.
"Champa-Dal will not come to you, but I will"
"Champa-Dal não virá até você, mas eu irei"
And instead, Sahasra-Dal went to his mother.
E em vez disso, Sahasra-Dal foi até sua mãe.
The young prince always carried a sword with him.
O jovem príncipe sempre carregava uma espada consigo.
With his sword he cut off his mother's head.
Com sua espada ele cortou a cabeça de sua mãe.
Champa-Dal had not stayed to witness this.
Champa-Dal não ficou para testemunhar isso.
He had galloped off as far as his pony could carry him.
Ele galopou o mais longe que seu pônei conseguiu levá-lo.
Because he was running for his life.
Porque ele estava correndo para salvar sua vida.
But Sahasra-Dal soon caught up with his brother.
Mas Sahasra-Dal logo alcançou seu irmão.
And he told him that his mother was no more.
E ele lhe disse que sua mãe não existia mais.
This was small consolation to Champa-Dal.
Isso foi um pequeno consolo para Champa-Dal.
The Rakshasi had already devoured both his parents.
O Rakshasi já havia devorado seus pais.
But he could still not trust Sahasra-Dal's friendship.
Mas ele ainda não podia confiar na amizade de Sahasra-Dal.
They both rode as fast as their horses could carry them.
Ambos cavalgaram tão rápido quanto seus cavalos
conseguiam levá-los.
And their horses could carry them very far.
E seus cavalos podiam levá-los muito longe.
Because their horses were Pakshirajes horses.
Porque seus cavalos eram cavalos de Pakshiraj.
Pakshirajes horses are the kings of birds.
Os cavalos Pakshirajes são os reis das aves.

On their horses they travelled over hundreds of miles.
Em seus cavalos, eles viajaram centenas de quilômetros.
An hour or two before sundown they reached a village.
Uma ou duas horas antes do pôr do sol, eles chegaram a uma aldeia.
Here they became the guests of a respectable family.
Aqui eles se tornaram hóspedes de uma família respeitável.
But the two brothers saw the family was in gloom.
Mas os dois irmãos perceberam que a família estava triste.
Something was agitating the family very much.
Algo estava agitando muito a família.
Some of the family held private consultations.
Alguns membros da família realizaram consultas particulares.
And others in the family were weeping.
E outros na família estavam chorando.
The mother was the eldest lady in the house.
A mãe era a mulher mais velha da casa.
"I will go, as I am the eldest," she said.
"Eu irei, pois sou a mais velha", ela disse.
"I have lived long enough"
"Eu já vivi o suficiente"
"At most my life would be cut short by a year or two"
"No máximo, minha vida seria encurtada por um ou dois anos"
The youngest member of the house was a little girl.
O membro mais novo da casa era uma garotinha.
"I will go, as I am young," she said.
"Eu irei, pois sou jovem", ela disse.
"I am useless to the family"
"Sou inútil para a família"
"If I die, I shall not be missed"
"Se eu morrer, não farão falta"
The head of the house was the son of the old lady.
O chefe da casa era o filho da velha senhora.
"I am the representative of the family," he said.
"Eu sou o representante da família", disse ele.
"It is but reasonable that I should give up my life"

"É razoável que eu desista da minha vida"
He also had a younger brother.
Ele também tinha um irmão mais novo.
"You are the pillar of the family," he said.
"Você é o pilar da família", disse ele.
"If you go the whole family is ruined"
"Se você for, a família inteira estará arruinada"
"It is not reasonable that you should go"
"Não é razoável que você vá"
"I will go, as I shall not be much missed"
"Eu irei, pois não farei muita falta"
The two strangers listened to all this conversation.
Os dois estranhos ouviram toda essa conversa.
You can imagine their curiosity was not little.
Você pode imaginar que a curiosidade deles não era pequena.
They wondered what the discussion could be about.
Eles se perguntavam sobre o que seria a discussão.
Sahasra-Dal took the risk of being thought meddlesome.
Sahasra-Dal correu o risco de ser considerado intrometido.
"What is the subject of your consultations?"
"Qual é o assunto das suas consultas?"
"What is the reason for your deep miserable?"
"Qual é a razão da sua profunda miséria?"
"Why are your words full of countenances?"
"Por que suas palavras estão cheias de semblantes?"
The head of the house gave the following answer.
O chefe da casa deu a seguinte resposta.
"There is something you must know, me worthy guests"
"Há algo que vocês devem saber, meus dignos convidados"
"These lands are infested by a terrible Rakshasi"
"Estas terras estão infestadas por um terrível Rakshasi"
"This Rakshasi has depopulated all the regions here"
"Este Rakshasi despovoou todas as regiões aqui"
"This town, too, would have been depopulated"
"Esta cidade também teria sido despovoada"
"But that our king became suppliant to the Rakshasi"
"Mas nosso rei se tornou suplicante ao Rakshasi"

"He begged her to show mercy to us his people"
"Ele implorou que ela tivesse misericórdia de nós, seu povo"
The Rakshasi replied to the king.
O Rakshasi respondeu ao rei.
"I will consent to show mercy to your subjects"
"Eu consentirei em mostrar misericórdia aos seus súditos"
"But there is one condition for my mercy"
"Mas há uma condição para minha misericórdia"
"Every night I demand one human being"
"Toda noite eu exijo um ser humano"
"I don't mind if it is a male or a female"
"Não me importa se é um homem ou uma mulher"
"Put the human being in a temple for me to feast"
"Coloque o ser humano em um templo para eu festejar"
"If I get a human being every night, I will rest satisfied"
"Se eu receber um ser humano todas as noites, ficarei satisfeito"
"Promise me this and I will commit no further depredations"
"Prometa-me isso e não cometerei mais depredações"
"Your subjects will be spared from my ravenous hunger"
"Seus súditos serão poupados da minha fome voraz"
"Our king had no other alternative than to agree"
"Nosso rei não teve outra alternativa senão concordar"
"What human can ever hope to contend against a Rakshasi?"
"Que humano pode esperar lutar contra um Rakshasi?"
"From that day the king made a new law"
"A partir daquele dia o rei fez uma nova lei"
"Every family has to send one member to the temple"
"Cada família deve enviar um membro ao templo"
"To appease the wrath of the terrible Rakshasi"
"Para apaziguar a ira do terrível Rakshasi"
"To satisfy the endless hunger of the Rakshasi"
"Para satisfazer a fome sem fim dos Rakshasi"
"All the families in this neighbourhood have had their turn"
"Todas as famílias deste bairro já tiveram a sua vez"
"This night it is the turn of our family"

"Esta noite é a vez da nossa família"
"One of us is to devote ourself to destruction"
"Um de nós deve se dedicar à destruição"
"We are therefore discussing who should go to the Rakshasi"
"Estamos, portanto, discutindo quem deve ir para o Rakshasi"
"You can now perceive the cause of our distress"
"Agora você pode perceber a causa da nossa angústia"
The two friends consulted together for a few minutes.
Os dois amigos conversaram por alguns minutos.
After this time they concluded their consultation.
Após esse tempo eles concluíram a consulta.
Sahasra-Dal was the spokesman for the brothers.
Sahasra-Dal era o porta-voz dos irmãos.
"Most worthy host, do not any longer be sad"
"Digno anfitrião, não fique mais triste"
"You have been very kind to us"
"Você foi muito gentil conosco"
"We have resolved to requite your hospitality"
"Resolvemos retribuir a sua hospitalidade"
"We will go to the temple instead of you"
"Nós iremos ao templo em seu lugar"
"We shall go as your representatives"
"Nós iremos como seus representantes"
"We will become the food of the Rakshasi"
"Nós nos tornaremos o alimento dos Rakshasi"
The whole family protested against the proposal.
Toda a família protestou contra a proposta.
They declared that guests were like gods.
Eles declararam que os convidados eram como deuses.
"The host must ensure the comfort of the guests"
"O anfitrião deve garantir o conforto dos hóspedes"
"The guests must not suffer for the host"
"Os convidados não devem sofrer pelo anfitrião"
But the two strangers could not be persuaded.
Mas os dois estranhos não puderam ser persuadidos.
"We will stand as proxies for your family"

"Nós seremos representantes da sua família"
There was a great deal of objection to the proposal.
Houve muita objeção à proposta.
But eventually the guests persuaded their hosts.
Mas, eventualmente, os convidados persuadiram seus
anfitriões.
Finally the hosts consented to the arrangement.
Finalmente os anfitriões consentiram com o acordo.

Sahasra-Dal and Champa-Dal rode off on their horses.
Sahasra-Dal e Champa-Dal partiram em seus cavalos.
Immediately after candle light they reached the temple.
Imediatamente após a iluminação das velas, eles chegaram ao
templo.
They went into the temple, and shut the door.
Eles entraram no templo e fecharam a porta.
Sahasra told his brother to go to sleep.
Sahasra disse ao seu irmão para ir dormir.
"I will guard over your sleep"
"Eu guardarei o seu sono"
"I will watch out for the terrible Rakshasi"
"Eu ficarei atento ao terrível Rakshasi"
Champa was soon in a fine sleep.
Champa logo adormeceu profundamente.
Sahasra lay awake, waiting for the Rakshasi.
Sahasra ficou acordado, esperando pelo Rakshasi.
Nothing happened during the early hours of the night.
Nada aconteceu durante as primeiras horas da noite.
But then the gong of the king's bell sounded.
Mas então o gongo do sino do rei soou.
It was midnight, the dead hour of the night.
Era meia-noite, a hora morta da noite.
Sahasra heard the sound as of a rushing tempest.
Sahasra ouviu o som de uma tempestade violenta.
He used the knowledge he had of Rakshasas.
Ele usou o conhecimento que tinha dos Rakshasas.
He concluded the Rakshasi was nigh.

Ele concluiu que o Rakshasi estava próximo.
A thundering knock was heard at the door.
Uma batida forte foi ouvida na porta.
The following words accompanied the knock at the door:
As seguintes palavras acompanharam a batida na porta:
"How, mow, khow! A human being I smell"
"Como, mow, khow! Cheiro de ser humano!"
"Who keeps guard inside this temple?"
"Quem guarda este templo?"
To this question Sahasra-Dal made the following reply:
A esta pergunta Sahasra-Dal deu a seguinte resposta:
"Sahasra-Dal keeps guard inside this temple"
"Sahasra-Dal mantém guarda dentro deste templo"
"Champa-Dal keeps guard inside this temple"
"Champa-Dal mantém guarda dentro deste templo"
"Two winged horses keep guard inside this temple"
"Dois cavalos alados guardam este templo"
Rakshasa blood flowed through Sahasra-Dal's veins.
Sangue Rakshasa corria nas veias de Sahasra-Dal.
The Rakshasi knew Sahasra-Dal was not human.
Os Rakshasi sabiam que Sahasra-Dal não era humano.
And so the Rakshasi turned away with a groan.
E então o Rakshasi se virou com um gemido.
After an hour the Rakshasi returned to the temple.
Depois de uma hora, o Rakshasi retornou ao templo.
The Rakshasi thundered at the door again.
O Rakshasi bateu na porta novamente.
"How, mow, khow! A human being I smell"
"Como, mow, khow! Cheiro de ser humano!"
"Who keeps guard inside this temple?"
"Quem guarda este templo?"
To this question Sahasra-Dal again replied:
A esta pergunta Sahasra-Dal respondeu novamente:
"Sahasra-Dal keeps guard inside this temple"
"Sahasra-Dal mantém guarda dentro deste templo"
"Champa-Dal keeps guard inside this temple"
"Champa-Dal mantém guarda dentro deste templo"

"Two winged horses keep guard inside this temple"
"Dois cavalos alados guardam este templo"
The Rakshasi again groaned and went away.
O Rakshasi gemeu novamente e foi embora.
At two o'clock the Rakshasi appeared once more.
Às duas horas o Rakshasi apareceu mais uma vez.
And at three o'clock the Rakshasi came again.
E às três horas o Rakshasi veio novamente.
Each time the Rakshasi made the same inquiry.
Cada vez o Rakshasi fazia a mesma pergunta.
And each time the Rakshasi left with a groan.
E cada vez o Rakshasi saía com um gemido.
After three o'clock, however, Sahasra-Dal felt very sleepy.
Depois das três horas, porém, Sahasra-Dal sentiu muito sono.
He could not any longer keep awake.
Ele não conseguia mais ficar acordado.
He therefore roused Champa.
Ele então despertou Champa.
And he told him to keep guard over the temple.
E ele lhe disse para guardar o templo.
"The Rakshasi will come again in an hour"
"O Rakshasi voltará em uma hora"
"The Rakshasi will ask who keeps guard here"
"O Rakshasi perguntará quem guarda aqui"
"You must mention Sahasra's name first"
"Você deve mencionar o nome de Sahasra primeiro"
Having given these instructions he went to sleep.
Depois de dar essas instruções, ele foi dormir.
At four o'clock the Rakshasi again made her appearance.
Às quatro horas a Rakshasi apareceu novamente.
The Rakshasi thundered at the door, and said:
O Rakshasi bateu à porta com um estrondo e disse:
"How, mow, khow! A human being I smell"
"Como, mow, khow! Cheiro de ser humano!"
"Who keeps guard inside this temple?"
"Quem guarda este templo?"
Champa-Dal was in a terrible fright.

Champa-Dal estava com um medo terrível.
He had forgotten the instructions of his brother.
Ele havia esquecido as instruções de seu irmão.
"Champa-Dal keeps guard inside this temple"
"Champa-Dal mantém guarda dentro deste templo"
"Sahasra-Dal keeps guard inside this temple"
"Sahasra-Dal mantém guarda dentro deste templo"
"Two winged horses keep guard inside this temple"
"Dois cavalos alados guardam este templo"
The Rakshasi uttered a shout of exultation.
O Rakshasi soltou um grito de exultação.
And the Rakshasi laughed how only demons can laugh.
E os Rakshasi riram como só os demônios conseguem rir.
With a dreadful noise the door broke open.
Com um barulho terrível a porta se abriu.
The noise roused Sahasra from his sleep.
O barulho despertou Sahasra do seu sono.
Within a moment he sprung to his feet.
Num instante ele se levantou de um salto.
He had his sword with him not only by day.
Ele tinha sua espada consigo não apenas durante o dia.
He had his sword with him by night too.
Ele também carregava sua espada consigo à noite.
His sword was as supple as a palm-leaf.
Sua espada era tão flexível quanto uma folha de palmeira.
And he cut off the head of the Rakshasi.
E ele cortou a cabeça do Rakshasi.
The huge mountain of a body fell to the ground.
A enorme montanha de corpos caiu no chão.
The body made a great noise when it fell.
O corpo fez um grande barulho quando caiu.
And the body covered many surrounding acres.
E o corpo cobria muitos hectares ao redor.
Sahasra-Dal kept the severed head of the Rakshasi.
Sahasra-Dal manteve a cabeça decepada do Rakshasi.
And he slept again with the head near him.
E ele dormiu novamente com a cabeça perto dele.

Early in the morning some wood-cutters came.
De manhã cedo chegaram alguns lenhadores.
The wood-cutters were passing near the temple.
Os lenhadores estavam passando perto do templo.
The wood-cutters saw the huge body on the ground.
Os lenhadores viram o corpo enorme no chão.
So they walked towards the temple.
Então eles caminharam em direção ao templo.
Soon they saw that it was a carcass.
Logo eles viram que era uma carcaça.
The carcass of the terrible Rakshasi.
A carcaça do terrível Rakshasi.
The Rakshasi that had nearly depopulated the land.
Os Rakshasi que quase despovoaram a terra.
There had been a bounty for this Rakshasi.
Houve uma recompensa por este Rakshasi.
The king offered the hand of his daughter.
O rei ofereceu a mão de sua filha.
And the king had offered half the kingdom.
E o rei ofereceu metade do reino.
He would trade it all for the head of the Rakshasi.
Ele trocaria tudo pela cabeça do Rakshasi.
The wood-cutters saw no claimant at hand.
Os lenhadores não viram nenhum pretendente por perto.
So they went to get the reward.
Então eles foram buscar a recompensa.
Each wood-cutter cut off a limb from the Rakshasi.
Cada lenhador cortou um galho do Rakshasi.
And each wood-cutter went to the king.
E cada lenhador foi até o rei.
And each wood-cutter tried to claim the reward.
E cada lenhador tentou reivindicar a recompensa.
"I am the destroyer of the great man eater"
"Eu sou o destruidor do grande devorador de homens"
"I have come to claim my reward"
"Eu vim para reivindicar minha recompensa"

The king knew there could only be one hero.
O rei sabia que só poderia haver um herói.
So he made an inquiry with his minister.
Então ele fez uma consulta com seu ministro.
"What family's turn was it last night?"
"De que família foi a vez ontem à noite?"
"And who is the head of that family?"
"E quem é o chefe dessa família?"
The king's minister set out to find the family.
O ministro do rei saiu em busca da família.
He brought the head of the family to the king.
Ele levou o chefe da família ao rei.
And the head of the family told of his guests.
E o chefe da família contou sobre seus convidados.
"Last night two youthful travelers came to me"
"Ontem à noite, dois jovens viajantes vieram até mim"
"We offered to be their hosts for the night"
"Nos oferecemos para ser seus anfitriões durante a noite"
"Soon they discovered the problem we had"
"Logo eles descobriram o problema que tínhamos"
"And they volunteered to take our place"
"E eles se ofereceram para tomar o nosso lugar"
"They went to the temple, instead of one of us"
"Eles foram ao templo, em vez de um de nós"
The king took his men to the temple.
O rei levou seus homens ao templo.
The door of the temple was broken open.
A porta do templo foi arrombada.
They found the two brothers sleeping.
Eles encontraram os dois irmãos dormindo.
And the horses were safe in the temple too.
E os cavalos também estavam seguros no templo.
And the head of the Rakshasi was there too.
E o chefe dos Rakshasi também estava lá.
There was no doubt about who had killed the monster.
Não havia dúvidas sobre quem havia matado o monstro.
The real hero had been discovered.

O verdadeiro herói havia sido descoberto.
And the king kept true to his word.
E o rei manteve-se fiel à sua palavra.
He gave the hand of his daughter to Sahasra-Dal.
Ele deu a mão de sua filha para Sahasra-Dal.
And he gave him half his kingdom too.
E ele lhe deu metade do seu reino também.
Champa-Dal remained with his friend.
Champa-Dal permaneceu com seu amigo.
And he rejoiced in Sahasra-Dal's prosperity.
E ele se alegrou com a prosperidade de Sahasra-Dal.
And they lived together happily for some time.
E eles viveram juntos e felizes por algum tempo.

But one day a misunderstanding arose between them.
Mas um dia surgiu um mal-entendido entre eles.
The queen-mother had a certain maid-servant.
A rainha-mãe tinha uma certa criada.
This maid-servant was the most useful domestic.
Esta criada era a doméstica mais útil.
She could turn her hand to any task.
Ela era capaz de realizar qualquer tarefa.
And she had uncommon strength for a woman.
E ela tinha uma força incomum para uma mulher.
Her intelligence was not lacking either.
A inteligência dela também não lhe faltava.
And she had a remarkable amount of energy.
E ela tinha uma quantidade notável de energia.
She would have been quickly missed in the palace.
Ela teria passado rapidamente despercebida no palácio.
The zenana was completely dependent on her.
A zenana era completamente dependente dela.
Hence her services were highly valued.
Por isso seus serviços eram muito valorizados.
The queen-mother appreciated her very much.
A rainha-mãe a apreciava muito.
And the ladies of the palace valued her too.

E as damas do palácio também a valorizavam.

But this valuable woman was not a woman.

Mas essa mulher valiosa não era uma mulher.

What this woman was was a Rakshasi.

Essa mulher era uma Rakshasi.

She had put on the appearance of a woman.

Ela assumiu a aparência de uma mulher.

She had her own nefarious reasons for doing this.

Ela tinha suas próprias razões nefastas para fazer isso.

And then she took service in the royal household.

E então ela começou a servir na casa real.

At night she used to assume her own real form.

À noite, ela costumava assumir sua própria forma real.

When everyone in the palace was asleep.

Quando todos no palácio estavam dormindo.

And then she went about in search of food.

E então ela saiu em busca de comida.

Because her hunger was not satisfied at the palace.

Porque sua fome não foi saciada no palácio.

A Rakshasi needs much more food than a man or woman.

Um Rakshasi precisa de muito mais comida do que um homem ou uma mulher.

At this time Champa-Dal had no wife.

Naquela época Champa-Dal não tinha esposa.

So he often slept outside the zenana.

Então ele frequentemente dormia fora do zenana.

He was not far from the outer gate of the palace.

Ele não estava longe do portão externo do palácio.

And from there he could observe her.

E de lá ele podia observá-la.

He saw her devouring sundry goats and sheep.

Ele a viu devorando diversas cabras e ovelhas.

And he saw her devouring horses and elephants.

E ele a viu devorando cavalos e elefantes.

This of course was not good for the maid-servant.

É claro que isso não era bom para a criada.

Champa-Dal was in the way of her supper.

Champa-Dal estava no caminho do jantar.
So she was determined to get rid of him.
Então ela estava determinada a se livrar dele.
One day she went to the queen-mother.
Um dia ela foi até a rainha-mãe.
"Queen-mother," she said to her.
"Rainha-mãe", ela disse a ela.
"I can no longer work in the palace"
"Não posso mais trabalhar no palácio"
"Why?" asked the queen-mother.
"Por quê?" perguntou a rainha-mãe.
"What is the matter, Dasi" she wanted to know.
"O que houve, Dasi?" ela queria saber.
"How can I go on without you?"
"Como posso continuar sem você?"
"Tell me your reasons for leaving"
"Diga-me os seus motivos para sair"
The maid-servant explained her situation.
A criada explicou sua situação.
"I am but a poor woman in this palace"
"Eu sou apenas uma pobre mulher neste palácio"
"A woman like me can't preserve her honor here"
"Uma mulher como eu não pode preservar sua honra aqui"
"Your son-in-law has a friend, Champa-Dal"
"Seu genro tem um amigo, Champa-Dal"
"He always cracks indecent jokes with me"
"Ele sempre faz piadas indecentes comigo"
"I would rather beg for my rice than to lose my honor"
"Prefiro implorar pelo meu arroz do que perder a minha
honra"
"If Champa-Dal remains in the palace I must go away"
"Se Champa-Dal permanecer no palácio, devo ir embora"
The maid-servant was irreplicable in the palace.
A criada era irrepetível no palácio.
The queen-mother knew what sacrifice to make.
A rainha-mãe sabia que sacrifício fazer.
Champa-Dal was going to have to leave the palace.

Champa-Dal teria que deixar o palácio.

And she told Sahasra-Dal all her reasons.

E ela contou a Sahasra-Dal todas as suas razões.

"Champa-Dal is a bad man"

"Champa-Dal é um homem mau"

"His character and morals are loose"

"Seu caráter e moral são frouxos"

"He must leave this palace at once"

"Ele deve deixar este palácio imediatamente"

Sahasra-Dal did his best to persuade her otherwise.

Sahasra-Dal fez o melhor que pôde para convencê-la do contrário.

He earnestly pleaded on behalf of his friend.

Ele implorou fervorosamente em nome de seu amigo.

But his efforts were in vain.

Mas seus esforços foram em vão.

The queen-mother had made up her mind.

A rainha-mãe já havia se decidido.

He had to be driven out of the palace.

Ele teve que ser expulso do palácio.

Sahasra-Dal had not the courage to tell his friend.

Sahasra-Dal não teve coragem de contar ao amigo.

He therefore wrote a letter to him.

Ele então escreveu uma carta para ele.

In the letter he was vague about the reason.

Na carta ele foi vago sobre o motivo.

But either way, he was going to have to leave.

Mas de qualquer forma, ele teria que ir embora.

Champa-Dal went to have a bath.

Champa-Dal foi tomar banho.

And the letter was put in his room.

E a carta foi colocada em seu quarto.

Champa-Dal was grieved upon reading the letter.

Champa-Dal ficou triste ao ler a carta.

He mounted his fleet of horses.

Ele montou sua frota de cavalos.

And on his horses, he left the palace.

E em seus cavalos, ele deixou o palácio.

Champa's horses were uncommonly fleet.
Os cavalos de Champa eram extraordinariamente rápidos.
Soon he had traversed thousands of miles.
Logo ele havia percorrido milhares de quilômetros.
And eventually he reached a new city.
E finalmente ele chegou a uma nova cidade.
He stood at the gateway of a magnificent palace.
Ele estava no portão de um palácio magnífico.
He dismounted from his horse.
Ele desmontou do cavalo.
And he entered the palace.
E ele entrou no palácio.
But in the palace he met not a single creature.
Mas no palácio ele não encontrou uma única criatura.
He went from apartment to apartment.
Ele foi de apartamento em apartamento.
All the rooms were richly furnished.
Todos os cômodos eram ricamente mobiliados.
But none of the rooms were lived in.
Mas nenhum dos cômodos estava habitado.
But in the end he came to a different room.
Mas no final ele chegou a uma sala diferente.
In this room there was a young lady.
Nesta sala havia uma jovem senhora.
The young lady was of heavenly beauty.
A jovem era de uma beleza celestial.
And she was lying down on a splendid bedstead.
E ela estava deitada em uma cama esplêndida.
The beautiful young lady was asleep.
A linda jovem estava dormindo.
Champa-Dal looked upon the sleeping beauty.
Champa-Dal olhou para a bela adormecida.
He was captivated by what he was seeing.
Ele ficou cativado pelo que estava vendo.
He had not seen any woman so beautiful.

Ele nunca tinha visto mulher tão bonita.

Upon the bed there were two sticks.

Sobre a cama havia dois gravetos.

The two sticks were near the woman's head.

Os dois gravetos estavam perto da cabeça da mulher.

One of the sticks was made of silver.

Um dos bastões era feito de prata.

And the other stick was made of gold.

E o outro bastão era feito de ouro.

Champa took the silver stick into his hand.

Champa pegou o bastão de prata em sua mão.

And with the stick he touched the body of the lady.

E com o bastão ele tocou o corpo da senhora.

But no change was perceptible to her sleep.

Mas nenhuma mudança foi perceptível em seu sono.

He then took up the gold stick.

Ele então pegou o bastão de ouro.

And with the stick he touched the body of the lady.

E com o bastão ele tocou o corpo da senhora.

This time the young lady did awake.

Desta vez a jovem acordou.

Eyeing the stranger, she inquired who he was.

Olhando para o estranho, ela perguntou quem ele era.

"I am Champa-Dal," he told her.

"Eu sou Champa-Dal", ele disse a ela.

"There was once a poor dimwitted Brahman"

"Era uma vez um pobre brâmane estúpido"

"This dimwitted man had a wife, but no children"

"Este homem estúpido tinha uma esposa, mas não tinha filhos"

"But him not having children was probably for the best"

"Mas provavelmente foi melhor para ele não ter filhos"

"Because he was barely able to meet his own needs"

"Porque ele mal conseguia suprir as próprias necessidades"

"And he could hardly supply enough for his wife"

"E ele mal conseguia suprir o suficiente para sua esposa"

"But his dimwittedness was not even his biggest problem"

"Mas a sua estupidez nem sequer era o seu maior problema"
And he continued the story as we have followed it.
E ele continuou a história como a acompanhamos.
"My mother concluded her fate was sealed"
"Minha mãe concluiu que seu destino estava selado"
"And she thought my father would meet the same fate"
"E ela pensou que meu pai teria o mesmo destino"
"And she did not expect me to be spared either"
"E ela também não esperava que eu fosse poupado"
"That night she hardly slept at all"
"Naquela noite ela quase não dormiu"
"The Rakshasi had prevented her from seeing my father"
"O Rakshasi a impediu de ver meu pai"
"Early next morning I went to school"
"Na manhã seguinte, fui para a escola"
"Before I went to school she gave me a golden bottle"
"Antes de eu ir para a escola ela me deu uma garrafa de ouro"
"In the golden bottle was her own breast milk"
"Na garrafa de ouro estava o seu próprio leite materno"
"I was told to carefully watch the colour of the milk"
"Disseram-me para observar atentamente a cor do leite"
And he continued the story as we have followed it.
E ele continuou a história como a acompanhamos.
"We will stand as proxies for your family"
"Nós seremos representantes da sua família"
"There was a great deal of objection to our proposal"
"Houve muita objeção à nossa proposta"
"But eventually we persuaded our hosts"
"Mas finalmente convencemos nossos anfitriões"
"Finally the hosts consented to the arrangement"
"Finalmente os anfitriões consentiram com o acordo"
And he continued the story as we have followed it.
E ele continuou a história como a acompanhamos.
"So I often slept outside the zenana"
"Então eu frequentemente dormia fora do zenana"
"I was not far from the outer gate of the palace"
"Eu não estava longe do portão externo do palácio"

"And from there I could observe her"
"E dali eu pude observá-la"
"I saw her devouring sundry goats and sheep"
"Eu a vi devorando diversas cabras e ovelhas "
"And I saw her devouring horses and elephants"
"E eu a vi devorando cavalos e elefantes"
And he continued the story as we have followed it.
E ele continuou a história como a acompanhamos.
"One day a letter was put in my room"
"Um dia uma carta foi colocada no meu quarto"
"I was grieved upon reading the letter"
"Fiquei triste ao ler a carta"
"I mounted my fleet of horses"
"Eu montei minha frota de cavalos"
"And on my horses he left the palace"
"E nos meus cavalos ele deixou o palácio"
"My horse are uncommonly fleet"
"Meus cavalos são extraordinariamente rápidos"
"Soon I had traversed thousands of miles"
"Logo eu havia percorrido milhares de quilômetros"
"And eventually I reached a new city"
"E finalmente cheguei a uma nova cidade"
And he continued the story as we have followed it.
E ele continuou a história como a acompanhamos.
"I took the silver stick into his hand"
"Peguei o bastão de prata em sua mão"
"And with the stick I touched your body"
"E com o bastão toquei seu corpo"
"But no change was perceptible to your sleep"
"Mas nenhuma mudança foi perceptível em seu sono"
"I then took up the gold stick"
"Então peguei o bastão de ouro"
And with the stick he touched your body.
E com o bastão ele tocou seu corpo.
"This time you did awake from your sleep"
"Desta vez você acordou do seu sono"
The young lady had listened to Champa-Dal's story.

A jovem ouviu a história de Champa-Dal.
The young lady was in fact a princess.
A jovem era de fato uma princesa.
"Unhappy man! why have you come here?"
"Infeliz homem! Por que você veio aqui?"
"This is the country of Rakshasas"
"Este é o país dos Rakshasas"
"No less than seven hundred Rakshasas live here"
"Nada menos que setecentos Rakshasas vivem aqui"
"Every morning the Rakshasas leave"
"Todas as manhãs os Rakshasas partem"
"They go to the other side of the ocean"
"Eles vão para o outro lado do oceano"
"And they search for provisions there"
"E eles procuram provisões lá"
"And before dusk they return again"
"E antes do anoitecer eles retornam novamente"
"My father was king in these regions"
"Meu pai era rei nestas regiões"
"His kingdom had millions of subjects"
"Seu reino tinha milhões de súditos"
"They lived in flourishing towns and cities"
"Eles viviam em cidades e vilas prósperas"
"But some years ago the Rakshasas invaded"
"Mas há alguns anos os Rakshasas invadiram"
"And they devoured all the subjects of the kingdom"
"E devoraram todos os súditos do reino"
"The Rakshasas devoured my father and my mother"
"Os Rakshasas devoraram meu pai e minha mãe"
"The Rakshasas devoured my brothers and sisters"
"Os Rakshasas devoraram meus irmãos e irmãs"
"And they devoured all the cattle of the country"
"E devoraram todo o gado do país"
"There is no living human being in these regions"
"Não há nenhum ser humano vivo nessas regiões"
"I am the last human living left"
"Eu sou o último humano vivo que resta"

"I too would have been devoured long ago"
"Eu também teria sido devorado há muito tempo"
"But an old Rakshasi took a liking to me"
"Mas um velho Rakshasi gostou de mim"
"She prevents the other Rakshasas from eating me"
"Ela impede que os outros Rakshasas me comam"
"Do you see those sticks of silver and gold?"
"Você vê aqueles bastões de prata e ouro?"
"Every morning she kills me with the silver stick"
"Toda manhã ela me mata com o bastão de prata"
"Every evening she re-animates me with the gold stick"
"Toda noite ela me reanima com o bastão de ouro"
"I do not know how to advise you"
"Não sei como te aconselhar"
"If the Rakshasas see you, you are a dead man"
"Se os Rakshasas te virem, você é um homem morto"
Then they talked in a very affectionate manner.
Então eles conversaram de uma maneira muito afetuosa.
And they laid their heads together.
E eles deitaram suas cabeças juntos.
And they thought to devise a means of escape.
E eles pensaram em inventar um meio de escapar.
Some way to get out of the hands of the Rakshasas.
Uma maneira de escapar das mãos dos Rakshasas.

The hour of the return of the Rakshasas was coming.
A hora do retorno dos Rakshasas estava chegando.
The seven hundred flesh-eaters were soon returning.
Os setecentos carnívoros logo retornariam.
Keshavati called out to Champa-Dal.
Keshavati chamou Champa-Dal.
(Because that was the name of the princess)
(Porque esse era o nome da princesa)
"Hide yourself in the heaps of the sacred trefoil"
"Esconde-te nos montes do trevo sagrado"
But first Champ Dal picked up the silver stick.
Mas primeiro Champ Dal pegou o bastão de prata.

He touched Keshavati with the silver stick.
Ele tocou Keshavati com o bastão de prata.
And as soon as he touched her, she died.
E assim que ele a tocou, ela morreu.
Then he went to the center of the temple of Siva.
Então ele foi até o centro do templo de Shiva.
And he hid beneath the heaps of sacred trefoil.
E ele se escondeu sob os montes de trevo sagrado.
From his hiding place he heard the sound of wind rushing.
Do seu esconderijo ele ouviu o som do vento soprando.
Then he heard terrible noises in the palace.
Então ele ouviu barulhos terríveis no palácio.
The Rakshasas had come home from their hunt.
Os Rakshasas voltaram da caça.
They had filled their stomachs with meat.
Eles encheram seus estômagos com carne.
Sundry goats, sheep, cows, horses, buffaloes.
Diversas cabras, ovelhas, vacas, cavalos, búfalos.
And they had devoured elephants too.
E eles também devoraram elefantes.
The old Rakshasi returned to the palace too.
O velho Rakshasi também retornou ao palácio.
She went to the room of the sleeping princess.
Ela foi até o quarto da princesa adormecida.
And she woke her with the stick made of gold.
E ela a acordou com o bastão feito de ouro.
"Hye, mye, khye! A human being I smell"
"Hye, mye, khye! Cheiro de ser humano."
"I am the only human being here," said the princess.
"Eu sou o único ser humano aqui", disse a princesa.
"Eat me if you like," added Keshavati.
"Coma-me se quiser", acrescentou Keshavati.
To this the Rakshasi replied:
A isto o Rakshasi respondeu:
"Let me eat up your enemies"
"Deixe-me comer seus inimigos"
"Why should I eat you?" she asked the princess.

"Por que eu deveria comer você?" ela perguntou à princesa.
She laid herself down on the ground.
Ela se deitou no chão.
She was as long and high as the Vindhya Hills.
Ela era tão longa e alta quanto as colinas Vindhya.
And in this position she fell asleep.
E nessa posição ela adormeceu.
The other Rakshasas and Rakshasis soon fell asleep too.
Os outros Rakshasas e Rakshasis logo também adormeceram.
Because they were tired from their gigantic labor.
Porque estavam cansados do trabalho gigantesco.
Keshavati also composed herself to sleep.
Keshavati também se preparou para dormir.
But Champa did not dare to come out from under the leaves.
Mas Champa não ousou sair de debaixo das folhas.
And he tried his best to pray to the god of repose.
E ele tentou o seu melhor para orar ao deus do repouso.

At daybreak all seven hundred Rakshasas got up again.
Ao amanhecer, todos os setecentos Rakshasas se levantaram novamente.
They went on their usual predatory excursion.
Eles fizeram sua excursão predatória habitual.
And along with them went the old Rakshasi.
E junto com eles foi o velho Rakshasi.
But first the old Rakshasi picked up the silver stick.
Mas primeiro o velho Rakshasi pegou o bastão de prata.
And she touched Keshavati with the silver stick.
E ela tocou Keshavati com o bastão de prata.
Soon the coast was clear for Champa-Dal.
Logo a costa estava limpa para Champa-Dal.
And he dared to come out from under the pile of leaves.
E ele ousou sair de debaixo do monte de folhas.
He walked back into the room of the princess.
Ele voltou para o quarto da princesa.
And he touched her with the golden stick.
E ele a tocou com o bastão de ouro.

And the princess revived from her death again.
E a princesa ressuscitou de sua morte novamente.
They sauntered about in the gardens.
Eles passeavam pelos jardins.
They enjoyed the cool breeze of the morning.
Eles aproveitaram a brisa fresca da manhã.
They bathed in a lucid pool of water.
Eles se banharam em uma piscina de água límpida.
And they ate and drank food in the palace.
E comeram e beberam no palácio.
And they spent the day in sweet converse.
E eles passaram o dia em doce conversa.
And they concocted a plan for their deliverance.
E eles elaboraram um plano para sua libertação.
Keshavaity was going to speak to the old Rakshasi.
Keshavaity ia falar com o velho Rakshasi.
She was going to ask on what a Rakshasa's life depended.
Ela ia perguntar do que dependia a vida de um Rakshasa.
And with that secret they were going to act accordingly.
E com esse segredo eles iriam agir de acordo.

The hour of the return of the Rakshasas was coming again.
A hora do retorno dos Rakshasas estava chegando novamente.
And events unfolded as they had the evening before.
E os eventos se desenrolaram como na noite anterior.
The seven hundred flesh-eaters were returning to the palace.
Os setecentos carnívoros estavam retornando ao palácio.
Champ Dal touched Keshavati with the silver stick.
Champ Dal tocou Keshavati com o bastão de prata.
She died like the had died the night before.
Ela morreu como havia morrido na noite anterior.
Champa-Dal went to the center of the temple of Siva.
Champa-Dal foi até o centro do templo de Shiva.
He hid beneath the heaps of sacred trefoil again.
Ele se escondeu novamente sob os montes de trevos sagrados.
He heard the sound of wind rushing.
Ele ouviu o som do vento soprando.

And he heard terrible noises in the palace.
E ele ouviu barulhos terríveis no palácio.
The Rakshasas had come home from their hunt.
Os Rakshasas voltaram da caça.
They had filled their stomachs with meat.
Eles encheram seus estômagos com carne.
Sundry goats, sheep, cows, horses, buffaloes.
Diversas cabras, ovelhas, vacas, cavalos, búfalos.
And they had devoured elephants too.
E eles também devoraram elefantes.
The old Rakshasi returned to the palace too.
O velho Rakshasi também retornou ao palácio.
She went to the room of the sleeping princess.
Ela foi até o quarto da princesa adormecida.
And she woke her with the stick made of gold.
E ela a acordou com o bastão feito de ouro.
"Hye, mye, khye! A human being I smell"
"Hye, mye, khye! Cheiro de ser humano"
"I am the only human being here," said the princess.
"Eu sou o único ser humano aqui", disse a princesa.
"Eat me if you like," added Keshavati.
"Coma-me se quiser", acrescentou Keshavati.
To this the Rakshasi replied:
A isto o Rakshasi respondeu:
"Let me eat up your enemies"
"Deixe-me comer seus inimigos"
"Why should I eat you?" she asked the princess.
"Por que eu deveria comer você?" ela perguntou à princesa.
She laid herself down on the ground.
Ela se deitou no chão.
And she looked like a part of the Himalaya mountains.
E ela parecia parte das montanhas do Himalaia.
Keshavati had a phial of heated mustard oil.
Keshavati tinha um frasco de óleo de mostarda aquecido.
And she approached the foot of the Rakshasi.
E ela se aproximou do pé do Rakshasi.
"Mother, your feet are sore from walking"

"Mãe, seus pés estão doloridos de tanto andar"
"Let me rub your sore feet with oil"
"Deixe-me esfregar seus pés doloridos com óleo"
And she began to rub with oil the Rakshasi's feet.
E ela começou a esfregar com óleo os pés do Rakshasi.
Then a few tear-drops fell from the eyes of the princess.
Então algumas lágrimas caíram dos olhos da princesa.
And the tear-drops landed on the monster's legs.
E as lágrimas caíram nas pernas do monstro.
The Rakshasi tasted the tear-drops with her lips.
A Rakshasi provou as lágrimas com os lábios.
And she found the tear-drops tasted briny.
E ela achou que as lágrimas tinham gosto salgado.
"Why are you weeping, darling?" asked the Rakshasi.
"Por que você está chorando, querida?" perguntou o Rakshasi.
"What aileth thee?" she wanted to know.
"O que te aflige?" ela queria saber.
The princess tried to stop herself from crying.
A princesa tentou se conter para não chorar.
"Mother, I am weeping because you are old"
"Mãe, estou chorando porque você está velha"
"When you die one of the Rakshasas will devour me"
"Quando você morrer, um dos Rakshasas me devorará"
"When I die?! Don't be foolish, girl"
"Quando eu morrer?! Não seja tola, garota."
"Don't you know that Rakshasas never die?"
"Você não sabe que os Rakshasas nunca morrem?"
"We are not naturally immortal"
"Não somos naturalmente imortais"
"There is a secret to our strength"
"Há um segredo para a nossa força"
"But no human can unravel this secret"
"Mas nenhum humano pode desvendar esse segredo"
"But let me tell you the secret"
"Mas deixe-me contar-lhe o segredo"
"So that you are comforted a little"
"Para que vocês fiquem um pouco consolados"

"Do you see the pool of water in the palace?"
"Você vê a piscina de água no palácio?"
"In that pool of water is a Sphatikasthamba"
"Naquela poça de água há um Sphatikasthamba"
"The Sphatikasthamba is deep in the water"
"O Sphatikasthamba está no fundo da água"
"And on the Sphatikasthamba are two bees"
"E no Sphatikasthamba há duas abelhas"
"A human being would have to dive into the water"
"Um ser humano teria que mergulhar na água"
"The human being would have to bring the bees onto dry land"
"O ser humano teria que trazer as abelhas para terra firme "
"Then the human being would have to kill the two bees"
"Então o ser humano teria que matar as duas abelhas"
"But not a drop of their blood must touch the ground"
"Mas nem uma gota do seu sangue deve tocar o chão"
"Only then can a human kill a Rakshasa"
"Só então um humano pode matar um Rakshasa"
"But if the blood touches the ground, a thousand Rakshasas will rise"
"Mas se o sangue tocar o chão, mil Rakshasas surgirão"
"But what human will find out this secret?"
"Mas que humano descobrirá esse segredo?"
"And what human can achieve this feat?"
"E que humano pode realizar tal feito?"
"No human knows the secret to the life of a Rakshasa"
"Nenhum ser humano conhece o segredo da vida de um Rakshasa"
"And no human can achieve such a feat"
"E nenhum ser humano pode realizar tal feito"
"So there is no reason to be sad, my darling"
"Então não há motivo para ficar triste, meu querido"
"I am practically immortal," she confirmed.
"Sou praticamente imortal", ela confirmou.
Keshavati treasured the secret in her memory.
Keshavati guardou o segredo em sua memória.

And then she went back to sleep.
E então ela voltou a dormir.

Next morning the Rakshasas, as usual, went away.
Na manhã seguinte, os Rakshasas, como de costume, foram embora.
Champa came out of his hiding-place.
Champa saiu do seu esconderijo.
And he roused Keshavati from her sleep.
E ele despertou Keshavati do seu sono.
The princess told him the secret she had learnt.
A princesa contou-lhe o segredo que havia aprendido.
Champa-Dal immediately started to prepare himself.
Champa-Dal imediatamente começou a se preparar.
He brought to the pool a knife.
Ele trouxe uma faca para a piscina.
And he brought a quantity of ashes.
E ele trouxe uma quantidade de cinzas.
He took off his heavy clothes.
Ele tirou suas roupas pesadas.
He put a drop or two of mustard oil into each ear.
Ele colocou uma ou duas gotas de óleo de mostarda em cada orelha.
To prevent water from entering into his ears.
Para evitar que entre água nos ouvidos.
He swam out into the middle of the water.
Ele nadou até o meio da água.
And from there he dove down into the pool.
E de lá ele mergulhou na piscina.
Soon he reached the top of the crystal pillar.
Logo ele chegou ao topo do pilar de cristal.
And on Sphatikasthamba were the two bees.
E em Sphatikasthamba estavam as duas abelhas.
He caught hold of the two bees he found there.
Ele pegou as duas abelhas que encontrou lá.
And he swam up again in a singular breath.
E ele nadou novamente em um único suspiro.

He took the knife he had left at the edge of the water.
Ele pegou a faca que havia deixado na beira da água.
And over the ashes he cut up the bees.
E sobre as cinzas ele cortou as abelhas.
A drop or two of the blood fell from the bees.
Uma ou duas gotas de sangue caíram das abelhas.
But their blood did not touch the ground.
Mas o sangue deles não tocou o chão.
Instead, their blood landed on the ashes.
Em vez disso, seu sangue caiu nas cinzas.
A terrible scream was heard at a distance.
Um grito terrível foi ouvido à distância.
The scream was the wailing of the Rakshasas.
O grito era o lamento dos Rakshasas.
They were all running home as fast as they could.
Eles estavam todos correndo para casa o mais rápido que
podiam.
They wanted to prevent the bees from being killed.
Eles queriam evitar que as abelhas fossem mortas.
But they could not reach the palace in time.
Mas eles não conseguiram chegar ao palácio a tempo.
Because the bees had already perished.
Porque as abelhas já tinham morrido.
The moment the bees were killed, all the Rakshasas died.
No momento em que as abelhas foram mortas, todos os
Rakshasas morreram.
Their carcasses fell on the very spot they were standing.
Suas carcaças caíram exatamente onde eles estavam.
Their carcasses now blocked the gateway of the palace.
Suas carcaças agora bloqueavam o portão do palácio.
In this manner the seven hundred Rakshasas were
destroyed.
Desta maneira, os setecentos Rakshasas foram destruídos.

Afterwards Champa-Dal and Keshavati got married.
Depois, Champa-Dal e Keshavati se casaram.
They made the traditional exchange of garlands of flowers.

Eles fizeram a tradicional troca de guirlandas de flores.

The princess had never been out of the house.

A princesa nunca saía de casa.

So she naturally expressed a desire to see the outer world.

Então ela naturalmente expressou o desejo de ver o mundo exterior.

Every morning and evening they went on long walks.

Todas as manhãs e noites eles faziam longas caminhadas.

There was a large river Keshavati wished to bathe in.

Havia um grande rio em que Keshavati queria se banhar.

As she bathed one of Keshavati's hairs came off.

Enquanto ela tomava banho, um dos fios de cabelo de Keshavati caiu.

There was a special custom in those times.

Havia um costume especial naquela época.

A woman never threw away a hair away by itself.

Uma mulher nunca joga fora um fio de cabelo por conta própria.

A sea-shell was floating in the water.

Uma concha flutuava na água.

So Keshavati tied the strand of hair to the sea-shell.

Então Keshavati amarrou o fio de cabelo na concha.

And then the couple returned to the palace.

E então o casal retornou ao palácio.

Meanwhile the sea-shell floated down the stream.

Enquanto isso, a concha flutuava rio abaixo.

And in due time the sea-shell reached another bathing spot.

E no devido tempo a concha chegou a outro local de banho.

This was the bathing spot Sahasra-Dal went to.

Este era o local de banho para onde Sahasra-Dal ia.

Here Champa-Dal's brother performed his ablutions.

Aqui, o irmão de Champa-Dal realizou suas abluções.

On this day Sahasra-Dal was in the water.

Neste dia Sahasra-Dal estava na água.

He was bathing and swimming with his friends.

Ele estava tomando banho e nadando com seus amigos.

And so the sea-shell floated past the men.

E assim a concha flutuou passando pelos homens.
The men were in a playful mood that day.
Os homens estavam num clima brincalhão naquele dia.
"Whoever gets to the sea-shell first wins"
"Quem chegar primeiro à concha ganha"
And so they all swam towards the sea-shell.
E assim todos nadaram em direção à concha.
Sahasra-Dal was the strongest swimmer among his friends.
Sahasra-Dal era o nadador mais forte entre seus amigos.
And so he was the first the reach the sea-shell.
E assim ele foi o primeiro a alcançar a concha.
Examining the seashell, he found a hair tied to it.
Ao examinar a concha, ele encontrou um fio de cabelo preso a
ela.
But it was a hair of extraordinary length.
Mas era um cabelo de comprimento extraordinário.
He had never seen such a long hair.
Ele nunca tinha visto um cabelo tão longo.
The strand of hair was exactly seven cubits long.
O fio de cabelo tinha exatamente sete côvados de
comprimento.
"This strand of hair must belong to a woman"
"Este fio de cabelo deve pertencer a uma mulher"
"And this woman must be very remarkable"
"E essa mulher deve ser muito notável"
"I must see who this remarkable woman is"
"Preciso ver quem é essa mulher extraordinária"
Sahasra-Dal was determined to find the remarkable woman.
Sahasra-Dal estava determinado a encontrar a mulher
extraordinária.
He went home from the river in a pensive mood.
Ele voltou para casa, vindo do rio, pensativo.
And he did not proceed to the zenana for breakfast.
E ele não foi até o zenana para tomar café da manhã.
Instead he remained in the outer part of the palace.
Em vez disso, ele permaneceu na parte externa do palácio.
The queen-mother heard about Sahasra-Dal's melancholy.

A rainha-mãe ouviu falar da melancolia de Sahasra-Dal.
And she heard he had not come to breakfast.
E ela ouviu que ele não tinha vindo para o café da manhã.
So she went to him and asked the reason.
Então ela foi até ele e perguntou o motivo.
He showed her the strand of hair he had found.
Ele mostrou a ela o fio de cabelo que havia encontrado.
"I must see the woman who's head this strand of hair adorned"
"Preciso ver a mulher cuja cabeça está adornada com esta mecha de cabelo"
The queen-mother was happy to help her son-in-law.
A rainha-mãe ficou feliz em ajudar seu genro.
"Very well," she said to him.
"Muito bem", ela disse a ele.
"You shall soon have that lady in the palace"
"Em breve você terá aquela senhora no palácio"
"I promise you to bring her here"
"Eu prometo que você vai trazê-la aqui"
The queen mother already had a plan.
A rainha-mãe já tinha um plano.
Her favourite maid-servant would be good at the job.
Sua criada favorita seria boa no trabalho.
Because this maid-servant was very resourceful.
Porque esta criada era muito engenhosa.
Of course the queen-mother did not really know her maid.
É claro que a rainha-mãe não conhecia realmente sua criada.
She did not know her favourite maid was a Rakshasi.
Ela não sabia que sua empregada favorita era uma Rakshasi.
"Please find the owner of this strand of hair," she asked.
"Por favor, encontre o dono deste fio de cabelo", ela pediu.
And her maid-servant more than politely agreed.
E sua criada concordou mais que educadamente.
"It would my pleasure to find this woman"
"Seria um prazer encontrar esta mulher"
"I will soon bring her to the palace"
"Em breve a trarei para o palácio"

"I will need a boat build from Hajol wood"
"Precisarei construir um barco com madeira Hajol"
"The oars of the boat must be made from Mon-Paban wood"
"Os remos do barco devem ser feitos de madeira Mon-Paban"
The boat makers soon made the boat.
Os fabricantes de barcos logo fizeram o barco.
And the boat was launched on the stream.
E o barco foi lançado no riacho.
The maid-servant went on board of the boat.
A criada embarcou no barco.
With her she took some baskets of wicker.
Ela levou consigo algumas cestas de vime.
The baskets of wicker were of curious workmanship.
As cestas de vime eram de um trabalho artesanal curioso.
She also took with her some sweetmeats.
Ela também levou consigo alguns doces.
Into the sweetmeats some poison had been mixed.
Algum veneno foi misturado aos doces.
She snapped her fingers thrice.
Ela estalou os dedos três vezes.
And then she uttered the following charm:
E então ela proferiu o seguinte encantamento:
"Boat of Hajol! Oars of Mon Paban!"
"Barco de Hajol! Remos de Mon Paban!"
"Take me to the Ghat,"
"Leve-me para o Ghat,"
"The Ghat in which Keshavati bathes"
"O Ghat em que Keshavati se banha"
The boat heeded to her command.
O barco obedeceu ao seu comando.
And the boat flew like lightning over the waters.
E o barco voava como um relâmpago sobre as águas.
And the boat left many towns and cities behind.
E o barco deixou muitas cidades e vilas para trás.
At last the boat stopped at a bathing-place.
Por fim, o barco parou em um local de banho.
The Rakshasi maid-servant had reached her goal.

A serva Rakshasi havia alcançado seu objetivo.
She concluded it was the bathing ghat of Keshavati.
Ela concluiu que era o ghat de banho de Keshavati.
She landed with the sweetmeats in her hand.
Ela pousou com os doces na mão.
She went to the gate of the palace, and cried aloud:
Ela foi até o portão do palácio e gritou em voz alta:
"Oh Keshavati! Keshavati! I am your aunt"
"Oh, Keshavati! Keshavati! Eu sou sua tia."
"Oh Keshavati, I am your mother's sister"
"Oh Keshavati, eu sou irmã de sua mãe"
"I have come to see you, my darling"
"Vim te ver, meu querido"
"I have come after so many years"
"Eu vim depois de tantos anos"
"Are you home, Keshavati?" she asked.
"Você está em casa, Keshavati?" ela perguntou.
The princess heard the words of the false-aunt.
A princesa ouviu as palavras da falsa tia.
She came out of her room and to the entrance of the palace.
Ela saiu do seu quarto e foi até a entrada do palácio.
She had no doubt that it was really her aunt.
Ela não tinha dúvidas de que era realmente sua tia.
And she embraced and kissed her aunt.
E ela abraçou e beijou sua tia.
They both wept rivers of joy.
Ambos choraram rios de alegria.
Although you should know the Rakshasi wept first.
Embora você deva saber que o Rakshasi chorou primeiro.
Keshavati wept with her out of empathy.
Keshavati chorou com ela por empatia.
Champa-Dal also believed the Rakshasi to be her aunt.
Champa-Dal também acreditava que a Rakshasi era sua tia.
They all ate and drank and enjoyed the happy occasion.
Todos comeram, beberam e aproveitaram a ocasião feliz.
And then they took rest in the middle of the day.
E então eles descansaram no meio do dia.

And they celebrated again in the evening.
E eles comemoraram novamente à noite.

The next day the celebrations continued at breakfast.
No dia seguinte as comemorações continuaram com o café da manhã.
Champa-Dal had a habit of sleeping after breakfast.
Champa-Dal tinha o hábito de dormir depois do café da manhã.
Towards afternoon, the supposed aunt said to Keshavati:
Perto da tarde, a suposta tia disse a Keshavati:
"Let us both go to the river and wash ourselves:
"Vamos nós dois ao rio e nos lavaremos:
Keshavati replied, "How can we go now?"
Keshavati respondeu: "Como podemos ir agora?"
"My husband is sleeping," she explained.
"Meu marido está dormindo", ela explicou.
"Do not worry about your husband's sleep," said the aunt.
"Não se preocupe com o sono do seu marido", disse a tia.
"Let him sleep as much as he likes"
"Deixe-o dormir o quanto quiser"
"Let me put these sweetmeats near his bedside"
"Deixe-me colocar esses doces perto da cabeceira da cama dele"
"That way, when he awakes, he has something to eat"
"Assim, quando ele acordar, terá algo para comer"
Then they then went to the river-side.
Então eles foram para a beira do rio.
They went close to the spot where the boat was.
Eles chegaram perto do local onde o barco estava.
From a distance Keshavati saw the baskets of wicker-work.
De longe, Keshavati viu as cestas de vime.
"Aunt, what beautiful things are those!"
"Tia, que coisas lindas são essas!"
"I wish I could get some of those wicker baskets"
"Gostaria de poder ganhar algumas dessas cestas de vime"
Her aunt happily obliged her.

Sua tia atendeu-a com alegria.

"Come, my child, and look at the wicker baskets"

"Venha, meu filho, e olhe para as cestas de vime"

"You can have as many baskets as you like"

"Você pode ter quantas cestas quiser"

Keshavati at first refused to go into the boat.

Keshavati a princípio se recusou a entrar no barco.

But her aunt was very persuasive.

Mas sua tia era muito persuasiva.

And finally she went onto the boat.

E finalmente ela entrou no barco.

But once on the boat her aunt did a strange thing.

Mas quando chegou ao barco, sua tia fez uma coisa estranha.

The aunt snapped her fingers thrice and said:

A tia estalou os dedos três vezes e disse:

"Boat of Hajol! Oars of Mon-Paban!"

"Barco de Hajol! Remos de Mon-Paban!"

"Take me to the Ghat,"

"Leve-me para o Ghat,"

"The Ghat in which Sahasra-Dal bathes"

"O Ghat em que Sahasra-Dal se banha"

And the boat heeded to her command.

E o barco obedeceu ao seu comando.

And the boat flew like an arrow over the waters.

E o barco voou como uma flecha sobre as águas.

Keshavati was frightened and began to cry.

Keshavati ficou assustada e começou a chorar.

But the boat went on despite her crying.

Mas o barco continuou apesar do choro dela.

And the boat left behind many towns and cities.

E o barco deixou para trás muitas cidades e vilas.

In a trice the boat reached its destination.

Num instante o barco chegou ao seu destino.

The ghat where Sahasra-Dal was in the habit of bathing.

O ghat onde Sahasra-Dal costumava tomar banho.

Keshavati was taken to the palace.

Keshavati foi levado ao palácio.

Sahasra-Dal admired her beauty and the length of her hair.
Sahasra-Dal admirou sua beleza e o comprimento de seu cabelo.
And the ladies of the palace tried their best to comfort her.
E as damas do palácio fizeram o melhor que puderam para confortá-la.
But she set up a loud cry of protest.
Mas ela deu um alto grito de protesto.
And she wanted to be taken back to her husband.
E ela queria ser levada de volta para seu marido.
Finally she saw that she had been taken captive.
Finalmente ela viu que havia sido levada cativa.
So she spoke to the ladies of the palace.
Então ela falou com as damas do palácio.
"Upon marriage I made a vow to my husband"
"Ao me casar, fiz um voto ao meu marido"
"I promised not to look upon the face of any other man"
"Prometi não olhar para o rosto de nenhum outro homem"
"I promised to uphold this vow for six months"
"Prometi manter esse voto por seis meses"
She was then lodged away from the others in the palace.
Ela foi então alojada longe dos outros no palácio.
And she was given a small house to live in.
E ela ganhou uma pequena casa para morar.
The window of the house overlooked the road.
A janela da casa dava para a estrada.
There she spent the livelong day.
Lá ela passou o dia inteiro.
And there she spent the livelong night.
E lá ela passou a noite inteira.
Because she had very little sleep.
Porque ela dormia muito pouco.
Because her time was spent in sighing and weeping.
Porque seu tempo foi gasto em suspiros e choro.

In the meantime Champa-Dal awoke from his sleep.
Enquanto isso, Champa-Dal acordou de seu sono.

He was distracted with the grief of not finding his wife.

Ele estava distraído com a tristeza de não encontrar sua esposa.

His suspicions turned to the aunt of Keshavati.

Suas suspeitas se voltaram para a tia de Keshavati.

He knew she was a cheat and an impostor.

Ele sabia que ela era uma trapaceira e uma impostora.

It must have been her who carried away Keshavati.

Deve ter sido ela quem levou Keshavati.

He did not eat the sweetmeats left for him.

Ele não comeu os doces que lhe sobraram.

Because he suspected the sweets to have been poisoned.

Porque ele suspeitava que os doces estavam envenenados.

He threw one of the sweets to a crow.

Ele jogou um dos doces para um corvo.

The moment the crow ate the sweet, it dropped down dead.

No momento em que o corvo comeu o doce, ele caiu morto.

This confirmed his suspicion of the pretend aunt.

Isso confirmou sua suspeita sobre a tia fingida.

Maddened with grief, he rushed out of the house.

Enlouquecido de dor, ele saiu correndo de casa.

He was determined to go wherever his feet took him.

Ele estava determinado a ir aonde quer que seus pés o levassem.

Like a madman he blubbered, "Oh Keshavati! Oh Keshavati!"

Como um louco, ele choramingou: "Oh Keshavati! Oh Keshavati!"

He travelled on foot day after day.

Ele viajava a pé dia após dia.

And he followed whatever way his feet took him.

E ele seguia qualquer caminho que seus pés o levassem.

Six months he spent travelling in this wearisome manner.

Ele passou seis meses viajando dessa maneira cansativa.

After six month he reached the capital of Sahasra-Dal.

Depois de seis meses ele chegou à capital Sahasra-Dal.

He passed by the gate of the palace.

Ele passou pelo portão do palácio.
And from the road he could see a small house.
E da estrada ele podia ver uma pequena casa.
And from in the house he could hear sighs.
E de dentro da casa ele podia ouvir suspiros.
Champa-Dal instantly recognized his wife.
Champa-Dal reconheceu sua esposa instantaneamente.
And Keshavita instantly recognized her husband.
E Keshavita reconheceu seu marido instantaneamente.
Keshavita told her husband everything that had happened.
Keshavita contou ao marido tudo o que havia acontecido.
"The woman asked to go bathing after breakfast"
"A mulher pediu para ir tomar banho depois do café da manhã"
"At the river there was a boat"
"No rio havia um barco"
"The woman persuaded me onto the boat"
"A mulher me convenceu a entrar no barco"
"And then the boat took us to this place"
"E então o barco nos levou até este lugar"
"I realized that I had been made captive"
"Percebi que havia sido feito prisioneiro"
"So I told them of my vows to you"
"Então eu lhes contei sobre meus votos a você"
"But tomorrow will be the end of six month"
"Mas amanhã será o fim de seis meses"
There was a custom in those days.
Havia um costume naqueles dias.
The fulfilments of vows were publicly recited.
O cumprimento dos votos era recitado publicamente.
This was normally fulfilled by a learned Brahman.
Isso normalmente era cumprido por um brâmane erudito.
They planned for Champa-Dal to take on this role.
Eles planejaram que Champa-Dal assumisse esse papel.
And so that evening the palace drum was beat.
E assim naquela noite o tambor do palácio foi tocado.
The king wanted a learned Brahman to make a recitation.

O rei queria que um brâmane erudito fizesse uma recitação.
The story of Keshavati on the fulfilment of her vow.
A história de Keshavati sobre o cumprimento de seu voto.
Champa-Dal touched the drum and volunteered.
Champa-Dal tocou no tambor e se ofereceu.
"I will make the recitation of Keshavita's vows"
"Farei a recitação dos votos de Keshavita"
The next morning all assembled in the courtyard.
Na manhã seguinte, todos se reuniram no pátio.
The old king and the queen mother.
O velho rei e a rainha-mãe.
Sahasra-Dal and his wife were there.
Sahasra-Dal e sua esposa estavam lá.
All the courtiers and the learned Brahmans of the country.
Todos os cortesãos e os brâmanes eruditos do país.
All royalty was under a huge canopy of silk.
Toda a realeza estava sob um enorme dossel de seda.
Keshavati was also there, but behind a veil.
Keshavati também estava lá, mas atrás de um véu.
So that she wouldn't be exposed to the rude gaze of people.
Para que ela não ficasse exposta ao olhar rude das pessoas.
Champa-Dal, the reciter, sat on a dais.
Champa-Dal, o recitador, sentou-se em um estrado.
And he began to tell the story of Keshavati.
E ele começou a contar a história de Keshavati.
"There was once a poor dimwitted Brahman"
"Era uma vez um pobre brâmane estúpido"
"This dimwitted man had a wife, but no children"
"Este homem estúpido tinha uma esposa, mas não tinha
filhos"
"But him not having children was probably for the best"
"Mas provavelmente foi melhor para ele não ter filhos"
"Because he was barely able to meet his own needs"
"Porque ele mal conseguia suprir as próprias necessidades"
"And he could hardly supply enough for his wife"
"E ele mal conseguia suprir o suficiente para sua esposa"
"But his dimwittedness was not even his biggest problem"

"Mas a sua estupidez nem sequer era o seu maior problema"
And he continued the story as we have followed it.
E ele continuou a história como a acompanhamos.
And sometimes he turned around to Keshavati.
E às vezes ele se voltava para Keshavati.
And he asked her if he was telling the story correctly.
E ele perguntou se estava contando a história corretamente.
And she told him he was telling the story correctly.
E ela lhe disse que ele estava contando a história corretamente.
"The Brahman woman concluded her fate was sealed"
"A mulher brâmane concluiu que seu destino estava selado"
"And she thought her husband would meet the same fate"
"E ela pensou que seu marido teria o mesmo destino"
"And she did not expect her son to be spared either"
"E ela também não esperava que seu filho fosse poupado"
"That night she hardly slept at all"
"Naquela noite ela quase não dormiu"
"The Rakshasi had prevented her from seeing her husband"
"O Rakshasi a impediu de ver o marido"
"Early next morning Champa-Dal went to school"
"Na manhã seguinte, Champa-Dal foi para a escola"
"Before he went to school, she gave her son a golden bottle"
"Antes de ele ir para a escola, ela deu ao filho uma garrafa de ouro"
"In the golden bottle was her own breast milk"
"Na garrafa de ouro estava o seu próprio leite materno"
"Carefully watch the colour of the milk"
"Observe atentamente a cor do leite "
During the recitation the Rakshasi maid-servant grew pale.
Durante a recitação, a criada Rakshasi empalideceu.
She perceived that her real character was going to be discovered.
Ela percebeu que seu verdadeiro caráter seria descoberto.
And Sahasra-Dal was astonished at the knowledge of the reciter.
E Sahasra-Dal ficou surpreso com o conhecimento do recitador.

The reciter clearly told the history of the prince's life.

O recitador contou claramente a história da vida do príncipe.

"A drop or two of the blood fell from the bees"

"Uma ou duas gotas de sangue caíram das abelhas"

"But their blood did not touch the ground"

"Mas o sangue deles não tocou o chão"

"Instead, their blood landed on the ashes"

"Em vez disso, seu sangue caiu nas cinzas"

"A terrible scream was heard at a distance"

"Um grito terrível foi ouvido à distância"

"The scream was the wailing of the Rakshasas"

"O grito era o lamento dos Rakshasas"

"They were all running home as fast as they could"

"Eles estavam todos correndo para casa o mais rápido que podiam"

"They wanted to prevent the bees from being killed"

"Eles queriam evitar que as abelhas fossem mortas"

"But they could not reach the palace in time"

"Mas eles não conseguiram chegar ao palácio a tempo"

"Because the bees had already been killed"

"Porque as abelhas já tinham sido mortas"

"The moment the bees were killed, all the Rakshasas died"

"No momento em que as abelhas foram mortas, todos os Rakshasas morreram"

"Their carcasses fell on the very spot they were standing"

"Suas carcaças caíram no mesmo lugar onde estavam"

"Their carcasses now blocked the gateway of the palace"

"Suas carcaças agora bloqueavam o portão do palácio"

"In this manner the seven hundred Rakshasas were destroyed"

"Desta maneira, os setecentos Rakshasas foram destruídos"

All where enthralled by the story of the Rakshasas.

Todos ficaram fascinados pela história dos Rakshasas.

Because the story was being told by a true storyteller.

Porque a história estava sendo contada por um verdadeiro contador de histórias.

All enjoyed the story except for the maid-servant.

Todos gostaram da história, exceto a criada.
Because her real character was bound to be discovered.
Porque seu verdadeiro caráter estava fadado a ser descoberto.
"Champa-Dal touched the drum and volunteered.
"Champa-Dal tocou no tambor e se ofereceu.
"I will make the recitation of Keshavita's vows"
"Farei a recitação dos votos de Keshavita"
"The next morning all assembled in the courtyard"
"Na manhã seguinte, todos se reuniram no pátio"
"The old king and the queen mother"
"O velho rei e a rainha-mãe"
"Sahasra-Dal and his wife were there"
"Sahasra-Dal e sua esposa estavam lá"
"All the courtiers and the learned Brahmans of the country"
"Todos os cortesãos e os brâmanes eruditos do país"
"All royalty was under a huge canopy of silk"
"Toda a realeza estava sob um enorme dossel de seda"
"Keshavati was also there, but behind a veil"
"Keshavati também estava lá, mas atrás de um véu"
"So that she wouldn't be exposed to the rude gaze of people"
"Para que ela não ficasse exposta ao olhar rude das pessoas"
"Champa-Dal, the reciter, sat on a dais"
"Champa-Dal, o recitador, sentou-se num estrado"
"And he began to tell the story of Keshavati"
"E ele começou a contar a história de Keshavati"
Sahasra-Dal jumped up from his seat.
Sahasra-Dal pulou do assento.
And he embraced the reciter of the story.
E ele abraçou o recitador da história.
"You can be none other than my brother Champa-Dal"
"Você não pode ser outro senão meu irmão Champa-Dal"
Then the prince was inflamed with rage.
Então o príncipe ficou inflamado de raiva.
He ordered the maid-servant to come into his presence.
Ele ordenou que a criada fosse até sua presença.
A hole the height of a man was dug in the ground.
Um buraco da altura de um homem foi cavado no chão.

And the maid-servant was put into the hole, standing.

E a serva foi posta na cova, em pé.

Prickly thorns were heaped around her.

Espinhos espinhosos estavam amontoados ao redor dela.

Up to the crown of her head she was covered in thorns.

Ela estava coberta de espinhos até o topo da cabeça.

In this way the maid-servant was buried alive.

Dessa forma a criada foi enterrada viva.

After this all lived happily together for many years.

Depois disso, todos viveram felizes juntos por muitos anos.

Sahasra-Dal and his princess, and Champa-Dal and Keshavati.

Sahasra-Dal e sua princesa, e Champa-Dal e Keshavati.

The Story of Swet and Bachanta
A história de Swet e Bachanta

There was once upon a time a rich merchant.
Era uma vez um rico comerciante.
This rich merchant had only one son.
Este rico comerciante tinha apenas um filho.
And he loved his only son very much.
E ele amava muito seu único filho.
He gave to his son whatever he wanted.
Ele deu ao filho tudo o que ele queria.
Of course his son wanted a beautiful house.
É claro que seu filho queria uma casa bonita.
And he also wanted to have a large garden.
E ele também queria ter um grande jardim.
So a beautiful house was built for him.
Então uma linda casa foi construída para ele.
And a fine garden was made for him too.
E um belo jardim foi feito para ele também.
The merchant's son was pleased with the garden.
O filho do comerciante ficou satisfeito com o jardim.
And he enjoyed walking in the garden.
E ele gostava de caminhar no jardim.
One day a bird's nest caught his attention.
Um dia, um ninho de pássaro chamou sua atenção.
This bird happens to be called Toontooni.
Este pássaro é chamado Toontooni.
He put his hand into the small bird's nest.
Ele colocou a mão no ninho do passarinho.
And in the nest he found an egg.
E no ninho ele encontrou um ovo.
He took the egg out of its nest.
Ele tirou o ovo do ninho.
There was an almirah in the wall of his house.
Havia uma almirah na parede de sua casa.
So he put the egg in the almirah.
Então ele colocou o ovo na almirah.

He closed the door of the almirah.

Ele fechou a porta do armário.

And then he thought no more of the egg.

E então ele não pensou mais no ovo.

The merchant's son had a house of his own.

O filho do comerciante tinha uma casa própria.

But he had a house without a household.

Mas ele tinha uma casa sem família.

So in his house there was no cook.

Então em sua casa não havia cozinheiro.

But he had no need for his own cook.

Mas ele não precisava de um cozinheiro próprio.

Because his mother regularly sent him food.

Porque sua mãe lhe enviava comida regularmente.

In the morning she sent him breakfast.

De manhã ela lhe enviou o café da manhã.

And every day she had dinner sent to him.

E todos os dias ela mandava o jantar para ele.

One day the egg in the almirah burst.

Um dia o ovo no armário estourou.

But it was not a bird that came out of the egg.

Mas não foi um pássaro que saiu do ovo.

Out of the egg came a beautiful infant.

Do ovo saiu um lindo bebê.

The infant was not a bird, but a human girl.

A criança não era um pássaro, mas uma menina humana.

But the merchant's son knew nothing of the event.

Mas o filho do comerciante não sabia nada sobre o evento.

He had forgotten everything about the egg.

Ele tinha esquecido tudo sobre o ovo.

The door of the wall-almirah had been kept closed.

A porta do muro-almirah havia sido mantida fechada.

However, the merchant's son did not lock the door.

Entretanto, o filho do comerciante não trancou a porta.

The child grew up within the wall-almirah.

A criança cresceu dentro do muro-almirah.

She had no knowledge of the merchant's son.

Ela não sabia nada sobre o filho do comerciante.
Nor did she know of anyone else.
Ela também não conhecia mais ninguém.
When the child could walk it grew curious.
Quando a criança aprendeu a andar, ficou curiosa.
And out of curiosity she opened the door.
E por curiosidade ela abriu a porta.
That day, too, the mother had sent breakfast.
Naquele dia também a mãe havia enviado o café da manhã.
And the breakfast had been put on the floor.
E o café da manhã foi colocado no chão.
The child saw the food that was on the floor.
A criança viu a comida que estava no chão.
Of course the child ate from the food.
É claro que a criança comeu da comida.
And then the child returned into the wall.
E então a criança retornou para a parede.
The merchant's mother always made a lot of food.
A mãe do comerciante sempre fazia muita comida.
It was more food than he could possibly eat.
Era mais comida do que ele poderia comer.
So he didn't notice that any food was missing.
Então ele não percebeu que faltava comida.
The girl of the wall-almirah came out every day.
A menina do muro-almirah saía todos os dias.
And every day she ate a part of the food.
E todos os dias ela comia uma parte da comida.
After eating the food she returned to the almirah.
Depois de comer a comida, ela retornou ao depósito.
But with time the girl got older and older.
Mas com o tempo a menina foi ficando cada vez mais velha.
And with age she got bigger and bigger.
E com a idade ela foi ficando cada vez maior.
And the bigger she got the hungrier she got.
E quanto maior ela ficava, mais faminta ela ficava.
And she began to eat more of the food each day.
E ela começou a comer mais daquela comida a cada dia.

Eventually the merchant's son noticed the missing food.

Por fim, o filho do comerciante percebeu que a comida estava faltando.

But he had no way of knowing where the food went.

Mas ele não tinha como saber para onde ia a comida.

The last thing he suspected was a girl from inside the almirah.

A última coisa que ele suspeitava era de uma garota de dentro do almirah.

And so he came to a very different conclusion.

E então ele chegou a uma conclusão muito diferente.

"Why is mother sending such a small quantity of food?".

"Por que a mãe está enviando uma quantidade tão pequena de comida?".

And he had a message sent to his mother.

E ele mandou uma mensagem para sua mãe.

"Why am I being sent insufficient food?".

"Por que não estou recebendo comida suficiente?".

"And why is the dish served so slovenly?".

"E por que o prato é servido de forma tão desleixada?".

Of course we know why the food was insufficient.

Claro que sabemos por que a comida era insuficiente.

And we know why the food was presented slovenly.

E sabemos por que a comida foi apresentada de forma desleixada.

The girl from in the wall ate from his food.

A menina da parede comeu da comida dele.

And as she ate she fingered the rice and curry.

E enquanto ela comia, ela tocava o arroz e o curry.

And she always hurried back into her cell in the wall.

E ela sempre voltava correndo para sua cela na parede.

So that she would not be seen by anyone.

Para que ela não fosse vista por ninguém.

She had no time to put the rice in proper order.

Ela não teve tempo de colocar o arroz na ordem correta.

The mother was astonished at her son's complaint.

A mãe ficou surpresa com a reclamação do filho.

She gave him more than he could eat.
Ela lhe deu mais do que ele podia comer.
The food was served up on a silver plate.
A comida foi servida em um prato de prata.
And she neatly arranged the food herself.
E ela mesma arrumou a comida cuidadosamente.
But her son repeated the same complaint again.
Mas seu filho repetiu a mesma reclamação novamente.
Day after day he complained of the small portions.
Dia após dia ele reclamava das porções pequenas.
Day after day he complained of the messy food.
Dia após dia ele reclamava da comida suja.
And so his mother began to suspect foul play.
E então sua mãe começou a suspeitar de algo errado.
She told her son to watch over the food.
Ela disse ao filho para tomar cuidado com a comida.
"See if anyone is eating your food".
"Veja se alguém está comendo sua comida".
The next day a servant brought the food.
No dia seguinte, um criado trouxe a comida.
The servant laid the food in a clean place.
O servo colocou a comida em um lugar limpo.
Normally the merchant's son took a bath.
Normalmente o filho do comerciante tomava banho.
But this day he did not go for a bath.
Mas naquele dia ele não foi tomar banho.
Instead, on this day he hid himself nearby.
Em vez disso, naquele dia ele se escondeu nas proximidades.
From his hiding place he could see the food.
Do seu esconderijo ele podia ver a comida.
The merchant's son did not have to wait for long.
O filho do comerciante não teve que esperar muito.
Soon he saw the wall-almirah open.
Logo ele viu o muro-almirah aberto.
And he saw a beautiful damsel step out.
E ele viu uma linda donzela sair.
She could not have been more than sixteen.

Ela não podia ter mais de dezesseis anos.
She sat on the carpet by the breakfast.
Ela sentou no tapete perto do café da manhã.
And she began to eat from the food left on the floor.
E ela começou a comer da comida que estava no chão.
The merchant's son came out of his hiding-place.
O filho do comerciante saiu do seu esconderijo.
And the damsel could not escape from him.
E a donzela não conseguiu escapar dele.
"Who are you, beautiful creature?".
"Quem é você, linda criatura?".
"You do not seem to be earth-born".
"Você não parece ter nascido na Terra".
"Are you one of the daughters of the gods?".
"Você é uma das filhas dos deuses?".
The girl replied, "I do not know who I am".
A menina respondeu: "Eu não sei quem eu sou".
"But there is one thing I do know," the girl continued.
"Mas há uma coisa que eu sei", continuou a menina.
"One day I found myself in the almirah in the wall".
"Um dia eu me encontrei no armário na parede".
"And since then I have been living in the wall".
"E desde então estou vivendo no muro".
The merchant's son thought her story was strange.
O filho do comerciante achou a história estranha.
But then he thought a bit more about the story.
Mas então ele pensou um pouco mais sobre a história.
And he remembered what happened sixteen years ago.
E ele se lembrou do que aconteceu dezesseis anos atrás.
He remembered the nest of the toontoori bird.
Ele se lembrou do ninho do pássaro toontoori.
And he remembered finding an egg in the nest.
E ele se lembrou de ter encontrado um ovo no ninho.
And he remembered putting the egg in the almirah.
E ele se lembrou de colocar o ovo na almirah.
The wall-almirah girl was of uncommon beauty.
A garota da muralha-almirah era de uma beleza incomum.

And the merchant's son was struck by her beauty.
E o filho do comerciante ficou impressionado com sua beleza.
Her beauty made a deep impression on his mind.
A beleza dela causou uma profunda impressão em sua mente.
And he resolved in his mind to marry her.
E ele resolveu em sua mente se casar com ela.
From then on the girl didn't stay in the almirah.
A partir daí a menina não ficou mais no almirah.
She was given a room in the merchant's son's house.
Deram-lhe um quarto na casa do filho do comerciante.
The next day the merchant's son wrote a message.
No dia seguinte, o filho do comerciante escreveu uma mensagem.
And he had the message sent to his mother.
E ele mandou a mensagem para sua mãe.
You can guess the general theme of the message.
Você pode adivinhar o tema geral da mensagem.
The merchant's son said he would like to get married.
O filho do comerciante disse que gostaria de se casar.
The mother of the merchant's son reproached herself.
A mãe do filho do comerciante se repreendeu.
She had not tried to find a wife for his son.
Ela não tentou encontrar uma esposa para seu filho.
She felt she should have thought of his marriage.
Ela sentiu que deveria ter pensado no casamento dele.
And so she promptly replied to her son's message.
E então ela prontamente respondeu à mensagem do filho.
She and her father were going to send out ghataks.
Ela e seu pai iriam enviar ghataks.
The ghataks were going to go to different countries.
Os ghataks iriam para países diferentes.
There they were going to look for suitable brides.
Eles iriam lá procurar noivas adequadas.
But the merchant's son said there would be no need.
Mas o filho do comerciante disse que não haveria necessidade.
He had secured himself a lovely young lady.
Ele havia conseguido uma linda jovem.

If they had no objection, he would introduce her to them.
Se não tivessem objeções, ele a apresentaria a eles.
And so the young lady was taken to the merchant's house.
E assim a jovem foi levada para a casa do comerciante.
The merchant and his wife welcomed the stranger.
O comerciante e sua esposa deram boas-vindas ao estranho.
And they were also struck by her unmatched beauty.
E eles também ficaram impressionados com sua beleza incomparável.
The girl was of perfect loveliness and grace.
A menina era de uma beleza e graça perfeitas.
The parents made no questions to her birth.
Os pais não fizeram perguntas sobre seu nascimento.
And the nuptials were celebrated there and then.
E as núpcias foram celebradas ali mesmo.

In the course of time the merchant's son had two sons.
Com o passar do tempo, o filho do comerciante teve dois filhos.
The elder of the sons he named Swet.
Ao mais velho dos filhos ele deu o nome de Swet.
And the younger son he named Basanta.
E ao filho mais novo deu o nome de Basanta.
After the passing of more time the old merchant died.
Depois de algum tempo, o velho comerciante morreu.
So the merchant's son now became the merchant.
Então o filho do comerciante agora se tornou o comerciante.
And after some time his mother died too.
E depois de algum tempo sua mãe também morreu.
Swet and Basanta grew up to be fine lads.
Swet e Basanta cresceram e se tornaram bons rapazes.
And the elder son was in due time married.
E o filho mais velho casou-se no devido tempo.
Sometime after Swet's marriage his mother also died.
Algum tempo depois do casamento de Swet, sua mãe também morreu.
The girl from in the wall was no more.

A menina da parede não existia mais.
The widower lost no time in marrying again.
O viúvo não perdeu tempo em se casar novamente.
And he had a new young and beautiful wife.
E ele tinha uma nova esposa, jovem e linda.
Swet's wife was older than his stepmother.
A esposa de Swet era mais velha que sua madrasta.
So his wife became the mistress of the house.
Então sua esposa se tornou dona da casa.
The stepmother was like all stepmothers are.
A madrasta era como todas as madrastas.
She hated Swet and Basanta with a perfect hatred.
Ela odiava Swet e Basanta com um ódio perfeito.
And the two ladies also couldn't stand each other.
E as duas moças também não se suportavam.
It so happened one day that a fisherman came.
Aconteceu que um dia um pescador apareceu.
The fisherman brought to the merchant a fish.
O pescador trouxe um peixe ao comerciante.
This fish was of singular and remarkable beauty.
Este peixe era de uma beleza singular e notável.
It was unlike any other fish that had been seen.
Era diferente de qualquer outro peixe que já tinha sido visto.
And the fish had other qualities too.
E o peixe também tinha outras qualidades.
The fisherman explained the wonders of the fish.
O pescador explicou as maravilhas dos peixes.
"Two things will happen if you eat this fish".
"Duas coisas acontecerão se você comer este peixe".
"When you laugh maniks will drop from your mouth".
"Quando você rir, maniks cairão da sua boca".
"And when you weep pearls will drop from your eyes".
"E quando você chorar pérolas cairão dos seus olhos".
The merchant was astounded by what he had heard.
O comerciante ficou surpreso com o que ouviu.
And he wanted the wonderful properties of the fish.
E ele queria as propriedades maravilhosas do peixe.

And so he bought the fish at one thousand rupees.
E então ele comprou o peixe por mil rúpias.
And he put the fish into the hands of Swet's wife.
E ele colocou o peixe nas mãos da esposa de Swet.
Because Swet's wife was the mistress of the house.
Porque a esposa de Swet era a dona da casa.
He strictly instructed her to cook the fish well.
Ele a instruiu estritamente a cozinhar bem o peixe.
And he told her to give the fish to him alone to eat.
E ele disse a ela para dar o peixe somente a ele para comer.
The house-mother however knew the fish's secret.
A dona da casa, no entanto, sabia o segredo do peixe.
She had overheard what the fisherman had said.
Ela ouviu o que o pescador disse.
Secretly she made a different plan in her mind.
Secretamente, ela fez um plano diferente em sua mente.
She was going to cook the fish for her husband.
Ela ia cozinhar o peixe para o marido.
And she was going to share the fish with his brother.
E ela ia dividir o peixe com seu irmão.
For her father-in-law she was going to prepare a frog.
Ela ia preparar um sapo para o sogro.
Soon she had finished cooking the marvelous fish.
Logo ela terminou de cozinhar o maravilhoso peixe.
And she had finished cooking a frog too.
E ela também terminou de cozinhar um sapo.
But from the kitchen she could hear a squabble.
Mas da cozinha ela podia ouvir uma discussão.
She could hear who it was that was arguing.
Ela conseguia ouvir quem estava discutindo.
Her stepmother-in-law and her husband's brother.
A madrasta dela e o irmão do marido dela.
And she understood the cause of the argument.
E ela entendeu a causa da discussão.
Basanta was still but a young lad.
Basanta ainda era um jovem rapaz.
But he was passionately fond of his pigeons.

Mas ele era apaixonado por seus pombos.
And he tamed his pigeons very well.
E ele domesticou muito bem seus pombos.
Nonetheless, one of his pigeons had escaped.
Mesmo assim, um dos seus pombos escapou.
And the pigeon flew into his stepmother's room.
E o pombo voou para o quarto da madrasta.
His stepmother hid the pigeon in her clothes.
A madrasta escondeu o pombo em suas roupas.
Basanta rushed after the pigeon into the room.
Basanta correu atrás do pombo para dentro do quarto.
And he loudly demanded to have the pigeon back.
E ele exigiu em voz alta que o pombo fosse devolvido.
His stepmother denied having the pigeon.
A madrasta dele negou ter o pombo.
Swet, however, did know she had the pigeon.
Swet, no entanto, sabia que tinha o pombo.
And the older brother forcibly took the bird.
E o irmão mais velho pegou o pássaro à força.
And he freed the pigeon from her clothes.
E ele libertou a pomba de suas roupas.
And he gave the pigeon back to his brother.
E ele devolveu o pombo ao seu irmão.
The stepmother cursed and swore, and added;
A madrasta praguejou e xingou, e acrescentou;
"Wait until the head of the house comes home".
"Espere até que o chefe da casa volte para casa".
"He will get no water till he sheds your blood".
"Ele não receberá água até derramar seu sangue".
Swet's wife called her husband and said to him;
A esposa de Swet ligou para o marido e disse a ele;
"My dearest lord, that woman is a most wicked woman".
"Meu caro senhor, aquela mulher é uma mulher muito perversa".
"And she has boundless influence over my father-in-law".
"E ela tem influência ilimitada sobre meu sogro".
"She will make him do what she has threatened".

"Ela o fará fazer o que ela ameaçou".
"All our lives are in imminent danger".
"Todas as nossas vidas estão em perigo iminente".
"But let us first eat a little," she added.
"Mas primeiro vamos comer um pouco", acrescentou ela.
"And then let us all three run away from this place".
"E então vamos nós três fugir deste lugar".
Swet forthwith called Basanta to him.
Swet imediatamente chamou Basanta.
And he told him what he had heard from his wife.
E ele lhe contou o que ouvira de sua esposa.
They resolved to run away before nightfall.
Eles resolveram fugir antes do anoitecer.
The woman placed before her husband the fish.
A mulher colocou o peixe diante do marido.
And her brother-in-law ate of the fish too.
E o cunhado dela também comeu do peixe.
And they ate of the fish heartily.
E comeram o peixe com apetite.
The woman packed up all her jewels in a box.
A mulher guardou todas as suas joias em uma caixa.
There was only one horse in the stables.
Havia apenas um cavalo nos estábulos.
But the horse was of uncommon fleetness.
Mas o cavalo era de uma rapidez incomum.
They could all sit on the horse together.
Eles poderiam sentar todos juntos no cavalo.
Swet held the reins of the horse.
Swet segurava as rédeas do cavalo.
The woman sat in the middle of the horse.
A mulher sentou-se no meio do cavalo.
And she had the jewel-box in her lap.
E ela tinha a caixa de joias no colo.
And Basanta sat on the rear of the horse.
E Basanta sentou-se na parte traseira do cavalo.
The horse galloped with the utmost swiftness.
O cavalo galopava com a maior rapidez.

They passed through many a plain and noted town.
Eles passaram por muitas cidades simples e famosas.
After midnight they found themselves in a forest.
Depois da meia-noite eles se encontraram em uma floresta.
And they were not far from the banks of a river.
E eles não estavam longe das margens de um rio.
Here the most untoward event took place.
Aqui ocorreu o evento mais desagradável.
Swet's wife began to feel the pains of child-birth.
A esposa de Swet começou a sentir as dores do parto.
They dismounted from the horse without delay.
Eles desmontaram do cavalo sem demora.
And within an hour Swet's wife gave birth to a son.
E em uma hora a esposa de Swet deu à luz um filho.
What were the two brothers to do in this forest?
O que os dois irmãos deveriam fazer nesta floresta?
They knew that a fire had to be kindled.
Eles sabiam que era preciso acender uma fogueira.
The mother and the new-born baby needed warmth.
A mãe e o bebê recém-nascido precisavam de calor.
But from where was there fire to be gotten?
Mas de onde poderia vir o fogo?
There were no human habitations visible.
Não havia habitações humanas visíveis.
Nonetheless, a fire had to be procured.
Mesmo assim, era preciso fazer uma fogueira.
And it was the winter month of December.
E era o mês de inverno de dezembro.
The mother and the baby would certainly perish.
A mãe e o bebê certamente pereceriam.
Swet told Basanta to sit beside his wife.
Swet disse a Basanta para se sentar ao lado de sua esposa.
And he set out in the darkness of the night.
E ele partiu na escuridão da noite.
And he went in search of wood to make a fire.
E ele foi em busca de lenha para fazer uma fogueira.
Swet walked many a mile through the darkness.

Swet caminhou muitos quilômetros na escuridão.
But despite the distance he saw no human habitations.
Mas apesar da distância ele não viu nenhuma habitação humana.
But eventually his eyes were given some help.
Mas, eventualmente, seus olhos receberam alguma ajuda.
The genial light of Sukra somewhat illumined his path.
A luz genial de Sukra iluminou um pouco seu caminho.
And he saw at a distance what seemed a large city.
E ele viu à distância o que parecia uma grande cidade.
He was congratulating himself on his journey's end.
Ele estava se parabenizando pelo fim de sua jornada.
And he congratulated himself for finding fire.
E ele se parabenizou por ter encontrado o fogo.
The fire that was going to benefit his poor wife.
O fogo que iria beneficiar sua pobre esposa.
His wife that was lying cold in the forest.
Sua esposa estava deitada no frio na floresta.
The fire that was going to save his new-born child.
O fogo que iria salvar seu filho recém-nascido.
The new-born baby born into the coldness.
O bebê recém-nascido nasceu no frio.
Suddenly an elephant shot across his path.
De repente, um elefante cruzou seu caminho.
The elephant was gorgeously caparisoned.
O elefante estava lindamente enfeitado.
And the elephant gently picked him with his trunk.
E o elefante o pegou gentilmente com sua tromba.
He placed him on the rich howdah on its back.
Ele o colocou de costas no rico howdah.
The elephant then walked rapidly towards the city.
O elefante então caminhou rapidamente em direção à cidade.
Swet was quite taken aback by the events.
Swet ficou bastante surpreso com os acontecimentos.
He did not understand the elephant's actions.
Ele não entendia as ações do elefante.
And he wondered what was in store for him.

E ele se perguntou o que o aguardava.
A crown is that which was in store for him.
Uma coroa é o que estava reservado para ele.
He was being taken to the chief city of a kingdom.
Ele estava sendo levado para a principal cidade de um reino.
In this kingdom every morning a king was elected.
Neste reino, todas as manhãs um rei era eleito.
Because the kings of this city lasted but a day.
Porque os reis desta cidade duraram apenas um dia.
Every night the new king joined the queen in her room.
Todas as noites o novo rei se juntava à rainha em seu quarto.
And every morning the previous king was found dead.
E todas as manhãs o rei anterior era encontrado morto.
No one knew what caused the deaths of the kings.
Ninguém sabia o que causou a morte dos reis.
Not even the queen knew what caused their death.
Nem mesmo a rainha sabia o que causou a morte deles.
So this kingdom had its own king-maker.
Então este reino teve seu próprio criador de reis.
The elephant who suddenly took hold of Swet.
O elefante que de repente agarrou Swet.
Early in the morning the elephant roamed about.
De manhã cedo o elefante estava vagando por aí.
Sometimes the elephant went to distant places.
Às vezes o elefante ia para lugares distantes.
And every evening the elephant returned with a man.
E todas as noites o elefante retornava com um homem.
The man on the elephant's became their king.
O homem no elefante se tornou o rei deles.
The elephant majestically marched through the streets.
O elefante marchou majestosamente pelas ruas.
A crowd of people welcomed their new king.
Uma multidão de pessoas deu as boas-vindas ao seu novo rei.
But Swet did not yet understand their cheers.
Mas Swet ainda não entendia seus aplausos.
The elephant entered the kingdom's palace.
O elefante entrou no palácio do reino.

And the elephant placed Swet on the throne.

E o elefante colocou Swet no trono.

Amid much rejoicing he was proclaimed king.

Em meio a muita alegria ele foi proclamado rei.

But there were lamentations in the crowd too.

Mas também houve lamentações na multidão.

In the course of the day he heard of the curse.

No decorrer do dia, ele ouviu falar da maldição.

The nightly death of every newly elected king.

A morte noturna de cada rei recém-eleito.

But Swet was possessed of great discretion.

Mas Swet possuía grande discrição.

And he had the courage not to try an escape.

E ele teve a coragem de não tentar escapar.

He took every precaution that he could take.

Ele tomou todas as precauções que pôde tomar.

But he did not know how to avert the catastrophe.

Mas ele não sabia como evitar a catástrofe.

And he knew not what expedients to adopt.

E ele não sabia que expedientes adotar.

Because he didn't know the nature of the danger.

Porque ele não sabia da natureza do perigo.

He resolved, however, upon two things;

Ele resolveu, no entanto, duas coisas;

He was going to go armed into the bedchamber.

Ele iria armado para o quarto.

And he was going to stay awake the whole night.

E ele ficaria acordado a noite toda.

The queen was young and of exquisite beauty.

A rainha era jovem e de uma beleza extraordinária.

Guileless and benevolent was the expression of her face.

Inocente e benevolente era a expressão de seu rosto.

It was impossible to attribute her any malice.

Era impossível atribuir-lhe qualquer malícia.

No one believed she caused all the kings' deaths.

Ninguém acreditava que ela fosse a causa das mortes de todos
os reis.

In the queen's chamber Swet spent an agreeable evening.
No quarto da rainha, Swet passou uma noite agradável.
As the night advanced the queen fell asleep.
À medida que a noite avançava, a rainha adormeceu.
But Swet kept awake, and was on the alert.
Mas Swet permaneceu acordado e alerta.
He looked at every creek and corner of the room.
Ele olhou para cada riacho e canto da sala.
And he expected every minute to be murdered.
E ele esperava que cada minuto fosse assassinado.
But the queen did not rise to murder him.
Mas a rainha não se levantou para assassiná-lo.
And no one entered the room to murder him either.
E ninguém entrou na sala para assassiná-lo.
Nor did he feel anything other than sleepiness.
Ele também não sentia nada além de sonolência.
But in the dead of night he perceived something.
Mas na calada da noite ele percebeu algo.
A thread was coming out the queen's nostril.
Um fio saía da narina da rainha.
The thread was so thin that it was almost invisible.
O fio era tão fino que era quase invisível.
Slowly the thread reached several yards in length.
Lentamente, o fio atingiu vários metros de comprimento.
And eventually all the thread came out.
E eventualmente todo o fio saiu.
Only then did the thread begin to grow thicker.
Só então o fio começou a ficar mais grosso.
Soon the thread took on its real shape.
Logo o fio tomou sua forma real.
The thread was in fact a huge serpent.
O fio era na verdade uma serpente enorme.
Immediately Swet cut off the head of the serpent.
Imediatamente Swet cortou a cabeça da serpente.
The body of the serpent wriggled violently.
O corpo da serpente se contorceu violentamente.
He sat quiet in the room, expecting other adventures.

Ele ficou sentado em silêncio no quarto, esperando outras aventuras.

But nothing else happened the rest of the night.

Mas nada mais aconteceu durante o resto da noite.

The queen slept longer than usual.

A rainha dormiu mais que o normal.

Because she had been relieved of the huge snake.

Porque ela havia se livrado da cobra enorme.

Early next morning the ministers came.

Na manhã seguinte, os ministros chegaram.

They were expecting to hear of the king's death.

Eles esperavam ouvir sobre a morte do rei.

The ladies of the bedchamber knocked at the door.

As damas do quarto bateram na porta.

But to their astonishment Swet come out.

Mas para espanto deles, Swet apareceu.

The folk learned the mystery of all the kings' deaths.

O povo aprendeu o mistério das mortes de todos os reis.

And now the country rejoiced their permanent king.

E agora o país comemorava seu rei permanente.

There is a strange thing you probably noticed.

Há uma coisa estranha que você provavelmente notou.

Swet did not remember his wife he left behind.

Swet não se lembrava da esposa que deixou para trás.

It is a strange thing, nevertheless it is true.

É uma coisa estranha, mas é verdade.

Nor did he remember the defenseless new-born babe.

Ele também não se lembrava do recém-nascido indefeso.

And he did not remember his brother either.

E ele também não se lembrava do irmão.

He had no time to remember when the elephant came.

Ele não teve tempo de se lembrar de quando o elefante chegou.

On the first night he had to worry for his own life.

Na primeira noite ele teve que se preocupar com sua própria vida.

And now the crown brought on his forgetfulness.

E agora a coroa trouxe seu esquecimento.
But he had entrusted his wife and child to Basanta.
Mas ele havia confiado sua esposa e filho a Basanta.
And his brother sat waiting for many weary hours.
E seu irmão ficou sentado esperando por muitas horas cansativas.
Every moment he expected to see Swet return with fire.
A todo momento ele esperava ver Swet retornar com fogo.
But the whole night passed away without his return.
Mas a noite toda passou sem que ele retornasse.
At sunrise he went to the bank of the river.
Ao nascer do sol, ele foi até a margem do rio.
There he anxiously looked about for his brother.
Lá ele procurou ansiosamente por seu irmão.
But his waiting and searching were all in vain.
Mas sua espera e busca foram em vão.
Distressed beyond measure, he wept at the riverside.
Angustiado além da conta, ele chorou na beira do rio.
As he was weeping a boat was passing by.
Enquanto ele chorava, um barco passou por perto.
In the boat a merchant was returning from business.
No barco, um comerciante retornava dos negócios.
The boat was not far from the shore.
O barco não estava longe da costa.
So the merchant could see Basanta weeping.
Então o comerciante pôde ver Basanta chorando.
Something struck the attention of the merchant.
Algo chamou a atenção do comerciante.
By the weeping man appeared to be a pile of pearls.
Ao lado do homem que chorava parecia haver um monte de pérolas.
The merchant requested the boatman to halt.
O comerciante pediu ao barqueiro que parasse.
And the merchant went to the weeping man.
E o comerciante foi até o homem que chorava.
By the weeping man was in fact a pile of pearls.

Ao lado do homem que chorava havia, na verdade, um monte de pérolas.

And the pearls were of the highest quality.

E as pérolas eram da mais alta qualidade.

And another thing astonished the merchant.

E outra coisa surpreendeu o comerciante.

The pile of pearls grew larger every second.

A pilha de pérolas aumentava a cada segundo.

Because the man was crying, but not tears.

Porque o homem estava chorando, mas não eram lágrimas.

Because his tears turned to pearls on the ground.

Porque suas lágrimas se transformaram em pérolas no chão.

The merchant stowed away the pearls into his boat.

O comerciante guardou as pérolas em seu barco.

Then the merchant got his servants to help him.

Então o comerciante pediu ajuda aos seus servos.

And together they captured the crying man.

E juntos eles capturaram o homem chorando.

They put him on board of the vessel.

Eles o colocaram a bordo do navio.

And he tied him to one of the ship's masts.

E amarrou-o a um dos mastros do navio.

Basanta, of course, tried his best to resist.

Basanta, é claro, tentou o seu melhor para resistir.

But what could he do against so many sailors?

Mas o que ele poderia fazer contra tantos marinheiros?

He thought of his brother who never returned.

Ele pensou em seu irmão que nunca retornou.

He thought of his sister-in-law in the forest.

Ele pensou em sua cunhada na floresta.

And he thought of his newly born niece.

E ele pensou em sua sobrinha recém-nascida.

And he cried even more bitterly than before.

E ele chorou ainda mais amargamente do que antes.

His weeping mightily pleased the merchant.

Seu choro agradou muito ao comerciante.

Because even more pearls were falling to the ground.

Porque ainda mais pérolas estavam caindo no chão.
And the merchant became richer and richer.
E o comerciante ficou cada vez mais rico.
Eventually the merchant reached his native town.
Finalmente o comerciante chegou à sua cidade natal.
When they got there he confined Basanta in a room.
Quando chegaram lá, ele confinou Basanta em um quarto.
At stated hours every day he had him whipped.
Em horários determinados todos os dias ele o chicoteava.
In order to make him shed yet more tears.
Para fazê-lo derramar ainda mais lágrimas.
And every tear converted into a bright pearl.
E cada lágrima se converteu em uma pérola brilhante.
The merchant one day said to his servants;
O comerciante disse um dia aos seus servos;
"The fellow is making me rich by his weeping".
"O sujeito está me enriquecendo com seu choro".
"Let us see what he gives me by laughing".
"Vamos ver o que ele me dá rindo".
Accordingly, he began to tickle his captive.
Então ele começou a fazer cócegas em sua prisioneira.
Upon being tickled Basanta began to laugh.
Ao ser tocado, Basanta começou a rir.
Of course he was not laughing out of happiness.
É claro que ele não estava rindo de felicidade.
But none the less maniks dropped from his mouth.
Mas mesmo assim maniks saíram de sua boca.
After this Basanta was not just whipped anymore.
Depois disso Basanta não foi mais apenas chicoteado.
Now he was alternately whipped and tickled.
Agora ele era alternadamente chicoteado e alvo de cócegas.
All day and far into the night he was exploited.
Ele foi explorado o dia todo e até altas horas da noite.
The merchant's wealth increased day and night.
A riqueza do comerciante aumentava dia e noite.
Soon he became the wealthiest man in the land.
Logo ele se tornou o homem mais rico do país.

But let us return to Basanta's subjugation later.
Mas voltemos à subjugação de Basanta mais tarde.
Now let us turn our attention to Swet's wife.
Agora vamos voltar nossa atenção para a esposa de Swet.

Swet's abandoned wife was still in the forest.
A esposa abandonada de Swet ainda estava na floresta.
She had just given birth to her child.
Ela tinha acabado de dar à luz seu filho.
But now she was alone in the forest.
Mas agora ela estava sozinha na floresta.
First her husband had abandoned her.
Primeiro seu marido a abandonou.
And now her brother-in-law abandoned her too.
E agora seu cunhado também a abandonou.
Imagine how overwhelmed with grief she felt.
Imagine o quanto ela estava tomada pela tristeza.
Alone, and in a forest, far from civilization.
Sozinho e em uma floresta, longe da civilização.
Her case was indeed deserving of sympathy.
O caso dela realmente merecia simpatia.
She wept rivers of sad and lonely tears.
Ela chorou rios de lágrimas tristes e solitárias.
Excessive grief, however, brought her relief.
A tristeza excessiva, no entanto, lhe trouxe alívio.
She fell asleep with the new-born in her arms.
Ela adormeceu com o recém-nascido nos braços.
While she was deep in sleep another tragedy took place.
Enquanto ela dormia profundamente, outra tragédia
aconteceu.
It so happened that the Kotwal was passing by.
Aconteceu que o Kotwal estava passando por ali.
He had recently suffered his own misfortune.
Ele havia sofrido recentemente seu próprio infortúnio.
But his misfortune was of a different nature.
Mas seu infortúnio foi de outra natureza.
The children his wife bore died shortly after birth.

Os filhos que sua esposa teve morreram logo após o nascimento.

And he was now going to bury the last infant.

E agora ele iria enterrar o último bebê.

He was heading to the banks of the river.

Ele estava indo em direção às margens do rio.

The place where the other infants were buried.

O local onde as outras crianças foram enterradas.

But then he saw the woman sleeping in the forest.

Mas então ele viu a mulher dormindo na floresta.

And in her arms he saw her holding a baby.

E em seus braços ele a viu segurando um bebê.

The infant was a lively and beautiful boy.

O bebê era um menino bonito e animado.

His liveliness did not disturb his mother's sleep.

Sua vivacidade não perturbou o sono de sua mãe.

The Kotwal wanted the lovely infant very much.

Os Kotwal queriam muito a adorável criança.

He quietly took the child from his mother.

Ele silenciosamente tirou a criança de sua mãe.

And in her arms he placed his own dead child.

E em seus braços ele colocou seu próprio filho morto.

Of course this is not what he could tell his wife.

Claro que não era isso que ele poderia dizer à esposa.

"We both thought that our son had died".

"Nós dois pensamos que nosso filho tinha morrido".

"And I carried his body to the river bank".

"E carreguei o corpo dele até a margem do rio".

"And that was when a miracle occurred".

"E foi então que ocorreu um milagre".

"Once more our son opened his young eyes".

"Mais uma vez nosso filho abriu seus jovens olhos".

"And now we have a beautiful and lively boy".

"E agora temos um menino lindo e animado".

But Swet's wife did not know the true events.

Mas a esposa de Swet não sabia dos verdadeiros acontecimentos.

When she woke she held the dead child in her arms.
Quando ela acordou, segurava a criança morta em seus braços.
And she thought it was her child that had died.
E ela pensou que era seu filho que tinha morrido.
The distress of her mind may easily be imagined.
A angústia de sua mente pode ser facilmente imaginada.
The whole world became dark to her.
O mundo inteiro se tornou escuro para ela.
She was distracted by the loss of her child.
Ela estava distraída com a perda do filho.
And in her distraction she formed a resolution.
E em sua distração ela tomou uma decisão.
She had resolved to take her own life.
Ela havia decidido tirar a própria vida.
The river was not far from where she had slept.
O rio não ficava longe de onde ela havia dormido.
And she determined to drown herself in the river.
E ela decidiu se afogar no rio.
She took in her hand the bundle of jewels.
Ela pegou na mão o maço de joias.
And then she proceeded to the river-side.
E então ela seguiu para a beira do rio.
An old Brahman was at no great distance.
Um velho brâmane não estava muito distante.
The Brahman was performing his morning ablutions.
O brâmane estava realizando suas abluções matinais.
He noticed the woman going into the water.
Ele notou a mulher entrando na água.
Naturally he thought that she was going to bathe.
Naturalmente ele pensou que ela iria tomar banho.
But then he saw her going into the deep waters.
Mas então ele a viu indo em direção às águas profundas.
Something akin to suspicion arose in his mind.
Algo semelhante a suspeita surgiu em sua mente.
The Brahman discontinued his devotions.
O brâmane interrompeu suas devoções.
He too waded out towards the river's depth.

Ele também avançou em direção às profundezas do rio.
And he ordered the woman to come to him.
E ele ordenou que a mulher fosse até ele.
Swet's wife heard the old man calling her.
A esposa de Swet ouviu o velho chamando-a.
So she retraced her steps to the old man.
Então ela retornou até o velho.
"What were your intentions?" asked the Braham.
"Quais eram suas intenções?" perguntou Braham.
And the woman confirmed his suspicions.
E a mulher confirmou suas suspeitas.
"I was going to put an end to my life".
"Eu ia acabar com a minha vida".
And she thanked the Brahman for saving her.
E ela agradeceu ao brâmane por salvá-la.
"Accept these jewels as a sign of appreciation".
"Aceite estas joias como um sinal de apreço".
The Brahman accepted the sign of appreciation.
O brâmane aceitou o sinal de agradecimento.
But he was more interested in her story.
Mas ele estava mais interessado na história dela.
And at his request she related her story.
E a pedido dele ela contou sua história.
She had escaped from her stepmother in law.
Ela havia escapado da madrasta.
In the forest she gave birth to a child.
Na floresta ela deu à luz uma criança.
First her husband went looking for fire.
Primeiro, seu marido foi procurar fogo.
But her husband never came back to her.
Mas seu marido nunca mais voltou para ela.
Then her brother-in-law looked for her husband.
Então seu cunhado procurou seu marido.
But her brother-in-law did not return either.
Mas seu cunhado também não retornou.
Eventually she fell asleep with her child.
Por fim, ela adormeceu com seu filho.

But when she woke her child was dead.
Mas quando ela acordou seu filho estava morto.
And that's when she decided to drown herself.
E foi então que ela decidiu se afogar.
She felt the relieve of telling her fate.
Ela sentiu o alívio de contar seu destino.
The Brahman invited the woman to his house.
O brâmane convidou a mulher para sua casa.
And the woman was accepted into his family.
E a mulher foi aceita em sua família.
The Brahman's wife treated her like a daughter.
A esposa do brâmane a tratava como uma filha.
And she spent years with her new family.
E ela passou anos com sua nova família.
Swet spend those years in his kingdom.
Swet passou esses anos em seu reino.
Basanta spent those years being tortured.
Basanta passou esses anos sendo torturado.
And the adopted son of the Kotwal grew up.
E o filho adotivo do Kotwal cresceu.
The Brahman's house was not far from the Kotwal's.
A casa do brâmane não ficava longe da casa dos Kotwal.
So the Kotwal's son met the Brahman's adopted daughter.
Então o filho de Kotwal conheceu a filha adotiva do brâmane.
And the lad thought he fell in love with her.
E o rapaz pensou que estava apaixonado por ela.
He spoke to his father about the woman.
Ele falou com seu pai sobre a mulher.
And the father spoke to the Brahman about the woman.
E o pai falou ao brâmane sobre a mulher.
The Brahman's rage knew no bounds.
A fúria do brâmane não tinha limites.
"What is this insolence!" the Brahman protested.
"Que insolência é essa!" protestou o brâmane.
"Your son is the son of an infidel".
"Seu filho é filho de um infiel".
"How can he aspire to the hand of a Brahman's daughter!?".

"Como ele pode aspirar à mão da filha de um brâmane!?".

"A dwarf may as well aspire to catch hold of the moon!".

"Um anão pode muito bem aspirar a agarrar a lua!".

But the Kotwal's son determined to have her by force.

Mas o filho de Kotwal decidiu tomá-la à força.

One day he scaled the wall of the Brahman's house.

Um dia ele escalou o muro da casa do brâmane.

He got upon the thatched roof of the cow-house.

Ele subiu no telhado de palha do estábulo.

And from that lofty position he reconnoitered.

E daquela posição elevada ele fez o reconhecimento.

And he saw two young calves below him.

E ele viu dois bezerros abaixo dele.

And he overheard the conversation of two young calves.

E ele ouviu a conversa de dois bezerros.

"Men accuse us of brutish ignorance and immorality".

"Os homens nos acusam de ignorância brutal e imoralidade".

"But in my opinion men are fifty times worse".

"Mas na minha opinião os homens são cinquenta vezes piores".

"What makes you say so, brother?" the calf asked.

"O que te faz dizer isso, irmão?" perguntou o bezerro.

"Have you witnessed instances of human depravity?".

"Você já testemunhou casos de depravação humana?".

"Who is a greater monster than the Kotwal's son?".

"Quem é um monstro maior que o filho de Kotwal?".

"The same lad standing on the thatched roof".

"O mesmo rapaz em pé no telhado de palha".

"The roof of this hut above our heads".

"O teto desta cabana acima de nossas cabeças".

"I thought he was just the son of our Kotwal".

"Eu pensei que ele fosse apenas o filho do nosso Kotwal!".

"I never heard that he was exceptionally vicious".

"Nunca ouvi dizer que ele fosse excepcionalmente cruel".

"You may have never heard of his wickedness".

"Você pode nunca ter ouvido falar de sua maldade".

"But now you will hear of his wickedness from me".

"Mas agora você ouvirá de mim sobre a sua maldade".

"This wicked lad is now making immoral plans".

"Este rapaz perverso agora está fazendo planos imorais".

"He is trying get married to his own mother!".

"Ele está tentando se casar com a própria mãe!".

The First Calf then related the whole story.

O Primeiro Bezerro então contou toda a história.

And the inquisitive Second Calf listened.

E o curioso Segundo Bezerro ouviu.

And the calf told Swet's and Basanta's story.

E o bezerro contou a história de Swet e Basanta.

"A merchant built a house for his son"

"Um comerciante construiu uma casa para seu filho"

"In the garden of the house was a Toontooni bird"

"No jardim da casa havia um pássaro Toontooni"

"In the nest of the Toontooni bird was an egg"

"No ninho do pássaro Toontooni havia um ovo"

"The merchant's son put the egg in an almirah"

"O filho do comerciante colocou o ovo em um armário"

"Out of the egg came a beautiful girl"

"Do ovo saiu uma linda menina"

"Eventually the merchant's son married this beautiful girl"

"Eventualmente, o filho do comerciante casou-se com esta linda moça"

"Together they had two children; Swet and Basanta"

"Juntos, eles tiveram dois filhos; Swet e Basanta"

"Some time later the grandfather of the children died"

"Algum tempo depois, o avô das crianças morreu"

"Some time later again their grandmother died too"

"Algum tempo depois, a avó deles também morreu"

"At the right time, the oldest son, Swet, got married"

"Na hora certa, o filho mais velho, Swet, casou-se"

"His mother, the Toontooni woman, died sometime later"

"Sua mãe, a mulher Toontooni, morreu algum tempo depois"

"Soon after their father married a younger woman"

"Logo depois que seu pai se casou com uma mulher mais jovem"

"But their new stepmother hated her stepsons"
"Mas a nova madrasta odiava os enteados"
"And she also hated her new stepdaughter-in-law"
"E ela também odiava sua nova enteada"
"One day a fisherman happened to visit the merchant"
"Um dia, um pescador visitou o comerciante"
"The Fisherman had sold the merchant a magical fish"
"O pescador vendeu ao comerciante um peixe mágico"
"Whoever ate the fish would laugh maniks"
"Quem comesse o peixe ria maniks"
"And whoever ate the fish would weep pearls"
"E quem comesse o peixe choraria pérolas"
"The same day there was an argument over some pigeons"
"No mesmo dia houve uma discussão por causa de alguns pombos"
"The stepmother was terribly vengeful to her stepsons"
"A madrasta era terrivelmente vingativa com os enteados"
"And she swore revenge on her stepsons"
"E ela jurou vingança contra seus enteados "
"That day Swet, his wife, and Basanta escaped"
"Naquele dia, Swet, sua esposa e Basanta escaparam"
"But before leaving they ate the magical fish"
"Mas antes de partirem comeram o peixe mágico"
"On their journey Swet's wife gave birth to a baby boy"
"Na viagem, a esposa de Swet deu à luz um menino"
"Swet went to look for wood to make a fire"
"Swet foi procurar lenha para fazer uma fogueira"
"But he was carried away by an elephant"
"Mas ele foi levado por um elefante"
"He was taken to a Queen haunted by a snake"
"Ele foi levado a uma rainha assombrada por uma cobra "
"But he succeeded in killing the serpent"
"Mas ele conseguiu matar a serpente"
"And so he became king of the land"
"E assim ele se tornou rei da terra"
"Basanta went looking for his brother"
"Basanta foi procurar o irmão"

"But he was captured by a merchant"
"Mas ele foi capturado por um comerciante"
"And now he's flogged and tickled daily"
"E agora ele é açoitado e faz cócegas diariamente"
"And he cries pearls and laughs maniks"
"E ele chora pérolas e ri maniks"
"The Kotwal's son had died that night"
"O filho de Kotwal morreu naquela noite"
"So the Kotwal exchanged the two babies"
"Então os Kotwal trocaram os dois bebês"
"The mother couldn't bear the loss of her child"
"A mãe não suportou a perda do filho"
"So she made the decision to drown herself"
"Então ela tomou a decisão de se afogar"
"But there was a Brahman that saved her life"
"Mas houve um brâmane que salvou sua vida"
"And this Brahman took her into his home"
"E este Brahman a acolheu em sua casa"
"The Kotwal's son grew up a hardy boy"
"O filho de Kotwal cresceu como um menino robusto"
"And he fell in love with the woman"
"E ele se apaixonou pela mulher"
"And now he stands on the roof"
"E agora ele está no telhado"
"And he's intent on having the woman"
"E ele está decidido a ter a mulher"
All this the Kotwal's son heard.
O filho de Kotwal ouviu tudo isso.
And he was struck with horror.
E ele ficou horrorizado.
He forthwith got down from the thatch.
Ele desceu imediatamente do telhado de palha.
And he went home to his father.
E ele foi para casa de seu pai.
And he said he must speak with the king.
E ele disse que precisava falar com o rei.
The father protested against the request.

O pai protestou contra o pedido.
But he got an interview with the king.
Mas ele conseguiu uma entrevista com o rei.
He told the king about the two calves.
Ele contou ao rei sobre os dois bezerros.
And he repeated the whole story.
E ele repetiu toda a história.
The king now remembered his poor wife.
O rei então se lembrou de sua pobre esposa.
So a servant was sent to the Brahman.
Então um servo foi enviado ao brâmane.
And the Brahman was richly rewarded.
E o brâmane foi ricamente recompensado.
And his wife was brought back to the palace.
E sua esposa foi trazida de volta ao palácio.
His wife was put in her proper position.
Sua esposa foi colocada em sua devida posição.
And she became queen of the kingdom.
E ela se tornou rainha do reino.
The reputed son of the Kotwal was readopted.
O suposto filho de Kotwal foi readmitido.
And he was proclaimed heir to the throne.
E ele foi proclamado herdeiro do trono.
Basanta was brought out of the dungeon.
Basanta foi tirado da masmorra.
And the wicked merchant was buried alive.
E o mercador perverso foi enterrado vivo.
And thorns were put in his burying-place.
E espinhos foram colocados em seu local de sepultamento.
And all lived together happily for many years.
E todos viveram felizes juntos por muitos anos.
Swet, his wife and son, and Basantas.
Swet, sua esposa e filho, e Basantas.

The Evil Eye of Sani
O Mau-Olhado de Sani

Once upon a time Sani and Lakshmi fell out with each other.
Era uma vez Sani e Lakshmi se desentenderam.
Sani, also known as Saturn, is the God of bad luck.
Sani, também conhecido como Saturno, é o deus da má sorte.
And Lakshmi is the Goddess of good luck.
E Lakshmi é a Deusa da boa sorte.
And these two Gods fell out with each other in heaven.
E esses dois deuses brigaram no céu.
Sani said he was higher in rank than Lakshmi.
Sani disse que sua patente era mais alta que a de Lakshmi.
And Lakshmi said she was higher in rank than Sani.
E Lakshmi disse que sua posição era mais alta que a de Sani.
But there were just as many Gods as there were Goddesses.
Mas havia tantos Deuses quanto Deusas.
Therefore the dispute could not be settled in heaven.
Portanto a disputa não pôde ser resolvida no céu.
The contending deities agreed to refer the matter to humans.
As divindades em conflito concordaram em encaminhar o
assunto aos humanos.
The humans had a name for wisdom and justice.
Os humanos tinham um nome para sabedoria e justiça.
There lived at that time upon earth a man named Sribatsa.
Naquela época vivia na Terra um homem chamado Sribatsa.
(Sri is another name of Lakshmi).
(Sri é outro nome de Lakshmi).
(And "batsa" is another word for child).
(E "batsa" é outra palavra para criança).
(so Sribatsa literally means "the child of fortune").
(então Sribatsa significa literalmente "o filho da fortuna").
Sribatsa had as much wisdom as he had wealth.
Sribatsa tinha tanta sabedoria quanto riqueza.
And he was as fair as he was rich, too.
E ele era tão justo quanto rico.
He was therefore a good judge for the dispute.

- 211 -

Ele foi, portanto, um bom juiz para a disputa.

And the God and Goddess agreed he could judge their case.

E o Deus e a Deusa concordaram que ele poderia julgar o caso deles.

One day, accordingly, Sribatsa was contacted.

Um dia, Sribatsa foi contatado.

He was told that Sani and Lakshmi would come to him.

Disseram-lhe que Sani e Lakshmi viriam até ele.

And he was told they wished for him to settle their dispute.

E lhe foi dito que eles queriam que ele resolvesse a disputa.

This put Sribatsa in a delicate situation.

Isso colocou Sribatsa em uma situação delicada.

He could say Sani was higher in rank than Lakshmi.

Ele poderia dizer que Sani tinha uma posição mais alta que Lakshmi.

But then she would be angry with him and forsake him.

Mas então ela ficava brava com ele e o abandonava.

He could say Lakshmi was higher in rank than Sani.

Ele poderia dizer que Lakshmi tinha uma posição mais alta que Sani.

But then Sani would cast his evil eye upon him.

Mas então Sani lançava seu olhar maligno sobre ele.

He made up his mind not to say anything directly.

Ele decidiu não dizer nada diretamente.

The god and the goddess had to observe his actions.

O deus e a deusa tinham que observar suas ações.

And from his actions they could gather their opinions.

E a partir de suas ações eles puderam formar suas opiniões.

Sribatsa ordered two chairs to be made.

Sribatsa ordenou que duas cadeiras fossem feitas.

One of the chairs was made from gold.

Uma das cadeiras era feita de ouro.

And the other chair was made from silver.

E a outra cadeira era feita de prata.

And he placed the two chairs beside himself.

E ele colocou as duas cadeiras ao seu lado.

The day came when Sani and Lakshmi visited Sribatsa.

Chegou o dia em que Sani e Lakshmi visitaram Sribatsa.
He told Sani to sit upon the silver chair.
Ele disse a Sani para sentar-se na cadeira de prata.
And he told Lakshmi to sit upon the gold chair.
E ele disse para Lakshmi se sentar na cadeira de ouro.
Sani became mad with rage, and spoke angrily;
Sani ficou furioso e falou com raiva;
"You consider me lower in rank than Lakshmi"
"Você me considera inferior em posição à de Lakshmi"
"I will cast my eye on you for three years"
"Eu lançarei meus olhos em você por três anos"
"We shall see how you fare at the end of that period"
"Veremos como você se sairá no final desse período"
The god then went away in great anger.
O deus então foi embora com grande raiva.
Lakshmi, before she went away, said to Sribatsa;
Lakshmi, antes de partir, disse a Sribatsa;
"My child, do not fear. I'll befriend you"
"Meu filho, não tenha medo. Eu serei seu amigo."
The god and the goddess then went away.
O deus e a deusa então foram embora.
Sribatsa spoke to his wife, Chantamani;
Sribatsa falou com sua esposa, Chantamani;
"Dearest, the evil eye of Sani will be upon me"
"Querida, o mau-olhado de Sani estará sobre mim"
"I had better go away from the house"
"É melhor eu ir embora de casa"
"If I stay evil will befall you and me"
"Se eu ficar, o mal cairá sobre você e sobre mim"
"But if I go, evil will overtake me only"
"Mas se eu for, o mal somente me alcançará"
Chintamani said, "it cannot be that way"
Chintamani disse: "não pode ser assim"
"Wherever you go, I will go with you"
"Aonde quer que você vá, eu irei com você"
"Your good luck shall be my good luck"
"A sua boa sorte será a minha boa sorte"

"And your bad luck shall be my bad luck"
"E a sua má sorte será a minha má sorte"
The husband tried hard to persuade his wife to stay.
O marido tentou muito persuadir a esposa a ficar.
But all his efforts were of no use.
Mas todos os seus esforços foram em vão.
She refused to abandon her husband.
Ela se recusou a abandonar o marido.
Sribatsa told his wife to make an opening in their mattress.
Sribatsa disse à esposa para fazer uma abertura no colchão.
And he told her to stow away all their money and jewels.
E ele disse a ela para guardar todo o dinheiro e joias.
On the eve of leaving their house, Sribatsa invoked Lakshmi.
Na véspera de deixar sua casa, Sribatsa invocou Lakshmi.
Upon being invoked, Lakshmi forthwith appeared.
Ao ser invocada, Lakshmi apareceu imediatamente.
"Mother Lakshmi, the evil eye of Sani is upon us"
"Mãe Lakshmi, o mau-olhado de Sani está sobre nós"
"We are going away into exile"
"Estamos indo para o exílio"
"Please befriend us, and take care of our property"
"Por favor, seja nosso amigo e cuide de nossa propriedade"
The goddess of good luck answered.
A deusa da boa sorte respondeu.
"Do not fear; I'll befriend you"
"Não tenha medo; eu serei seu amigo"
"In the end all will be right"
"No final tudo ficará bem"
They then set out on their journey.
Eles então partiram em sua jornada.
Sribatsa rolled up the mattress and put it on his head.
Sribatsa enrolou o colchão e colocou-o sobre a cabeça.
They had not gone many miles when they saw a river.
Eles não tinham andado muitos quilômetros quando avistaram um rio.
There was a canoe with a man sitting in it.

Havia uma canoa com um homem sentado nela.
The travelers requested the ferryman to take them across.
Os viajantes pediram ao barqueiro que os levasse até lá.
The ferryman said he could only take one at a time.
O barqueiro disse que só poderia pegar um de cada vez.
"Tere are three of you," he objected.
"Vocês são três", ele objetou.
"There is you, your wife, and your mattress"
"Há você, sua esposa e seu colchão"
Sribatsa proposed in what order they should ferry over the river.
Sribatsa propôs a ordem em que eles deveriam atravessar o rio.
"First my wife should be taken across the river"
"Primeiro minha esposa deve ser levada para o outro lado do rio"
"After my wife, take the mattress across the river"
"Depois da minha mulher, leve o colchão para o outro lado do rio"
"And then you can take me across the river"
"E então você pode me levar para o outro lado do rio"
But the ferryman would not hear of it.
Mas o barqueiro não quis ouvir falar nisso.
"Only one at a time," he repeated.
"Só um de cada vez", ele repetiu.
"First let me take across the mattress"
"Primeiro deixe-me atravessar o colchão"
Sribatsa saw no reason to object to the proposal.
Sribatsa não viu razão para se opor à proposta.
The ferryman started taking the mattress across the river.
O barqueiro começou a levar o colchão para o outro lado do rio.
He had reached halfway across the river.
Ele já havia chegado na metade do rio.
But then, from nowhere, a fierce gale arose.
Mas então, do nada, surgiu uma forte ventania.
The ferryman lost control of his canoe.

O barqueiro perdeu o controle de sua canoa.
The mattress was blown into the river.
O colchão foi jogado no rio.
The river carried everything away with it.
O rio levou tudo consigo.
And the ferrymen, canoe, and mattress were never seen again.
E os barqueiros, a canoa e o colchão nunca mais foram vistos.
But that was not even the strangest events.
Mas esses não foram os eventos mais estranhos.
Because the river also disappeared into thin air.
Porque o rio também desapareceu no ar.
Where there was water there was now dry ground.
Onde havia água, agora havia terra seca.
Sribatsa knew the evil eye of Sani had been watching.
Sribatsa sabia que o mau-olhado de Sani estava observando.

Sribatsa and his wife had not a pice in their pockets.
Sribatsa e sua esposa não tinham um tostão no bolso.
Together, impoverished, they went to a nearby village.
Juntos, empobrecidos, eles foram para uma aldeia próxima.
The village was dwelt in mostly by wood-cutters.
A vila era habitada principalmente por lenhadores.
At sunrise the woodcutters went to cut wood.
Ao amanhecer os lenhadores foram cortar madeira.
And the wood they cut they sold in a faraway town.
E a madeira que cortavam eles vendiam em uma cidade distante.
Sribatsa asked to work with the wood-cutters.
Sribatsa pediu para trabalhar com os lenhadores.
And the wood-cutters agreed to let him cut wood.
E os lenhadores concordaram em deixá-lo cortar madeira.
He could fell trees as well as the best of them.
Ele conseguia derrubar árvores tão bem quanto as melhores.
But Sribatsa was different from the wood-cutters.
Mas Sribatsa era diferente dos lenhadores.
The wood-cutters cut any and every sort of wood.

Os lenhadores cortam todo e qualquer tipo de madeira.
But Sribatsa cut only the precious types of wood.
Mas Sribatsa cortava apenas os tipos preciosos de madeira.
His efforts were focused on cutting down sandal-wood.
Seus esforços se concentraram em cortar madeira de sândalo.
The wood-cutters brought to market large loads of common wood.
Os lenhadores trouxeram ao mercado grandes cargas de madeira comum.
Sribatsa brought only a few pieces of sandal-wood to the market.
Sribatsa trouxe apenas alguns pedaços de sândalo para o mercado.
He was paid a great deal more money than the others.
Ele recebeu muito mais dinheiro do que os outros.
Things went on this way for some days.
As coisas continuaram assim por alguns dias.
And the wood-cutters became jealous of Sribatsa.
E os lenhadores ficaram com ciúmes de Sribatsa.
In their jealousy they plotted against Sribatsa.
Em seu ciúme, eles conspiraram contra Sribatsa.
And finally they drove Sribatsa and his wife from the village.
E finalmente expulsaram Sribatsa e sua esposa da aldeia.

Sribatsa and his wife made their way to another village.
Sribatsa e sua esposa foram para outra aldeia.
In this village there were many women that weaved.
Nesta aldeia havia muitas mulheres que teciam.
Here Chintamani made herself useful by spinning cotton.
Aqui, Chintamani se tornou útil fiando algodão.
Chintamani was an intelligent and skillful woman.
Chintamani era uma mulher inteligente e habilidosa.
So she spun finer thread than the other women.
Então ela fiava fios mais finos que as outras mulheres.
And she got paid more money than the other women.
E ela recebeu mais dinheiro do que as outras mulheres.

This roused the envy of the native women of the village.
Isso despertou a inveja das mulheres nativas da aldeia.
But the envy of the other women was not all.
Mas a inveja das outras mulheres não era tudo.
Sribatsa wanted to gain the good grace of the weavers.
Sribatsa queria ganhar a boa vontade dos tecelões.
So he invited the women that spun cotton to a feast.
Então ele convidou as mulheres que fiavam algodão para um banquete.
The dishes of the feat were all cooked by his wife.
Os pratos do evento foram todos preparados por sua esposa.
Chintamani was a good weaver, and an excellent in cook.
Chintamani era uma boa tecelã e uma excelente cozinheira.
She placed the delicacies before the women.
Ela colocou as iguarias diante das mulheres.
And the barbarous weavers were quite charmed.
E os tecelões bárbaros ficaram encantados.
The men went to their homes with their bellies full.
Os homens voltaram para suas casas com a barriga cheia.
But when they got home, they reproached their wives.
Mas quando chegaram em casa, repreenderam suas esposas.
"Why do you not cook like the wife of Sribatsa"
"Por que você não cozinha como a esposa de Sribatsa?"
And the men called their wives good-for-nothing women.
E os homens chamavam suas esposas de mulheres inúteis.
This made the women hate Chintamani the more.
Isso fez com que as mulheres odiassem Chintamani ainda mais.

One day Chintamani went to the river-side.
Um dia, Chintamani foi até a beira do rio.
She wanted to bathe along with the other women of the village.
Ela queria tomar banho junto com as outras mulheres da aldeia.
A boat had been lying on the bank, stranded on the sand.
Um barco estava encalhado na margem, na areia.

The boat had been stranded there for many days.
O barco ficou encalhado ali por muitos dias.
They had tried to move the boat, but in vain.
Eles tentaram mover o barco, mas em vão.
It so happened that Chintamani touched the boat.
Aconteceu que Chintamani tocou no barco.
It was an accident, for she did not mean to touch the boat.
Foi um acidente, pois ela não queria tocar no barco.
But whether she meant to or not, the boat moved.
Mas, quer ela quisesse ou não, o barco se moveu.
And soon the boat was heading off to the river.
E logo o barco estava indo em direção ao rio.
The boatmen were astonished by what they had seen.
Os barqueiros ficaram surpresos com o que viram.
They thought that the woman had uncommon power.
Eles achavam que a mulher tinha um poder incomum.
And so they thought she might be useful in future.
E então eles pensaram que ela poderia ser útil no futuro.
They therefore caught hold of her, against her will.
Eles então a agarraram, contra a sua vontade.
And they put her in the boat, and rowed off.
E eles a colocaram no barco e remaram para longe.
The women of the village were present for this kidnapping.
As mulheres da aldeia estavam presentes neste sequestro.
But they did not offer Chintamani any assistance.
Mas eles não ofereceram nenhuma assistência a Chintamani.
Because Chintamani had put them in a bad light.
Porque Chintamani os colocou em uma situação ruim.

Sribatsa heard how his wife had been carried away by
boatmen.
Sribatsa ouviu como sua esposa havia sido levada por
barqueiros.
I will let you imagine how he became mad with grief.
Vou deixar você imaginar como ele ficou louco de tristeza.
He left the village and went to the river-side.
Ele deixou a aldeia e foi até a beira do rio.

And he resolved to follow the course of the stream.
E ele resolveu seguir o curso do riacho.
Along the stream he was sure to meet the kidnappers' boat.
Ao longo do riacho ele tinha certeza de encontrar o barco dos sequestradores.
He travelled on and on, along the side of the river.
Ele viajou sem parar, ao longo da margem do rio.
And he travelled till it eventually became dark.
E ele viajou até que finalmente escureceu.
Where he was there were no huts to be seen.
Onde ele estava não havia cabanas à vista.
So he climbed into a tree to sleep for the night.
Então ele subiu em uma árvore para dormir durante a noite.
In the next morning he got down from the tree.
Na manhã seguinte ele desceu da árvore.
At the foot of the tree he saw a Kapila-cow.
Ao pé da árvore ele viu uma vaca Kapila.
A Kapila-cow never has any calves of her own.
Uma vaca Kapila nunca tem bezerros.
But she can be milked at all hours of the day.
Mas ela pode ser ordenhada a qualquer hora do dia.
Sribatsa milked the cow without her objecting.
Sribatsa ordenhou a vaca sem que ela se opusesse.
And he drank the milk to his heart's content.
E ele bebeu o leite à vontade.
And then he noticed something else about the cow.
E então ele notou algo mais sobre a vaca.
The dung of the cow was of a bright yellow color.
O esterco da vaca era de uma cor amarelo brilhante.
In fact, the dung of the cow was made of pure gold.
Na verdade, o esterco da vaca era feito de ouro puro.
The golden cow dung was still in a soft state.
O esterco dourado da vaca ainda estava mole.
So he was able to write his name in the golden dung.
Então ele conseguiu escrever seu nome no esterco dourado.
During the course of the day the dung hardened.
Ao longo do dia o esterco endureceu.

And finally the dung looked like a brick of gold.
E finalmente o esterco parecia um tijolo de ouro.
The tree he had slept in grew on the river-side.
A árvore em que ele dormia crescia na margem do rio.
And the Kapila-cow supplied him with milk all day.
E a vaca Kapila lhe fornecia leite o dia todo.
So Sribatsa decided to wait there for the boat.
Então Sribatsa decidiu esperar lá pelo barco.
In the morning the cow deposited the precious article.
De manhã a vaca depositou o precioso artigo.
And at night the cow deposited the precious article.
E à noite a vaca depositou o precioso artigo.
So the gold bricks increased every day.
Então os tijolos de ouro aumentavam a cada dia.
And on each golden brick he had engraved his name.
E em cada tijolo dourado ele gravou seu nome.
He stacked the bricks on top of each other.
Ele empilhou os tijolos uns sobre os outros.
From a distance it looked like a hillock of gold.
De longe parecia um monte de ouro.

But now we must leave Sribatsa to stack his gold.
Mas agora precisamos deixar Sribatsa acumular seu ouro.
And we must turn our attention to Chintamani.
E devemos voltar nossa atenção para Chintamani.
Chintamani was a graceful woman of great beauty.
Chintamani era uma mulher graciosa e de grande beleza.
She had worried her beauty might be her ruin.
Ela estava preocupada que sua beleza pudesse ser sua ruína.
So she offered a prayer as she was being kidnapped.
Então ela fez uma oração enquanto estava sendo sequestrada.
"Lakshmi, O Mother Lakshmi! have pity upon me"
"Lakshmi, ó Mãe Lakshmi! Tem piedade de mim"
"Thou hast made me beautiful, you have"
"Você me fez bonita, você me fez"
"But now my beauty will undoubtedly be my ruin"
"Mas agora minha beleza será, sem dúvida, minha ruína"

"I am bound to loss my honor and my chastity"
"Estou fadado a perder minha honra e minha castidade"
"I therefore beseech thee, gracious Mother;"
"Portanto, eu te suplico, graciosa Mãe;"
"Take my beauty from me, and make me ugly"
"Tire minha beleza de mim e me torne feio"
"Cover my body with some loathsome disease"
"Cubra meu corpo com alguma doença repugnante"
"That way the boatmen might not touch me"
"Assim os barqueiros não me tocariam"
Chintamani was in the arms of the boatmen.
Chintamani estava nos braços dos barqueiros.
But the Goddess of good fortune heard her prayer.
Mas a Deusa da boa fortuna ouviu sua prece.
In the twinkling of an eye her form changed.
Num piscar de olhos sua forma mudou.
Her naturally beautiful form faded away.
Sua forma naturalmente bela desapareceu.
And she was turned into a vile carcass.
E ela foi transformada em uma carcaça vil.
The boatmen were putting her down in the boat.
Os barqueiros estavam colocando-a no barco.
They found her body was covered with loathsome sores.
Eles descobriram que seu corpo estava coberto de feridas repugnantes.
And the sores were giving out a disgusting stench.
E as feridas exalavam um odor horrível.
They therefore threw her into the hold of the boat.
Eles então a jogaram no porão do barco.
And they left her amongst the cargo of the ship.
E a deixaram entre a carga do navio.
Morning and evening they sent her some food.
De manhã e à noite eles lhe enviavam um pouco de comida.
A little boiled rice, and some water to drink.
Um pouco de arroz cozido e um pouco de água para beber.
Chintamani was miserable in the hull of the ship.
Chintamani estava infeliz no casco do navio.

But she greatly preferred misery to the alternative.
Mas ela preferia a miséria à alternativa.
She would rather be miserable than loss her chastity.
Ela preferiria ser infeliz do que perder sua castidade.

The boatmen had gone to some port to sell cargo.
Os barqueiros tinham ido a algum porto para vender carga.
While sailing back they caught sight something.
Enquanto navegavam de volta, eles avistaram algo.
By the river-side there seemed to be a hillock of gold.
À beira do rio parecia haver um monte de ouro.
Sribatsa had been keeping watch by the river.
Sribatsa estava vigiando o rio.
So he was delighted to see a boat approach him.
Então ele ficou encantado ao ver um barco se aproximando dele.
Because he fondly imagined his wife might be on board.
Porque ele imaginou com carinho que sua esposa poderia estar a bordo.
The boatmen went greedily to the hillock of gold.
Os barqueiros foram avidamente até o monte de ouro.
Of course Sribatsa told them the gold was his.
É claro que Sribatsa disse a eles que o ouro era dele.
But that didn't help Sribatsa very much.
Mas isso não ajudou muito Sribatsa.
The sailors took him prisoner on the boat.
Os marinheiros o levaram prisioneiro no barco.
And they loaded the gold onto their vessel.
E eles carregaram o ouro em seu navio.
They happened to imprison him close to the ugly woman.
Acontece que eles o aprisionaram perto da mulher feia.
Of course the husband and wife recognized each other.
É claro que o marido e a esposa se reconheceram.
In spite of the change Chintamani had undergone.
Apesar da mudança pela qual Chintamani passou.
And despite their excitement they kept their composure.
E apesar da excitação, eles mantiveram a compostura.

And they thought it prudent not to speak to each other.
E eles acharam prudente não falar um com o outro.
Instead they communicated their ideas through gestures.
Em vez disso, eles comunicavam suas ideias por meio de gestos.
There is something you should know about the boatmen.
Há algo que você deve saber sobre os barqueiros.
These boatmen were very fond of playing at dice.
Esses barqueiros gostavam muito de jogar dados.
Sribatsa appeared to them to be a respectable man.
Sribatsa parecia-lhes um homem respeitável.
So they always asked him to join in the game.
Então eles sempre o convidavam para participar do jogo.
Sribatsa happened to be an expert dice player.
Sribatsa era um jogador de dados especialista.
Despite their efforts he won almost every game.
Apesar dos esforços, ele venceu quase todos os jogos.
You can imagine how the sailors felt about losing.
Você pode imaginar como os marinheiros se sentiram ao perder.
And in jealousy the boatmen threw him overboard.
E os barqueiros, cheios de inveja, o jogaram ao mar.
Chintamani saw the men throw her husband overboard.
Chintamani viu os homens jogarem seu marido ao mar.
Fortunately for Sribatsa, his wife had great presence of mind.
Felizmente para Sribatsa, sua esposa tinha grande presença de espírito.
The boatmen had allowed her a pillow to rest her head.
Os barqueiros lhe deram um travesseiro para descansar a cabeça.
And she simultaneously threw this pillow into the water.
E ela simultaneamente jogou o travesseiro na água.
Sribatsa was able to grab hold of the pillow.
Sribatsa conseguiu agarrar o travesseiro.
And the pillow helped him float down the stream.
E o travesseiro o ajudou a flutuar rio abaixo.

Up until nightfall the river carried him downstream.
Até o cair da noite o rio o levou rio abaixo.
At nightfall he arrived at what seemed to be a garden.
Ao cair da noite, ele chegou ao que parecia ser um jardim.
Because it was dark there was nothing he could do.
Como estava escuro, não havia nada que ele pudesse fazer.
So all night he stayed in the garden, cold and wet.
Então ele ficou a noite toda no jardim, com frio e molhado.
I should tell you who this garden belonged to.
Eu deveria lhe dizer a quem pertencia esse jardim.
This was the garden of an old widowed woman.
Este era o jardim de uma velha viúva.
This woman used to supply flowers for the king.
Esta mulher costumava fornecer flores para o rei.
But one day some blight had come over her garden.
Mas um dia uma praga atingiu seu jardim.
Almost all the trees and plants ceased flowering.
Quase todas as árvores e plantas pararam de florescer.
She had therefore given up the business she had.
Ela então desistiu do negócio que tinha.
And she was no longer the royal flower supplier.
E ela não era mais a fornecedora real de flores.
However, Sribatsa's arrival had rejuvenated her garden.
Entretanto, a chegada de Sribatsa rejuvenesceu seu jardim.
She could scarcely believe her eyes in the morning.
Ela mal podia acreditar no que via naquela manhã.
The whole garden was ablaze with flowers again.
O jardim inteiro estava novamente em chamas com flores.
There was no plant that was not in bloom.
Não havia planta que não estivesse em flor.
And every tree she had was begemmed with flowers.
E cada árvore que ela tinha era enfeitada com flores.
She had no way of knowing the cause of the miracle.
Ela não tinha como saber a causa do milagre.
And so she took a walk through the garden.
E então ela deu um passeio pelo jardim.
But she soon found the cause of all the flowers.

Mas ela logo descobriu a causa de todas as flores.
At the edge of her garden was a cold, wet man.
Na beira do seu jardim havia um homem frio e molhado.
He was shivering and almost dead from hypothermia.
Ele estava tremendo e quase morto de hipotermia.
She immediately brought the man into to her cottage.
Ela imediatamente levou o homem para sua casa.
And she lighted a fire to give him some warmth.
E ela acendeu uma fogueira para aquecê-lo.
She nursed him and showed him every attention.
Ela cuidou dele e lhe deu toda a atenção.
And she ascribed the miracle to his presence.
E ela atribuiu o milagre à presença dele.
She made him as comfortable as she could.
Ela o deixou o mais confortável possível.
And then she ran to the king's palace.
E então ela correu para o palácio do rei.
She asked to speak to the king's chief servant.
Ela pediu para falar com o principal servo do rei.
And she told him the good fortune she had had.
E ela lhe contou a boa sorte que teve.
"I can again supply the palace with flowers"
"Posso novamente abastecer o palácio com flores"
Her flowers had been very much missed at the palace.
Suas flores fizeram muita falta no palácio.
So she was immediately restored to her former position.
Então ela foi imediatamente restaurada à sua posição anterior.
She was again the flower-woman of the royal household.
Ela era novamente a florista da casa real.

Sribatsa spent a few more days recovering his health.
Sribatsa passou mais alguns dias recuperando sua saúde.
And eventually he had all his vitality back.
E finalmente ele recuperou toda sua vitalidade.
He asked the woman if he could speak with a minister.
Ele perguntou à mulher se poderia falar com um ministro.
So the woman took him to the palace with her.

Então a mulher o levou consigo para o palácio.
One of the king's ministers gave him an appointment.
Um dos ministros do rei lhe deu uma nomeação.
And he was at once found to be a man of intelligence.
E ele foi imediatamente considerado um homem inteligente.
So was offered a position in the king's service.
Então foi-lhe oferecido um cargo a serviço do rei.
In fact, he was allowed to choose what job he wanted.
Na verdade, ele tinha permissão para escolher o emprego que queria.
He asked to be collector of tolls on the river.
Ele pediu para ser cobrador de pedágios no rio.
The minister was happy to give Sribatsa the job.
O ministro ficou feliz em dar o trabalho a Sribatsa.
The kingdom needed someone to collect river-tolls.
O reino precisava de alguém para cobrar pedágios nos rios.
And Sribatsa immediately started his new job.
E Sribatsa imediatamente começou seu novo trabalho.
It wasn't long before his plan came to fruition.
Não demorou muito para que seu plano se concretizasse.
The boat his wife was on was coming down the river.
O barco em que sua esposa estava estava descendo o rio.
Under the king's authority he detained the boat.
Sob a autoridade do rei, ele deteve o barco.
And he charged the boatmen with the theft of gold-bricks.
E ele acusou os barqueiros de roubo de tijolos de ouro.
The king liked the sound of a boat full of gold.
O rei gostou do som de um barco cheio de ouro.
So the king himself came to the river-side.
Então o próprio rei chegou à beira do rio.
Even he was amazed by the quantity of gold they had.
Até ele ficou surpreso com a quantidade de ouro que eles tinham.
And every gold brick had Sribatsa's inscription.
E cada tijolo de ouro tinha a inscrição de Sribatsa.
At the same time he rescued his wife from the boatmen.
Ao mesmo tempo, ele resgatou sua esposa dos barqueiros.

Back on dry land she returned to her previous beauty.

De volta à terra firme, ela retornou à sua beleza anterior.

He told the king the story of their misfortune.

Ele contou ao rei a história do seu infortúnio.

And the king had them as a guest in his palace.

E o rei os recebeu como hóspedes em seu palácio.

The king gave them presents of horses and elephants.

O rei deu-lhes presentes de cavalos e elefantes.

And on the horses and elephants they rode to their country.

E eles cavalgaram em cavalos e elefantes até seu país.

The evil eye of Sani was now turned away from Sribatsa.

O mau-olhado de Sani agora estava desviado de Sribatsa.

And he again became what he formerly was.

E ele voltou a ser o que era antes.

He was again Sribatsa; the Child of Fortune.

Ele era novamente Sribatsa; o Filho da Fortuna.

The Boy whom Seven Mothers Suckled
O menino que foi amamentado por sete mães

Once on a time there reigned a king who had seven queens.
Era uma vez um rei que tinha sete rainhas.
He was very sad, for the seven queens were all barren.
Ele ficou muito triste, pois as sete rainhas eram todas estéreis.
One day, however, he met a holy mendicant.
Um dia, porém, ele conheceu um santo mendicante.
The holy mendicant told the king about a certain forest.
O santo mendicante contou ao rei sobre uma certa floresta.
In this forest there grew a special kind of tree.
Nesta floresta cresceu um tipo especial de árvore.
On a branch of this tree hung seven mangoes.
Em um galho desta árvore estavam penduradas sete mangas.
These mangos could restore the fertilities of his queens.
Essas mangas poderiam restaurar a fertilidade de suas
rainhas.
But the king had to pluck the mangoes himself.
Mas o rei teve que colher as mangas ele mesmo.
The king followed the advice of the mendicant.
O rei seguiu o conselho do mendigo.
And he set off to go to the forest with the mango tree.
E ele partiu para ir até a floresta com a mangueira.
Soon he had found the tree the mendicant spoke of.
Logo ele encontrou a árvore da qual o mendigo falou.
**And he plucked the seven mangoes that grew upon one
branch.**
E colheu sete mangas que cresciam num ramo.
He gave a mango to each of the queens to eat.
Ele deu uma manga para cada uma das rainhas comer.
In a short time the king's heart was filled with joy.
Em pouco tempo o coração do rei encheu-se de alegria.
He was told that the seven queens were all with child.
Disseram-lhe que as sete rainhas estavam todas grávidas.

One day the king was out hunting.

Um dia o rei estava caçando.
On his path he saw a young lady of peerless beauty.
No caminho, ele viu uma jovem de beleza inigualável.
He instantly fell in love with the beautiful woman.
Ele se apaixonou instantaneamente pela linda mulher.
And he brought her to his palace, and married her.
E ele a levou para seu palácio e se casou com ela.
This lady was, however, not a human being.
Esta senhora, no entanto, não era um ser humano.
But what this woman was was a Rakshasi.
Mas essa mulher era uma Rakshasi.
But the king of course did not know this.
Mas o rei, é claro, não sabia disso.
The king became dotingly fond of her.
O rei se afeiçoou a ela apaixonadamente.
And he did whatever she told him to do.
E ele fez tudo o que ela mandou.
One day she made a very particular request of the king.
Um dia ela fez um pedido muito particular ao rei.
"You say that you love me more than anyone else"
"Você diz que me ama mais do que qualquer outra pessoa"
"Let me see whether you really love me as much as you say"
"Deixe-me ver se você realmente me ama tanto quanto diz"
"If you love me, make your seven other queens blind"
"Se me amas, deixa as tuas outras sete rainhas cegas"
"And once they are blind, let them be killed"
"E quando estiverem cegos, que sejam mortos"
The king became very sad at the terrible request.
O rei ficou muito triste com o terrível pedido.
He was especially sad because the queens were all pregnant.
Ele ficou especialmente triste porque todas as rainhas estavam
grávidas.
But he had no choice but to comply with her request.
Mas ele não teve escolha a não ser atender ao pedido dela.

The eyes of the queens were plucked out of their sockets.
Os olhos das rainhas foram arrancados das órbitas.

And the queens were delivered up to the chief minister.
E as rainhas foram entregues ao primeiro-ministro.
It was up to the chief minister to destroy the queens.
Cabia ao primeiro-ministro destruir as rainhas.
But the chief minister was a merciful man.
Mas o primeiro-ministro era um homem misericordioso.
In the side of the hill there was secret a cave.
Na encosta da colina havia uma caverna secreta.
Instead of killing the queens, the minister hid them.
Em vez de matar as rainhas, o ministro as escondeu.
In course of time the eldest of the seven queens gave birth.
Com o passar do tempo, a mais velha das sete rainhas deu à luz.
"What shall I do with the child," said she.
"O que devo fazer com a criança?", disse ela.
"We are blind and are dying for want of food."
"Estamos cegos e morrendo por falta de comida."
"Let me kill the child," she proposed.
"Deixe-me matar a criança", ela propôs.
"Let us all eat of the child's flesh," she added.
"Comamos todos da carne do menino", acrescentou ela.
Just as she said she would, she killed the infant.
Exatamente como ela disse que faria, ela matou a criança.
She gave to each of her sister-queens a part of the child.
Ela deu a cada uma de suas irmãs-rainhas uma parte da criança.
And the sister queens ate their part of the child.
E as rainhas irmãs comeram sua parte da criança.
But the youngest queen did not eat her share.
Mas a rainha mais jovem não comeu a sua parte.
Instead, she laid her part of the child beside her.
Em vez disso, ela colocou sua parte da criança ao lado dela.
In a few days the second queen also was delivered of a child.
Poucos dias depois, a segunda rainha também deu à luz um filho.
She did with her child as her eldest sister had done with hers.

Ela fez com seu filho o que sua irmã mais velha havia feito com o dela.

So did the third, the fourth, the fifth, and the sixth queen.

O mesmo aconteceu com a terceira, a quarta, a quinta e a sexta rainha.

Eventually the seventh queen gave birth to a son.

Por fim, a sétima rainha deu à luz um filho.

But she did not follow the example of her sister-queens.

Mas ela não seguiu o exemplo de suas irmãs rainhas.

Instead, she resolved to raise the child.

Em vez disso, ela resolveu criar a criança.

The other queens demanded their portions of the newly-born.

As outras rainhas exigiram suas porções dos recém-nascidos.

But she still had the portions she had not eaten.

Mas ela ainda tinha as porções que não havia comido.

And she gave her sister-queens back their children's parts.

E ela devolveu às suas irmãs-rainhas as partes dos filhos delas.

The other queens at once perceived that their portions were dry.

As outras rainhas perceberam imediatamente que suas porções estavam secas.

Therefore the parts could not be of the newly born child.

Portanto, as partes não poderiam ser da criança recém-nascida.

"I have decided not to kill me child," she explained.

"Decidi não matar meu filho", ela explicou.

"I will not eat him, but try to raise him instead"

"Não vou comê-lo, mas tentarei criá-lo"

The others were glad to hear this news.

Os outros ficaram felizes em ouvir essa notícia.

They all said that they would help her in nursing the child.

Todos disseram que a ajudariam a amamentar a criança.

And so the child was suckled by seven mothers.

E assim a criança foi amamentada por sete mães.

And the child became the hardiest and strongest boy that ever lived.

E a criança se tornou o menino mais forte e resistente que já
existiu.

**In the meantime the Rakshasi-queen was doing infinite
mischief.**
Enquanto isso, a rainha Rakshasi estava fazendo infinitas
travessuras.
And she got the royal household into all sorts of trouble.
E ela colocou a casa real em todo tipo de problema.
**What she ate at the royal table did not fill her capacious
stomach.**
O que ela comeu na mesa real não encheu seu estômago
espaçoso.
She therefore, in the darkness of night, went hunting.
Ela então, na escuridão da noite, foi caçar.
Gradually she ate up all the members of the royal family.
Gradualmente, ela devorou todos os membros da família real.
She ate all the king's servants, and his attendants.
Ela comeu todos os servos do rei e seus assistentes.
She ate all his horses, elephants, and cattle.
Ela comeu todos os seus cavalos, elefantes e gado.
**And eventually only her royal consort and the king were
left.**
E, por fim, apenas seu consorte real e o rei permaneceram.
After that she used to go out in the evenings into the city.
Depois disso, ela costumava sair à noite para a cidade.
And she ate up stray human beings wherever she found any.
E ela devorava seres humanos perdidos onde quer que os
encontrasse.
The king was left without any servants.
O rei ficou sem nenhum servo.
There was no person left to cook for him.
Não havia mais ninguém para cozinhar para ele.
Because no one would accept this job.
Porque ninguém aceitaria esse trabalho.
But at last someone volunteered their services.
Mas finalmente alguém se ofereceu para ajudar.

The boy who had been suckled by seven mothers.
O menino que foi amamentado por sete mães.
He had now grown up to be a stalwart youth.
Agora ele havia crescido e se tornado um jovem robusto.
He attended on the king and prepared his food.
Ele atendia o rei e preparava sua comida.
But he took every care while with the queen.
Mas ele tomou todo o cuidado enquanto estava com a rainha.
And he made sure that she did not swallow him up.
E ele fez questão de que ela não o engolisse.
The Rakshasi-queen seized her victims only at night.
A rainha Rakshasi capturava suas vítimas somente à noite.
So the boy he went home long before nightfall.
Então o menino foi para casa muito antes do anoitecer.
So she had to find another way to get rid of the boy.
Então ela teve que encontrar outra maneira de se livrar do
menino.

The boy always boasted that he could do any work.
O menino sempre se gabava de que conseguia fazer qualquer
trabalho.
So the queen invented a disease for herself.
Então a rainha inventou uma doença para si mesma.
She said that there was a cure for her disease.
Ela disse que havia uma cura para sua doença.
But she said the cure was not easy to get.
Mas ela disse que a cura não foi fácil de obter.
This made the boy even more interested in the task.
Isso deixou o menino ainda mais interessado na tarefa.
She said there was a melon which cured her disease.
Ela disse que havia um melão que curou sua doença.
The melon was twelve cubits in length.
O melão tinha doze côvados de comprimento.
But the stone of the lemon was thirteen cubits long.
Mas o caroço do limão tinha treze côvados de comprimento.
The fruit could only be gotten from her mother.
A fruta só poderia ser obtida de sua mãe.

And her mother lived on the other side of the ocean.

E sua mãe morava do outro lado do oceano.

She gave him a letter of introduction to her mother.

Ela lhe deu uma carta de apresentação para sua mãe.

But actually the note told her to eat the boy.

Mas na verdade o bilhete dizia para ela comer o menino.

The boy had suspected there was some foul play.

O menino suspeitou que havia alguma coisa errada.

So he tore up the letter and proceeded on his journey.

Então ele rasgou a carta e continuou sua jornada.

The dauntless youth passed through many lands.

O jovem destemido passou por muitas terras.

After much travel he stood on the shore of the ocean.

Depois de muita viagem, ele chegou à costa do oceano.

On the other side of the ocean was the country of the Rakshasis.

Do outro lado do oceano ficava o país dos Rakshasis.

He then bawled as loud as he could, and said;

Ele então gritou o mais alto que pôde e disse;

"Granny! granny! come and save your daughter"

"Vovó! Vovó! Venha salvar sua filha!"

"Your daughter, my mother, is dangerously ill"

"Sua filha, minha mãe, está perigosamente doente"

On the other side of the ocean an old Rakshasi heard him.

Do outro lado do oceano, um velho Rakshasi o ouviu.

The old Rakshasi crossed the ocean to the boy.

O velho Rakshasi atravessou o oceano até o menino.

The boy told her the message of the queen.

O menino contou-lhe a mensagem da rainha.

And the Rakshasi took the boy on her back.

E a Rakshasi levou o menino nas costas.

She re-crossed the ocean to the land of the Rakshasi.

Ela cruzou o oceano novamente para a terra dos Rakshasi.

And the boy was at once given the medicinal melon.

E o menino imediatamente recebeu o melão medicinal.

The Rakshasi told him to hurry back to her daughter.

A Rakshasi disse a ele para voltar correndo para perto da filha dela.

But the boy said he was too tired to keep travelling.

Mas o menino disse que estava cansado demais para continuar viajando.

And he begged to be allowed to rest one day.

E ele implorou para que lhe fosse permitido descansar um dia.

The old Rakshasi consented to her grandson's wishes.

A velha Rakshasi consentiu com os desejos do neto.

The boy noticed interesting things in the Rakshasi's room.

O menino notou coisas interessantes no quarto do Rakshasi.

There was a stout club and a rope hanging in the room.

Havia um porrete robusto e uma corda pendurada no quarto.

The boy inquired what the stout club and rope were for.

O menino perguntou para que serviam o bastão robusto e a corda.

"Child, with that club and rope I cross the ocean"

"Criança, com esse porrete e essa corda eu atravesso o oceano"

"One just has to take the club and the rope in his hands"

"Basta pegar o taco e a corda nas mãos"

"And then you have to say the following magical words:"

"E então você tem que dizer as seguintes palavras mágicas:"

"O stout club! O strong rope!"

"Ó maça robusta! Ó corda forte!"

"Take me at once to the other side"

"Leve-me imediatamente para o outro lado"

"Then they will take him to the other side of the ocean"

"Então eles o levarão para o outro lado do oceano"

The boy noticed another interesting thing in the room.

O menino notou outra coisa interessante no quarto.

There was a bird in a cage in the corner of the room.

Havia um pássaro numa gaiola no canto da sala.

The boy also wanted to know what this bird was for.

O menino também queria saber para que servia aquele pássaro.

"The bird contains a secret, my child"

"O pássaro contém um segredo, meu filho"
"But that secret must not be disclosed to mortals"
"Mas esse segredo não deve ser revelado aos mortais"
"But how can I hide this secret from my own grandchild?"
"Mas como posso esconder esse segredo do meu próprio neto?"
"That bird, child, contains the life of your mother.
"Esse pássaro, criança, contém a vida de sua mãe.
"If the bird is killed, your mother will at once die"
"Se o pássaro for morto, sua mãe morrerá imediatamente"
Armed with these secrets, the boy went to bed that night.
Armado com esses segredos, o menino foi para a cama naquela noite.

Next morning the old Rakshasi went to distant countries.
Na manhã seguinte, o velho Rakshasi foi para países distantes.
Together with all the other Rakshasis, she went to forage.
Junto com todos os outros Rakshasis, ela foi procurar comida.
The boy took down the bird-cage from the ceiling.
O menino tirou a gaiola do teto.
And the boy took the club and the rope.
E o menino pegou o porrete e a corda.
And then he spoke the magic words to the club and rope.
E então ele falou as palavras mágicas para o taco e a corda.
"O stout club! O strong rope!"
"Ó maça robusta! Ó corda forte!"
"Take me at once to the other side"
"Leve-me imediatamente para o outro lado"
In the twinkling of an eye the boy was put on this side of the ocean.
Num piscar de olhos o menino foi colocado deste lado do oceano.
He then retraced his steps, back to the queen.
Ele então voltou sobre seus passos, de volta à rainha.
To her astonishment he really had the medicinal lemon.
Para seu espanto, ele realmente tinha o limão medicinal.
But the bird in the cage he kept carefully concealed.

Mas ele manteve o pássaro cuidadosamente escondido na gaiola.

In the course of time the people of the city came to the king.
Com o passar do tempo, o povo da cidade veio até o rei.
And they told the king of their troubles.
E eles contaram ao rei sobre seus problemas.
"A monstrous bird comes from the palace every evening"
"Um pássaro monstruoso sai do palácio todas as noites"
"The bird seizes the people in the streets"
"O pássaro agarra as pessoas nas ruas"
"And the bird swallows the people up whole"
"E o pássaro engole o povo inteiro"
"This has been going on for a long time"
"Isso já acontece há muito tempo"
"And now the city has become almost desolate"
"E agora a cidade ficou quase deserta"
The king did not know what this monstrous bird was.
O rei não sabia o que era esse pássaro monstruoso.
But the king's servant, the boy, said he knew.
Mas o servo do rei, o menino, disse que sabia.
"I will kill the monstrous bird," he offered.
"Eu matarei o pássaro monstruoso", ele ofereceu.
"But the queen has to stand beside us," he added.
"Mas a rainha tem que ficar ao nosso lado", acrescentou.
The king saw no reason to object to the proposal.
O rei não viu razão para se opor à proposta.
And so the queen was made to stand beside the king.
E assim a rainha foi colocada ao lado do rei.
The boy then took the bird out from its cage.
O menino então tirou o pássaro da gaiola.
On seeing the bird she fell into a fainting fit.
Ao ver o pássaro, ela desmaiou.
Then the boy turned to the king, and spoke.
Então o menino se virou para o rei e falou.
"King, you will soon perceive who the monstrous bird is"
"Rei, você logo perceberá quem é o pássaro monstruoso"

"You will see what devours your people every evening"
"Você verá o que devora seu povo todas as noites"
"I tear off each limb of this bird"
"Eu arranco cada membro deste pássaro"
"The corresponding limb of the man-eater will fall off"
"O membro correspondente do devorador de homens cairá"
The boy then tore off one leg of the bird in his hand.
O menino então arrancou uma perna do pássaro em sua mão.
All assembled were astonished at what happened next.
Todos os presentes ficaram surpresos com o que aconteceu em seguida.
One of the legs of the queen fell off.
Uma das pernas da rainha caiu.
Then the boy squeezed the throat of the bird.
Então o menino apertou a garganta do pássaro.
And as he squeezed the bird, the queen gave up the ghost.
E quando ele apertou o pássaro, a rainha expirou.
The boy then retold his history to the king.
O menino então recontou sua história ao rei.
"You used to have seven barren wives"
"Você costumava ter sete esposas estéreis"
"To treat their barrenness, you gave them each a mango"
"Para curar a esterilidade deles, você deu a cada um deles uma manga"
"And each of your wives fell pregnant with a child"
"E cada uma de suas esposas engravidou de um filho"
"However, you then married an eighth wife"
"No entanto, você se casou com uma oitava esposa"
"This wife ordered you to blind your other wives"
"Esta esposa ordenou que você cegasse suas outras esposas"
"And she ordered you to have your other wives killed"
"E ela ordenou que você mandasse matar suas outras esposas"
"Your minister blinded your seven wives"
"O vosso ministro cegou as vossas sete mulheres"
"But he was too good hearted to kill your wives"
"Mas ele era bom demais para matar suas esposas"
"Your seven wives were taken to a hiding place"

"Suas sete esposas foram levadas para um esconderijo"
"And in this hiding place they each gave birth"
"E neste esconderijo cada uma delas deu à luz"
"But they were forced to eat their newly born children"
"Mas eles foram forçados a comer seus filhos recém-nascidos"
"Only my mother did not let me be eaten"
"Só minha mãe não deixou que me comessem"
"Instead, I was suckled by seven mothers"
"Em vez disso, fui amamentado por sete mães"
"And I grew up strong and capable"
"E eu cresci forte e capaz"
"Eventually I came to work in your palace"
"Finalmente vim trabalhar no seu palácio"
"Your wife, my stepmother, sent me on a mission"
"Sua esposa, minha madrasta, me enviou em uma missão"
"She sent me to her mother for a medicine"
"Ela me mandou buscar um remédio para a mãe dela"
"However, her mother was a Rakshasi"
"No entanto, sua mãe era uma Rakshasi"
"From her I found the secret of your wife's life"
"Dela descobri o segredo da vida de sua esposa"
"And so I brought the bird that held your wife's life"
"E então eu trouxe o pássaro que segurava a vida de sua esposa"
The king had listened to the story his son told him.
O rei ouviu a história que seu filho lhe contou.
The seven queens were brought back to the palace.
As sete rainhas foram trazidas de volta ao palácio.
And their eyes were miraculously restored.
E seus olhos foram milagrosamente restaurados.
The boy that was suckled by seven mothers was crowned.
O menino que foi amamentado por sete mães foi coroado.
And he was recognized by the king as his rightful heir.
E ele foi reconhecido pelo rei como seu herdeiro legítimo.
And they lived together happily.
E eles viveram juntos e felizes.

The Story of Prince Sobur
A História do Príncipe Sobur

Once upon a time there lived a merchant.
Era uma vez um comerciante.
This merchant had seven daughters.
Este comerciante tinha sete filhas.
One day the merchant asked them a question.
Um dia o comerciante lhes fez uma pergunta.
"From whose fortune do you live?"
"De que fortuna você vive?"
The eldest daughter answered first.
A filha mais velha respondeu primeiro.
"Papa, I live from your fortune"
"Papai, eu vivo da sua fortuna"
The second daughter gave the same answer.
A segunda filha deu a mesma resposta.
The same answer was given by the third daughter.
A mesma resposta foi dada pela terceira filha.
His fourth daughter also lived from his fortune.
Sua quarta filha também viveu de sua fortuna.
His fifth daughter was no different.
Sua quinta filha não foi diferente.
And his sixth daughter was like the rest.
E sua sexta filha era como as demais.
But his youngest daughter surprised him.
Mas sua filha mais nova o surpreendeu.
She had a very different answer.
Ela teve uma resposta bem diferente.
"I live from my own fortune"
"Eu vivo da minha própria fortuna"
He did not like this answer.
Ele não gostou dessa resposta.
Her answer made the merchant very angry.
A resposta dela deixou o comerciante muito irritado.
"You are very ungrateful," he told her.
"Você é muito ingrata", ele disse a ela.

"See how well you do on your own"
"Veja como você se sai sozinho"
"I am kicking you out of my house"
"Estou te expulsando da minha casa"
"You will not have a rupee in your pocket"
"Você não terá uma rupia no bolso"
He called his palanquins to come.
Ele chamou seus palanquins para virem.
And he ordered them to take the girl away.
E ele ordenou que levassem a menina embora.
"Leave her in the midst of a forest"
"Deixe-a no meio de uma floresta"
The girl begged to be allowed one thing.
A menina implorou para que lhe fosse permitida uma coisa.
"Please let me take my work-box"
"Por favor, deixe-me levar minha caixa de trabalho"
"In the box are my needles and threads"
"Na caixa estão minhas agulhas e linhas"
Her father allowed her to take her box.
O pai dela permitiu que ela levasse sua caixa.
She got into the seat of the palanquins.
Ela sentou-se no assento dos palanquins.
And the bearers lifted her up.
E os carregadores a levantaram.
And they put her onto their shoulders.
E eles a colocaram em seus ombros.
As the bearers ran they chanted.
Enquanto os carregadores corriam, eles cantavam.
"Hoon! Hoon! Hoon! Hoon! Hoon!"
"Hoon! Hoon! Hoon! Hoon! Hoon!"
But they didn't get very far.
Mas eles não foram muito longe.
An old woman stood in their way.
Uma senhora idosa estava no caminho deles.
She came up to the carriage.
Ela se aproximou da carruagem.
"Where are you taking my daughter?"

"Para onde você está levando minha filha?"
She was the maid of the child.
Ela era a criada da criança.
"We have been given orders by the merchant"
"Recebemos ordens do comerciante"
"He told us to take her away"
"Ele nos disse para levá-la embora"
"We will leave her in a forest"
"Vamos deixá-la numa floresta"
"We are going to do his bidding"
"Vamos fazer o que ele quer"
"I must go with her," said the old woman.
"Preciso ir com ela", disse a velha.
But the bearers were not sure.
Mas os portadores não tinham certeza.
Bearers run when they carry a sedan chair.
Os carregadores correm quando carregam uma liteira.
"How will you be able to keep pace with us?"
"Como você conseguirá acompanhar o nosso ritmo?"
The old woman was not deterred.
A velha não se deixou intimidar.
"It does not matter how I do it"
"Não importa como eu faço isso "
"I must go where my daughter goes"
"Eu preciso ir para onde minha filha vai"
The youngest daughter begged the bearers.
A filha mais nova implorou aos carregadores.
"Please carry my mother with me"
"Por favor, leve minha mãe comigo"
And the bearers gracefully agreed.
E os portadores concordaram graciosamente.
They carried mother and child to the forest.
Eles carregaram mãe e filho para a floresta.
"Hoon! Hoon! Hoon! Hoon! Hoon!"
"Hoon! Hoon! Hoon! Hoon! Hoon!"
In the afternoon they reached a dense forest.
À tarde, eles chegaram a uma floresta densa.

They went deeper and deeper into the forest.
Eles foram cada vez mais fundo na floresta.
Towards sunset they reached their goal.
Perto do pôr do sol eles alcançaram seu objetivo.
They stopped at the foot of an old tree.
Eles pararam ao pé de uma velha árvore.
They lowered the girl and the old woman.
Eles baixaram a menina e a velha.
And they left them in the forest.
E eles os deixaram na floresta.
Then they retraced their steps home.
Então eles voltaram para casa.

The merchant's youngest daughter looked around.
A filha mais nova do comerciante olhou ao redor.
You would not have wanted to be in her shoes.
Você não gostaria de estar no lugar dela.
Her situation was truly pitiable.
A situação dela era realmente lamentável.
She was hardly fourteen years old.
Ela tinha apenas quatorze anos.
She had grown up in luxury.
Ela cresceu no luxo.
But now there was no luxury for her.
Mas agora não havia luxo para ela.
She was in the heart of a dark forest.
Ela estava no coração de uma floresta escura.
She had not a rupee in her pocket.
Ela não tinha uma rupia no bolso.
And she had nothing for protection.
E ela não tinha nada para proteção.
Nothing except an old, decrepit, woman.
Nada, exceto uma mulher velha e decrépita.
Even the trees of the forest pitied her.
Até as árvores da floresta tiveram pena dela.
The young girl and old woman sat together.
A jovem e a velha sentaram-se juntas.

They were at the foot of an old tree.
Eles estavam ao pé de uma velha árvore.
And together they cried over their situation.
E juntos eles choraram por sua situação.
I should say this all happened long ago.
Eu diria que tudo isso aconteceu há muito tempo.
In these times the trees could talk.
Naqueles tempos as árvores podiam falar.
And the old tree spoke to the girl.
E a velha árvore falou com a menina.
"Unhappy women, I much pity you"
"Mulheres infelizes, tenho muita pena de vocês"
"There are wild beasts in this forest"
"Há feras selvagens nesta floresta"
"Soon they will come out of their lairs"
"Em breve eles sairão de suas tocas"
"They will roam about for prey"
"Eles vagarão em busca de presas"
"And they are sure to devour you two"
"E eles certamente irão devorar vocês dois"
"But I can help you, if you want"
"Mas eu posso te ajudar, se você quiser"
"I will make an opening for you"
"Eu farei uma abertura para você"
"When you see the opening, go into it"
"Quando você vir a abertura, entre nela"
"And then I will close the opening up"
"E então fecharei a abertura"
"As long as you are in me you'll be safe"
"Enquanto você estiver em mim, você estará seguro"
"This way the wild beasts can't touch you"
"Assim as feras não poderão te tocar"
And then the tree split itself in two.
E então a árvore se dividiu em duas.
The two women went inside the tree.
As duas mulheres entraram na árvore.
And the old tree resumed its natural shape.

E a velha árvore retomou sua forma natural.

The shade of night darkened the forest.
A sombra da noite escureceu a floresta.
Everything the tree had said was true.
Tudo o que a árvore disse era verdade.
The wild beasts came out of their lairs.
As feras saíram de suas tocas.
The fierce tiger came out at night.
O tigre feroz saiu à noite.
The wild bear left his lair.
O urso selvagem deixou seu covil.
The rhinoceros roamed the forest.
O rinoceronte vagava pela floresta.
The bushy bear was there that night.
O urso peludo estava lá naquela noite.
The great elephant could be heard.
O grande elefante podia ser ouvido.
And there was the horned buffalo.
E lá estava o búfalo com chifres.
They all growled as they circled the tree.
Todos eles rosnaram enquanto circulavam a árvore.
They had gotten the scent of human blood.
Eles sentiram o cheiro de sangue humano.
They could hear the growls of the beasts.
Eles podiam ouvir os rosnados dos animais.
The beasts came dashing against the tree.
Os animais avançaram em direção à árvore.
They broke the old tree's branches.
Eles quebraram os galhos da velha árvore.
Their horns pierced the tree's trunk.
Seus chifres perfuraram o tronco da árvore.
They scratched its bark with their claws.
Eles arranharam sua casca com suas garras.
But all their efforts were in vain.
Mas todos os seus esforços foram em vão.
The girl and woman were safe in the tree.

A menina e a mulher estavam seguras na árvore.
Towards dawn the wild beasts went away.
Ao amanhecer, as feras selvagens foram embora.
After sunrise the good tree spoke again.
Depois do nascer do sol, a boa árvore falou novamente.
"The wild beasts have gone back"
"As feras voltaram"
"They are in their lairs again"
"Eles estão em suas tocas novamente"
"But they did their best to torment me"
"Mas eles fizeram o possível para me atormentar"
"The sun has risen up again"
"O sol nasceu novamente"
"So you can come out now"
"Então você pode sair agora"
The tree split itself into two again.
A árvore se dividiu em duas novamente.
The girl and the old woman came out.
A menina e a velha saíram.
They saw the extent of the damage.
Eles viram a extensão dos danos.
The tree's branches had been broken off.
Os galhos da árvore foram quebrados.
The tree's trunk had been pierced.
O tronco da árvore havia sido perfurado.
The bark had been stripped off.
A casca havia sido arrancada.
"Good mother, we thank you"
"Boa mãe, nós te agradecemos"
"You have been very kind to us"
"Você foi muito gentil conosco"
"You gave us shelter from the beasts"
"Você nos deu abrigo das feras"
"But it was at a great cost to yourself"
"Mas foi a um grande custo para você"
"You have many wounds from the wilds beasts"
"Você tem muitas feridas causadas pelas feras selvagens"

"You must be in great pain?"
"Você deve estar com muita dor?"
Close by there was a flowing river.
Perto havia um rio caudaloso.
The young girl went to the river bank.
A jovem foi até a margem do rio.
At the bank of the river she found mud.
Na margem do rio ela encontrou lama.
She covered the tree with the mud.
Ela cobriu a árvore com lama.
She especially covered the damaged parts.
Ela cobriu especialmente as partes danificadas.
The tree thanked her for the treatment.
A árvore agradeceu pelo tratamento.
"My good girl, I thank you"
"Minha boa menina, eu te agradeço"
"I am greatly relieved of my pain"
"Estou muito aliviado da minha dor"
"I am, however, more concerned for you"
"Estou, no entanto, mais preocupado com você"
"You must be hungry"
"Você deve estar com fome"
"You have not eaten since yesterday"
"Você não come desde ontem"
"But what can I give you?"
"Mas o que posso te dar?"
"I have no fruit of my own"
"Não tenho fruto meu"
"But I do have some advice"
"Mas eu tenho alguns conselhos"
"Give the old woman whatever money you have"
"Dê à velha todo o dinheiro que você tiver"
"Let her go into the city"
"Deixe-a ir para a cidade"
"In the city she can buy some food"
"Na cidade ela pode comprar alguma comida"
They explained their situation to the tree.

Eles explicaram sua situação para a árvore.
"We have been sent out with no money"
"Fomos enviados sem dinheiro "
But she searched through her work-box anyway.
Mas mesmo assim ela procurou em sua caixa de trabalho.
And in the box she found five cowries.
E na caixa ela encontrou cinco búzios.
The tree continued to give its advice.
A árvore continuou a dar seus conselhos.
"Go with your cowries to the city"
"Vá com seus búzios para a cidade"
"Use the cowries to buy some fried rice"
"Use os búzios para comprar arroz frito"
So the old woman went to the city.
Então a velha foi até a cidade.
Fortunately the city was not far away.
Felizmente a cidade não ficava longe.
She went to the first shopkeeper she found.
Ela foi até o primeiro lojista que encontrou.
"Please give me five cowries worth of rice"
"Por favor, dê-me cinco búzios em arroz"
The shopkeeper laughed at her.
O lojista riu dela.
"Where can rice be had for five cowries?"
"Onde se pode obter arroz por cinco búzios?"
"Be off, you old hag," he told her.
"Vá embora, sua bruxa velha", ele disse a ela.
So she tried to barter at another shop.
Então ela tentou negociar em outra loja.
This shopkeeper could see her distress.
Este lojista podia ver sua angústia.
And the shopkeeper took pity on her.
E o lojista teve pena dela.
She gave her a large quantity of rice.
Ela lhe deu uma grande quantidade de arroz.
The old woman returned with the rice.
A velha voltou com o arroz.

And the tree gave further instructions.
E a árvore deu mais instruções.
"Eat less than half of the rice"
"Coma menos da metade do arroz"
"Go to the embankments of the river bank"
"Vá até as margens do rio"
"Cast the remaining rice on the river bank"
"Jogue o arroz restante na margem do rio"
They did not understand the sense of it.
Eles não entenderam o sentido disso.
"Why sow the riverbank with rice?"
"Por que semear arroz na margem do rio?"
But they did as they were advised.
Mas eles fizeram o que lhes foi aconselhado.
And they threw their rice onto the ground.
E eles jogaram o arroz no chão.

They spent the day lamenting their fate.
Eles passaram o dia lamentando seu destino.
Just as before the beasts came out at night.
Assim como antes, as feras saíam à noite.
The tree housed them inside of its trunk again.
A árvore os abrigou novamente dentro de seu tronco.
Again they mutilated and tortured the tree.
Novamente eles mutilaram e torturaram a árvore.
But that night something else happened.
Mas naquela noite algo mais aconteceu.
The women only saw it the next day.
As mulheres só o viram no dia seguinte.
The rice had attracted hundreds of peacocks.
O arroz atraiu centenas de pavões.
The peacocks competed for the rice.
Os pavões competiam pelo arroz.
And their feathers fell on the floor.
E suas penas caíram no chão.
The tree had known what would happen.
A árvore sabia o que aconteceria.

And the tree advised them what to do next.
E a árvore os aconselhou o que fazer em seguida.
"Go back to the bank of the river"
"Volte para a margem do rio"
"Go to where you cast the rice"
"Vá para onde você joga o arroz"
"There you will see many feathers"
"Lá você verá muitas penas"
"Collect all the feathers you can find"
"Colete todas as penas que você puder encontrar"
"Use the feathers to make a beautiful fan"
"Use as penas para fazer um lindo leque"
"And take the feather-fan to the city"
"E leve o leque de penas para a cidade"
The two women did as they were advised.
As duas mulheres fizeram o que lhes foi aconselhado.
It was good the girl had taken her work-box.
Ainda bem que a menina levou sua caixa de trabalho.
In her work-box was some string.
Em sua caixa de trabalho havia um barbante.
The tied the feathers together.
Eles amarraram as penas.
And she had made a fan from the feathers.
E ela fez um leque com as penas.
She took the feather fan to the city.
Ela levou o leque de penas para a cidade.
The son of the king happened to be there.
O filho do rei estava lá.
He admired the feathers greatly.
Ele admirava muito as penas.
He paid a large sum of money for the feathers.
Ele pagou uma grande quantia de dinheiro pelas penas.
Each morning a quantity of feathers was collected.
Todas as manhãs, uma quantidade de penas era coletada.
And each day a feather fan was made and sold.
E a cada dia um leque de penas era feito e vendido.
Within a short time the two women got rich.

Em pouco tempo as duas mulheres ficaram ricas.
The tree then advised them to build a house.
A árvore então os aconselhou a construir uma casa.
"Employ men to burn bricks for you"
"Empregue homens para queimar tijolos para você"
"Get them to cut beams and rafters"
"Faça-os cortar vigas e caibros"
"Make them plaster the walls with lime"
"Faça-os rebocar as paredes com cal"
In a few months a stately house was built.
Em poucos meses, uma casa senhorial foi construída.
The tree was pleased for the women.
A árvore ficou feliz pelas mulheres.
"You should add a garden to your house"
"Você deveria adicionar um jardim à sua casa"
"And you want to be able to store water"
"E você quer poder armazenar água"
"Dig a water tank in your garden"
"Cave um tanque de água no seu jardim"

The girl had not had much time.
A menina não teve muito tempo.
So she didn't think of her family.
Então ela não pensou em sua família.
The merchant's luck had taken a turn.
A sorte do comerciante havia mudado.
The goddess of wealth frowned upon him.
A deusa da riqueza desaprovou-o.
He was struck by a sudden misfortune.
Ele foi atingido por um infortúnio repentino.
All at once he lost all of his money.
De repente ele perdeu todo o seu dinheiro.
He was forced to sell his house.
Ele foi forçado a vender sua casa.
But he made a great loss on the property.
Mas ele teve um grande prejuízo com a propriedade.
He and his family were left penniless.

Ele e sua família ficaram sem dinheiro.
So they were forced to live elsewhere.
Então eles foram forçados a viver em outro lugar.
They happened to move to a nearby village.
Aconteceu que eles se mudaram para uma vila próxima.
The palace was not far from their new house.
O palácio não ficava longe de sua nova casa.
But the merchant was not rich anymore.
Mas o comerciante não era mais rico.
And he still had to support his family.
E ele ainda tinha que sustentar sua família.
He had been reduced to doing manual labor.
Ele foi reduzido a fazer trabalho manual.
He applied for the job at the palace.
Ele se candidatou ao emprego no palácio.
He was going to dig the hole for the water.
Ele ia cavar o buraco para tirar água.
His wife also offered to work with him.
Sua esposa também se ofereceu para trabalhar com ele.
But they got there too late to work.
Mas eles chegaram tarde demais para trabalhar.
The water tank had already been finished.
O tanque de água já estava pronto.
And they did not know whose house it was.
E eles não sabiam de quem era a casa.
The merchant's daughter was looking out the window.
A filha do comerciante estava olhando pela janela.
She happened to see her parents in the garden.
Ela por acaso viu seus pais no jardim.
She could see the rags they were wearing.
Ela podia ver os trapos que eles usavam.
Her eyes filled with tears at the sight.
Seus olhos se encheram de lágrimas ao ver aquilo.
She could not believe what she saw.
Ela não conseguia acreditar no que via.
Her parents had come to her for work.
Os pais dela vieram trabalhar com ela.

She immediately called her servants.
Ela imediatamente chamou seus criados.
"Outside in the garden are my parents"
"Lá fora, no jardim, estão meus pais"
"Please offer them these fine clothes"
"Por favor, ofereça-lhes estas belas roupas"
"And ask them to come into the palace"
"E peça-lhes que entrem no palácio"
Her servants did as they were told.
Seus servos fizeram o que lhes foi dito.
But her parents were frightened beyond measure.
Mas seus pais estavam extremamente assustados.
They had seen that the tank was finished.
Eles viram que o tanque estava pronto.
There used to be a strange tradition.
Costumava haver uma tradição estranha.
In those days human sacrifices were offered.
Naqueles dias eram oferecidos sacrifícios humanos.
One of those occasions was after digging a pool.
Uma dessas ocasiões foi depois de cavar uma piscina.
You can imagine her parents' fear.
Você pode imaginar o medo dos pais dela.
They had come to dig the water tank.
Eles vieram para cavar o tanque de água.
But now servants were calling them.
Mas agora os servos os estavam chamando.
They thought they going to be sacrificed.
Eles pensaram que seriam sacrificados.
"Throw away your rags" they said.
"Jogue fora seus trapos", eles disseram.
"Here, wear these fine clothes"
"Aqui, vista essas roupas finas"
And their fears increased even more.
E seus medos aumentaram ainda mais.
But they did not have to fear for long.
Mas eles não precisaram temer por muito tempo.
Their rich daughter came out to meet them.

A filha rica deles saiu para encontrá-los.
She hugged and kissed her parents.
Ela abraçou e beijou seus pais.
And she told them everything that had happened.
E ela contou-lhes tudo o que tinha acontecido.
The father felt that she had been right.
O pai sentiu que ela estava certa.
"You do live from your own fortune"
"Você vive da sua própria fortuna"
The daughter did not blame her father.
A filha não culpou o pai.
And she gave him a large fortune.
E ela lhe deu uma grande fortuna.
With the money he moved back to the city.
Com o dinheiro ele voltou para a cidade.
Soon he became a merchant again.
Logo ele se tornou um comerciante novamente.
And he went to distant countries for trade.
E ele foi para países distantes para negociar.

One day he got ready for another business venture.
Um dia ele se preparou para outro empreendimento comercial.
But that day something strange happened.
Mas naquele dia algo estranho aconteceu.
The ship was ready to leave the port.
O navio estava pronto para deixar o porto.
But for some reason the ship did not move.
Mas por algum motivo o navio não se moveu.
No one could explain what was happening.
Ninguém conseguia explicar o que estava acontecendo.
But the merchant had an idea.
Mas o comerciante teve uma ideia.
"Perhaps my daughters would like presents"
"Talvez minhas filhas gostassem de presentes"
"I need to ask them what they would like"
"Preciso perguntar a eles o que gostariam"

He went to see his daughters.
Ele foi ver suas filhas.
He asked them what they would like.
Ele perguntou o que eles gostariam.
And he promised to bring them presents.
E ele prometeu trazer-lhes presentes.
But the ship would still not move.
Mas o navio ainda não se movia.
He had not asked all his daughters.
Ele não perguntou a todas as suas filhas.
His youngest daughter was not there.
Sua filha mais nova não estava lá.
She was living in a different city.
Ela estava morando em uma cidade diferente.
So he ordered his servants go to her palace.
Então ele ordenou que seus servos fossem até o palácio dela.
The messenger came at the wrong time.
O mensageiro chegou na hora errada.
The young girl was engaged in devotions.
A jovem estava envolvida em devoções.
But the messenger asked her anyway.
Mas o mensageiro perguntou mesmo assim.
She just told him "sobur"
Ela apenas disse a ele "sobur"
The meaning of this was "wait"
O significado disto era "esperar"
But the messenger didn't know this.
Mas o mensageiro não sabia disso.
He thought she wanted something called "sobur"
Ele pensou que ela queria algo chamado "sobur"
So he went back to the city of the merchant.
Então ele voltou para a cidade do comerciante.
And he delivered the message he received.
E ele entregou a mensagem que recebeu.
"Your daughter wants something called 'sobur'"
"Sua filha quer algo chamado 'sobur'"
This time the ship could move again.

Desta vez o navio pôde se mover novamente.
So the merchant started on his travels.
Então o comerciante começou sua viagem.
He visited many ports on his journey.
Ele visitou muitos portos em sua jornada.
And he made good profits from his trades.
E ele obteve bons lucros com seus negócios.
Finding the presents was not difficult.
Não foi difícil encontrar os presentes.
He found everything his oldest daughters wanted.
Ele encontrou tudo o que suas filhas mais velhas queriam.
But his youngest daughter's wish was difficult.
Mas o desejo de sua filha mais nova era difícil.
He could not find the thing called "sobur"
Ele não conseguiu encontrar a coisa chamada "sobur"
He asked at every port he came to.
Ele perguntava em cada porto que chegava.
"Do you have something called 'sobur'?"
"Você tem algo chamado 'sobur'?"
But the merchants all shook their heads.
Mas todos os comerciantes balançaram a cabeça.
"We've never heard of 'sobur'"
"Nunca ouvimos falar de 'sobur'"
His voyage had almost come to its end.
Sua viagem estava quase chegando ao fim.
He was soon going to head back home.
Ele logo voltaria para casa.
But he wanted "sobur" for his daughter.
Mas ele queria "sobur" para sua filha.
So he went calling through the streets.
Então ele foi chamando pelas ruas.
"Sobur, does anyone have sobur?!"
"Sobur, alguém tem sobur?!"
The son of the King was in his castle.
O filho do rei estava em seu castelo.
He happened to be looking out the window.
Aconteceu que ele estava olhando pela janela.

And the calls attracted his attention.
E os chamados atraíram sua atenção.
Because his name happened to be Sobur.
Porque seu nome era Sobur.
He came to the merchant to speak with him.
Ele foi até o comerciante para falar com ele.
"I have the Sobur that you want"
"Eu tenho o Sobur que você quer"
"Take this box, but be careful with it"
"Pegue esta caixa, mas tenha cuidado com ela"
"In the box is a magical feather fan and mirror"
"Na caixa há um leque de penas mágico e um espelho"
"This is the Sobur your daughter wishes for"
"Este é o Sobur que sua filha deseja"
The merchant thanked the prince for the box.
O comerciante agradeceu ao príncipe pela caixa.
And he returned back to his country.
E ele retornou ao seu país.

He gave the box to his daughter.
Ele deu a caixa para sua filha.
But the daughter didn't think about it.
Mas a filha não pensou nisso.
She thought it was just a common box.
Ela pensou que era apenas uma caixa comum.
She had forgotten about the messenger.
Ela havia se esquecido do mensageiro.
But one day she decided to open the box.
Mas um dia ela decidiu abrir a caixa.
Inside the box she found a beautiful fan.
Dentro da caixa ela encontrou um lindo leque.
In the feather fan there was a beautiful mirror.
No leque de penas havia um lindo espelho.
She waved the feather fan to cool herself.
Ela acenou com o leque de penas para se refrescar.
And Prince Sobur appeared before her.
E o príncipe Sobur apareceu diante dela.

"You called me, so here I am," he said.
"Você me chamou, então aqui estou", disse ele.
"What is it you wish for?" he asked.
"O que você deseja?" ele perguntou.
She was astonished at what she saw.
Ela ficou surpresa com o que viu.
A handsome prince had suddenly appeared!
Um belo príncipe apareceu de repente!
"Who are you?" she asked the prince.
"Quem é você?" ela perguntou ao príncipe.
"And how did you suddenly appear?"
"E como você apareceu de repente?"
The prince explained what had happened.
O príncipe explicou o que havia acontecido.
"Your father was looking for 'sobur'"
"Seu pai estava procurando por 'sobur'"
"I am prince Sobur," he explained.
"Eu sou o príncipe Sobur", ele explicou.
"I gave your father a box"
"Eu dei uma caixa ao seu pai"
"In this box there is a feather fan and mirror"
"Nesta caixa há um leque de penas e um espelho"
"When you shake the feather fan I will appear"
"Quando você agitar o leque de penas eu aparecerei"
She asked the prince to stay as a guest.
Ela pediu ao príncipe que ficasse como hóspede.
And for two days the prince stayed with her.
E por dois dias o príncipe ficou com ela.
And she entertained him in her palace.
E ela o recebeu em seu palácio.
During that time the two fell in love.
Durante esse tempo os dois se apaixonaram.
They made their vows to each.
Eles fizeram seus votos um para o outro.
And they became husband and wife.
E eles se tornaram marido e mulher.
After this the prince returned to his father.

Depois disso, o príncipe retornou ao seu pai.
He told him that he had selected a wife.
Ele lhe disse que havia escolhido uma esposa.
The day for the wedding was decided.
O dia do casamento foi decidido.
All the family was invited.
Toda a família foi convidada.
And they had a beautiful wedding.
E eles tiveram um lindo casamento.

But there was a death in the marriage bed.
Mas houve uma morte no leito conjugal.
The six daughters of the merchant were envious.
As seis filhas do comerciante ficaram com inveja.
They were jealous of their sister's success.
Eles tinham inveja do sucesso da irmã.
So they decided to destroy her happiness.
Então eles decidiram destruir a felicidade dela.
They broke several glass bottles.
Eles quebraram várias garrafas de vidro.
And they ground the glass into fine powder.
E moeram o vidro até virar pó fino.
Then they scattered the powder on the bed.
Depois espalharam o pó na cama.
The prince suspected no danger.
O príncipe não suspeitou de nenhum perigo.
He laid himself down in the bed.
Ele deitou-se na cama.
Soon he felt an acute pain.
Logo ele sentiu uma dor aguda.
All of his whole body ached.
Todo o seu corpo doía.
The powder had gone through his skin.
O pó atravessou sua pele.
The prince became restless through pain.
O príncipe ficou inquieto devido à dor.
And he started to kick and scream.

E ele começou a chutar e gritar.
He was taken away to his own country.
Ele foi levado para seu próprio país.
The king and queen were very worried.
O rei e a rainha estavam muito preocupados.
They consulted all the kingdom's physicians.
Eles consultaram todos os médicos do reino.
But their efforts were in vain.
Mas seus esforços foram em vão.
Day and night the young prince was screaming.
Dia e noite o jovem príncipe gritava.
No one could ascertain the disease.
Ninguém conseguiu determinar a doença.
So they had no way of knowing the remedy.
Então eles não tinham como saber o remédio.
You can imagine the grief of his wife.
Você pode imaginar a dor da esposa dele.
The marriage knot had only just been tied.
O nó do casamento tinha acabado de ser dado.
She thought a terrible disease had attacked him.
Ela pensou que uma doença terrível o havia atacado.
Then he was carried hundreds of miles away.
Depois ele foi levado centenas de quilômetros de distância.
She had never been to his country.
Ela nunca tinha estado no país dele.
But she was determined to go there.
Mas ela estava determinada a ir para lá.
And she was determined to nurse him better.
E ela estava determinada a cuidar melhor dele.
She put on the garb of a Sannyasi.
Ela vestiu o traje de uma Sannyasi.
And she carried a dagger in her hand.
E ela carregava uma adaga na mão.
And then she set out on her journey.
E então ela partiu em sua jornada.

The princess was still relatively young.

A princesa ainda era relativamente jovem.
She was unaccustomed to long journeys.
Ela não estava acostumada a viagens longas.
And she wasn't used to walking so far.
E ela não estava acostumada a caminhar tanto.
She soon got weary of walking.
Ela logo se cansou de caminhar.
So she sat under a tree to rest.
Então ela sentou-se sob uma árvore para descansar.
On the top of the tree there was a nest.
No topo da árvore havia um ninho.
It was the nest of two divine birds.
Era o ninho de dois pássaros divinos.
Bihangami and Bihangama lived here.
Bihangami e Bihangama moravam aqui.
They were not in their nest at the time.
Eles não estavam no ninho naquele momento.
But two of their chicks were in the nest.
Mas dois de seus filhotes estavam no ninho.
Suddenly the chicks gave a scream.
De repente os filhotes deram um grito.
This roused the half-drowsy princess.
Isso despertou a princesa meio sonolenta.
The little birds had seen huge serpent.
Os passarinhos viram uma serpente enorme.
The snake was about to climb the tree.
A cobra estava prestes a subir na árvore.
This would have been the end of the birds.
Este teria sido o fim dos pássaros.
But the Sannyasi took out her dagger.
Mas a Sannyasi sacou sua adaga.
And she cut the serpent in two.
E ela cortou a serpente em duas.
Of course even this frightened the young birds.
É claro que até isso assustou os pássaros jovens.
And they flew from the nest screaming.
E eles voaram do ninho gritando.

Bihangama and Bihangami were on their way back.
Bihangama e Bihangami estavam voltando.
They came sailing through the air.
Eles vieram navegando pelo ar.
They thought they already knew what had happened.
Eles achavam que já sabiam o que tinha acontecido.
"I don't expect to see our children"
"Não espero ver nossos filhos"
"The nest will be empty again"
"O ninho estará vazio novamente"
"All our previous children were eaten"
"Todos os nossos filhos anteriores foram comidos"
"They were eaten by our great enemy the serpent"
"Eles foram comidos pelo nosso grande inimigo, a serpente"
"They will have met the same fate"
"Eles terão encontrado o mesmo destino"
"I do not hear the cries of my young ones"
"Não ouço o choro dos meus filhos"
The two birds got to their nest.
Os dois pássaros chegaram ao ninho.
And as predicted, the nest was empty.
E como previsto, o ninho estava vazio.
This seemed to confirm their suspicions.
Isso pareceu confirmar suas suspeitas.
But soon the young birds returned.
Mas logo os pássaros jovens retornaram.
The divine birds were pleasantly surprised.
Os pássaros divinos ficaram agradavelmente surpresos.
The young birds told them what had happened.
Os pássaros jovens contaram-lhes o que tinha acontecido.
"There was a young Sannyasi under the tree"
"Havia um jovem Sannyasi debaixo da árvore"
"He destroyed the serpent"
"Ele destruiu a serpente"
"He cut the snake in two with his dagger"
"Ele cortou a cobra em duas com sua adaga"
The parents went to foot of the tree.

Os pais foram até o pé da árvore.
Two halves of the snake were still there.
Duas metades da cobra ainda estavam lá.
"The young Sannyasi has saved our offspring"
"O jovem Sannyasi salvou nossa prole"
"I wish we could do him some service in return"
"Gostaria que pudéssemos lhe prestar algum serviço em troca"
The divine bird Bihangama replied.
O pássaro divino Bihangama respondeu.
"We shall do our service to HER"
"Nós faremos o nosso serviço a ELA"
"The Sannyasi under the tree is not a man"
"O Sannyasi debaixo da árvore não é um homem"
"The Sannyasi under the tree is a woman"
"A Sannyasi debaixo da árvore é uma mulher"
"Last night she got married to Prince Sobur"
"Ontem à noite ela se casou com o príncipe Sobur"
"Shortly after their marriage he was poisoned"
"Pouco depois do casamento, ele foi envenenado"
"His skin was pierced with small shards of glass"
"Sua pele foi perfurada com pequenos cacos de vidro"
"His sisters-in-law envied his wife"
"Suas cunhadas invejavam sua esposa"
"Her sisters spread the powder over the bed"
"As irmãs dela espalharam o pó sobre a cama"
"He is still suffering from his pain"
"Ele ainda está sofrendo com a dor"
"But he is in his native land"
"Mas ele está em sua terra natal"
"And now he is at the point of death"
"E agora ele está à beira da morte"
"Beneath the tree is his heroic bride"
"Debaixo da árvore está sua noiva heróica"
"She is wearing the garb of a Sannyasi"
"Ela está vestindo o traje de uma Sannyasi"
"And she is going to nurse him"

"E ela vai cuidar dele"
The Bihangami asked the Bihangama.
O Bihangami perguntou ao Bihangama.
"Is there no cure for the prince?"
"Não há cura para o príncipe?"
"Yes, there is a cure" replied the Bihangama.
"Sim, há uma cura", respondeu o Bihangama.
"There is hardened dung lying on the ground"
"Há esterco endurecido no chão"
"She must take this hardened dung"
"Ela deve tomar esse esterco endurecido"
"Then she must reduce the dung to powder"
"Então ela deve reduzir o esterco a pó"
"And then she must bathe the prince"
"E então ela deve dar banho no príncipe"
"She must bathe him in seven jars of water"
"Ela deve banhá-lo em sete jarros de água"
"Then she must bathe him in seven jars of milk"
"Então ela deve banhá-lo em sete jarras de leite "
"Then she must apply the powder to his body"
"Então ela deve aplicar o pó no corpo dele"
"After this Prince Sobur will get well"
"Depois disso o Príncipe Sobur ficará bem"
"I have no doubts about this remedy"
"Não tenho dúvidas sobre este remédio"
The Bihangami saw a problem though.
Mas o Bihangami viu um problema.
"The princess is but a young girl"
"A princesa é apenas uma jovem"
"She cannot walk such a distance"
"Ela não pode andar uma distância tão grande"
"The journey would take her many days"
"A viagem levaria muitos dias"
"By that time the poor prince will have died"
"Nessa altura o pobre príncipe já terá morrido"
"I can," replied the Bihangama.
"Eu posso", respondeu o Bihangama.

"I will take the young lady on my back"
"Eu vou levar a moça nas costas"
"I will fly her to Prince Sobur's city"
"Eu a levarei para a cidade do Príncipe Sobur"
"If she takes no presents, I will fly her back"
"Se ela não aceitar presentes, eu a levarei de volta"
The merchant's daughter heard this conversation.
A filha do comerciante ouviu essa conversa.
She begged the Bihangama to take her on his back.
Ela implorou ao Bihangama que a carregasse nas costas.
And of course the bird willingly consented.
E é claro que o pássaro consentiu de bom grado.
First she gathered some of the bird's dung.
Primeiro ela coletou um pouco do esterco do pássaro.
And then she reduced the dung to fine powder.
E então ela reduziu o esterco a um pó fino.
She was armed with this potent medicine.
Ela estava armada com este remédio potente.
And she got on the back of the kind bird.
E ela subiu nas costas do pássaro gentil.

The Bihangama flew as fast as lightning.
O Bihangama voou tão rápido quanto um raio.
They soon reached Prince Sobur's city.
Eles logo chegaram à cidade do Príncipe Sobur.
The young Sannyasi went up to the palace.
O jovem Sannyasi subiu ao palácio.
And she spoke to the guards at the gate.
E ela falou com os guardas no portão.
"Send word to the king that I have a medicine"
"Mande dizer ao rei que tenho um remédio"
"This medicine will save the prince's life"
"Este remédio salvará a vida do príncipe"
"Within hours I will have cured the prince"
"Em poucas horas terei curado o príncipe"
The king had tried all the best doctors.
O rei tentou todos os melhores médicos.

But no doctor had been able to cure his son.

Mas nenhum médico conseguiu curar seu filho.

So he didn't believe the Sannyasi's words.

Então ele não acreditou nas palavras do Sannyasi.

But his councilors advised him otherwise.

Mas seus conselheiros o aconselharam o contrário.

The Sannyasi ordered for seven jars of water.

O Sannyasi pediu sete jarros de água.

And seven jars of milk were ordered.

E foram encomendadas sete talhas de leite.

He poured a jar of water on the prince.

Ele derramou um jarro de água sobre o príncipe.

And he poured a jar of milk on the prince.

E ele derramou um jarro de leite sobre o príncipe.

He had a feather from the divine bird.

Ele tinha uma pena do pássaro divino.

And he used the feather to apply the powder.

E ele usou a pena para aplicar o pó.

All of the prince's body was covered.

Todo o corpo do príncipe estava coberto.

This was repeated another six times.

Isso foi repetido outras seis vezes.

The last treatment did the magic.

O último tratamento fez a mágica.

The prince started to feel well again.

O príncipe começou a se sentir bem novamente.

The king was happier than words can describe.

O rei estava mais feliz do que palavras podem descrever.

"Give the Sannyasi the finest treasures"

"Dê ao Sannyasi os melhores tesouros"

But the Sannyasi refused to take presents.

Mas os Sannyasi se recusaram a aceitar presentes.

"Let me have the ring on the prince's finger"

"Deixe-me ficar com o anel no dedo do príncipe"

The king and the prince were happy.

O rei e o príncipe estavam felizes.

And they gave him what he wanted.

E deram-lhe o que ele queria.
The merchant's daughter hastened back.
A filha do comerciante voltou apressada.
The Bihangama was waiting at the sea-shore.
O Bihangama estava esperando na praia.
They reached the tree of the divine birds.
Eles chegaram à árvore dos pássaros divinos.
The young bride walked back to her palace.
A jovem noiva voltou para seu palácio.

The following day she shook the magical feather fan.
No dia seguinte, ela sacudiu o leque mágico de penas.
Just as before, her husband appeared.
Assim como antes, seu marido apareceu.
Of course he was happy to see his wife.
É claro que ele ficou feliz em ver sua esposa.
But he was infinitely surprised.
Mas ele ficou infinitamente surpreso.
She had his ring on her finger.
Ela tinha o anel dele no dedo.
His own wife was his doctor.
Sua própria esposa era sua médica.
It was his wife that had cured him!
Foi sua esposa que o curou!
The prince took his bride to his palace.
O príncipe levou sua noiva para seu palácio.
He forgave his sisters-in-law.
Ele perdoou suas cunhadas.
They lived happily for many years.
Eles viveram felizes por muitos anos.
And they were blessed with children.
E eles foram abençoados com filhos.

The Origins of Opium
As origens do ópio

Once upon on a time there lived a Rishi.
Era uma vez um Rishi.
He lived on the banks of the holy Ganges.
Ele vivia às margens do sagrado Ganges.
This Rishi was a very religious man.
Este Rishi era um homem muito religioso.
He spent his days performing religious rites.
Ele passava os dias realizando ritos religiosos.
From sunrise to sunset he sat on the river bank.
Do nascer ao pôr do sol, ele ficou sentado na margem do rio.
For the whole time he sat engaged in devotion.
Durante todo o tempo ele permaneceu sentado, engajado em devoção.
At night he took shelter in his hut.
À noite ele se abrigava em sua cabana.
His hut was made from palm-leaves.
Sua cabana era feita de folhas de palmeira.
The palms he had grown from saplings.
As palmeiras que ele havia cultivado a partir de mudas.
There was no one around for miles.
Não havia ninguém por perto por quilômetros.
However, in the hut there was a mouse.
Porém, na cabana havia um rato.
She lived from what the Rishi left for her.
Ela viveu do que o Rishi deixou para ela.
The Rishi was a kind-hearted man.
O Rishi era um homem de bom coração.
He would not hurt any living thing.
Ele não faria mal a nenhum ser vivo.
So our mouse never ran away from him.
Então nosso rato nunca fugiu dele.
In fact, our mouse went to him.
Na verdade, nosso rato foi até ele.
She touched his feet when he was sitting.

Ela tocou os pés dele quando ele estava sentado.
And she enjoyed playing with him.
E ela gostava de brincar com ele.
The Rishi also liked the little mouse.
O Rishi também gostou do ratinho.
So he wanted to be kind to her.
Então ele queria ser gentil com ela.
And he wanted someone to talk to.
E ele queria alguém para conversar.
So he gave her the power of speech.
Então ele lhe deu o poder da fala.

One night the mouse stood up.
Uma noite o rato se levantou.
She got onto her hind legs.
Ela ficou sobre as patas traseiras.
And she stood in front of the Rishi.
E ela ficou na frente do Rishi.
And she put her front paws together.
E ela juntou as patas dianteiras.
"Holy Sage, you have been kind to me"
"Santo Sábio, você foi gentil comigo"
"And you have given me human language"
"E me deste a linguagem humana"
"I hope it doesn't displease your reverence"
"Espero que isso não desagrade a Vossa Reverência"
"But I have one more boon to ask"
"Mas tenho mais uma bênção para pedir"
The Rishi listened to his mouse.
O Rishi ouviu seu rato.
"What is it?" asked the Rishi.
"O que é isso?" perguntou o Rishi.
"Say what you want, little mouse"
"Diga o que quiser, ratinho"
The mouse answered the Rishi.
O rato respondeu ao Rishi.
"By day your reverence goes to the river"

"De dia, sua reverência vai até o rio "
"And there you practice your devotions"
"E lá você pratica suas devoções"
"During this time a cat comes to the hut"
"Durante esse tempo, um gato chega à cabana"
"This cat has been trying to catch me"
"Este gato está tentando me pegar"
"She still has some fear of your reverence"
"Ela ainda tem algum medo de Vossa Reverência"
"Otherwise she would have eaten me long ago"
"Caso contrário, ela já teria me comido há muito tempo"
"But I fear the cat will eat me someday"
"Mas temo que o gato me coma um dia"
"So I have one prayer to ask of you"
"Então eu tenho uma oração para lhe pedir"
"Please may I be changed into a cat!"
"Por favor, que eu possa me transformar em um gato!"
"Then I would be a match for my foe"
"Então eu seria páreo para o meu inimigo"
The Rishi understood the mouse's plight.
O Rishi entendeu a situação do rato.
He threw some holy water on the mouse.
Ele jogou um pouco de água benta no rato.
And the mouse instantly turned into a cat.
E o rato imediatamente se transformou em um gato.

She had lived as a cat for some days.
Ela viveu como um gato por alguns dias.
One night she went to the Rishi again.
Uma noite ela foi até o Rishi novamente.
And the Rishi spoke to his pet.
E o Rishi falou com seu animal de estimação.
"Well, little kitty, how are you!"
"Bem, gatinha, como você está!"
"How do you like your present life!"
"Como você gosta da sua vida atual!"
The cat thought about what to say.

O gato pensou no que dizer.
But she didn't have to say anything.
Mas ela não precisava dizer nada.
The Rishi could tell by her expression.
O Rishi percebeu isso pela expressão dela.
"Why don't you like it?" asked the sage.
"Por que você não gosta?" perguntou o sábio.
"Are you not as strong as the other cats!"
"Você não é tão forte quanto os outros gatos!"
"Yes, I am strong enough," answered the cat.
"Sim, sou forte o suficiente", respondeu o gato.
"Your reverence has made me a strong cat"
"Sua reverência me tornou um gato forte"
"As strong as any cat in the world"
"Tão forte quanto qualquer gato do mundo"
"Now I do not fear cats anymore"
"Agora não tenho mais medo de gatos"
"But now I have got a new foe"
"Mas agora eu tenho um novo inimigo"
"By day your reverence goes to the river"
"De dia, sua reverência vai até o rio"
"During this time dogs come to the hut"
"Durante esse tempo os cães vêm à cabana"
"These dogs have been barking at me"
"Esses cães estão latindo para mim"
"And I have been frightened for my life"
"E eu fiquei com medo pela minha vida"
"So I have one more prayer to ask of you"
"Então eu tenho mais uma oração para pedir a você"
"Please may I be changed into a dog!"
"Por favor, que eu possa me transformar em um cachorro!"
The Rishi understood the cat's plight.
O Rishi entendeu a situação do gato.
He threw some holy water on the cat.
Ele jogou um pouco de água benta no gato.
And the cat instantly became a dog.
E o gato imediatamente se tornou um cachorro.

She lived as a dog for some days.
Ela viveu como um cachorro por alguns dias.
But one night she spoke to the Rishi.
Mas uma noite ela falou com o Rishi.
"I cannot thank your reverence enough"
"Não posso agradecer o suficiente a sua reverência"
"You have been most kind to me"
"Você foi muito gentil comigo"
"I was but a poor mouse"
"Eu era apenas um pobre rato"
"You not only gave me speech"
"Você não só me deu a fala"
"But you also turned me into a cat"
"Mas você também me transformou em um gato"
"And your kindness didn't end there"
"E a sua bondade não terminou aí"
"Then you changed me into a dog"
"Então você me transformou em um cachorro"
"As a dog, however, I suffer greatly"
"Como cão, porém, sofro muito"
"I do not get enough to eat"
"Não consigo comer o suficiente"
"My only food is what you leave me"
"Meu único alimento é o que você me deixa"
"That was fine when I was a mouse"
"Isso era bom quando eu era um rato "
"But you have made me much larger"
"Mas você me fez muito maior"
"And it is not enough to fill my mouth"
"E não é o suficiente para encher minha boca"
"OH your reverence, how I envy those monkeys"
"Oh, reverência, como invejo esses macacos"
"They jump about from tree to tree"
"Eles pulam de árvore em árvore"
"They eat all sorts of delicious fruits!"
"Eles comem todos os tipos de frutas deliciosas!"

"Please may reverence not get angry"
"Por favor, que a reverência não fique zangada"
"I pray to be changed into a monkey"
"Eu rezo para ser transformado em um macaco"
The sage was a very understanding man.
O sábio era um homem muito compreensivo.
His heart was filled with patience.
Seu coração estava cheio de paciência.
He was happy to grant his pet's wish.
Ele ficou feliz em realizar o desejo do seu animal de estimação.
He threw some holy water on the dog.
Ele jogou água benta no cachorro.
And the dog instantly became a monkey.
E o cachorro imediatamente se transformou em um macaco.

Our monkey was at first wild with joy.
Nosso macaco estava inicialmente muito feliz.
She leaped from one tree to another.
Ela saltou de uma árvore para outra.
She sucked every luscious fruit.
Ela chupou todas as frutas deliciosas.
But her joy was short-lived again.
Mas sua alegria durou pouco novamente.
Summer had brought with it its drought.
O verão trouxe consigo sua seca.
Monkeys find it hard to climb down.
Os macacos têm dificuldade para descer.
So she couldn't drink from the river.
Então ela não podia beber do rio.
She saw how the wild boars lived.
Ela viu como os javalis viviam.
All day they splashed in the water.
Eles brincavam na água o dia todo.
She envied their life now.
Ela invejava a vida deles agora.
"Oh how happy those wild boars are!"
"Oh, como esses javalis são felizes!"

"All day their bodies are cooled"
"Seus corpos ficam resfriados o dia todo"
"All day they are refreshed by water"
"Eles são refrescados pela água o dia todo"
"How I wish I were a wild boar"
"Como eu queria ser um javali"
That night she went to the Rishi.
Naquela noite ela foi até o Rishi.
She recounted her troubles to him.
Ela contou seus problemas para ele.
She told him all about the wild boars.
Ela lhe contou tudo sobre os javalis.
"Oh how pleasant their lives must be"
"Oh, quão agradáveis devem ser suas vidas"
And she begged to be changed again.
E ela implorou para ser transformada novamente.
"I pray to be changed into a wild boar"
"Rezo para ser transformado em um javali"
The sage's kindness knew no bounds.
A bondade do sábio não tinha limites.
and he complied with his pet's request.
e ele atendeu ao pedido do seu animal de estimação.
He threw some holy water on the monkey.
Ele jogou um pouco de água benta no macaco.
And the monkey instantly became a wild boar.
E o macaco imediatamente se transformou em um javali.

Our boar was now very content.
Nosso javali agora estava muito contente.
She kept her body soaking wet.
Ela manteve o corpo encharcado.
Every day she went to the river.
Todos os dias ela ia ao rio.
She splashed about in her favorite element.
Ela se divertiu em seu elemento favorito.
But life is not safe for wild boars.
Mas a vida não é segura para os javalis.

One day the king was out hunting.
Um dia o rei estava caçando.
He was riding on an adorned elephant.
Ele estava montado em um elefante adornado.
Only by luck did our wild boar escape.
Somente por sorte nosso javali escapou.
She thought a lot about her experience.
Ela pensou muito sobre sua experiência.
She dwelt on the dangers of her life.
Ela refletiu sobre os perigos de sua vida.
And she envied the stately elephant.
E ela invejou o majestoso elefante.
The elephant was more fortunate than her.
O elefante teve mais sorte que ela.
He got to carry the king on his back.
Ele conseguiu carregar o rei nas costas.
Now she longed to be an elephant.
Agora ela desejava ser um elefante.
And at night she besought the Rishi.
E à noite ela implorou ao Rishi.

Our elephant was roaming the wilderness.
Nosso elefante estava vagando pela natureza.
On her adventures she saw the king.
Em suas aventuras ela viu o rei.
Our elephant went towards the king's suite.
Nosso elefante foi em direção à suíte do rei.
She had every intention of being caught.
Ela tinha toda a intenção de ser pega.
The king saw the elephant from a distance.
O rei viu o elefante à distância.
He couldn't help but admire her beauty.
Ele não pôde deixar de admirar sua beleza.
He gave his orders to his servants.
Ele deu ordens aos seus servos.
"Catch and tame this elephant"
"Pegue e domestique este elefante"

Our elephant was easily caught.
Nosso elefante foi capturado facilmente.
She was taken into the royal stables.
Ela foi levada para os estábulos reais.
And she was tamed without any trouble.
E ela foi domesticada sem qualquer problema.

One day the queen had a wish.
Um dia a rainha teve um desejo.
She wished to go to the holy Ganges.
Ela desejava ir ao sagrado Ganges.
She wished to bathe in the holy waters.
Ela queria banhar-se nas águas sagradas.
The king wanted to accompany his wife.
O rei queria acompanhar sua esposa.
So he made his orders to his servants.
Então ele deu ordens aos seus servos.
"Bring us the newly caught elephant"
"Traga-nos o elefante recém-capturado"
The king and queen mounted on her back.
O rei e a rainha montaram em suas costas.
Our elephant had gotten her wish.
Nossa elefanta teve seu desejo realizado.
Well... she seemed to have gotten her wish.
Bem... parece que seu desejo foi realizado.
The king had mounted on her back.
O rei montou em suas costas.
But no, the elephant didn't get her wish.
Mas não, o desejo da elefanta não foi atendido.
She looked upon herself as a lordly beast.
Ela se considerava uma fera nobre.
She could not a woman riding on her back.
Ela não podia ver uma mulher montada em suas costas.
It wasn't enough that she was a queen.
Não bastava que ela fosse uma rainha.
She could not bear the idea of it.
Ela não suportava a ideia disso.

She felt she had been degraded.
Ela sentiu que tinha sido degradada.
She jumped up as violently as elephants can.
Ela pulou tão violentamente quanto os elefantes podem.
Both the king and queen fell to the ground.
Tanto o rei quanto a rainha caíram no chão.
The king carefully picked up the queen.
O rei pegou cuidadosamente a rainha.
He took the queen in his arms.
Ele tomou a rainha em seus braços.
He asked her whether she had been hurt.
Ele perguntou se ela havia se machucado.
He wiped off the dust from her clothes.
Ele limpou a poeira das roupas dela.
And he tenderly kissed her a hundred times.
E ele a beijou ternamente cem vezes.
Our elephant witnessed the king's caresses.
Nosso elefante testemunhou as carícias do rei.
And she scampered off to the woods.
E ela saiu correndo para a floresta.
She ran as fast as her legs could carry her.
Ela correu o mais rápido que suas pernas conseguiam.
As she ran, she thought within herself;
Enquanto corria, ela pensou consigo mesma;
"I have experienced many different lives"
"Eu experimentei muitas vidas diferentes"
"And I have experienced different happiness"
"E eu experimentei uma felicidade diferente"
"But those lives cannot be compared"
"Mas essas vidas não podem ser comparadas"
"A queen is the happiest creature of all"
"Uma rainha é a criatura mais feliz de todas"
"Of what infinite regard is she the object of!"
"De que infinita consideração ela é objeto!"
"The king lifted her off the ground"
"O rei a levantou do chão"
"And he carefully took her in his arms"

"E ele cuidadosamente a tomou em seus braços"
"He made many tender inquiries to her"
"Ele fez muitas perguntas carinhosas a ela"
"And he wiped off the dust from her clothes"
"E ele limpou o pó das roupas dela "
"And he kissed her a hundred times!"
"E ele a beijou cem vezes!"
"Oh, the happiness of being a queen!"
"Oh, a felicidade de ser uma rainha!"
"I must ask the Rishi to make me a queen!"
"Devo pedir ao Rishi que me faça uma rainha!"

The sun was just about to set.
O sol estava prestes a se pôr.
Our elephant made it back to the hut.
Nosso elefante voltou para a cabana.
The Rishi had just finished his devotions.
O Rishi tinha acabado de terminar suas devoções.
She fell on the ground at his feet.
Ela caiu no chão aos pés dele.
She was still the little mouse.
Ela ainda era a ratinha.
And he was still the holy sage.
E ele ainda era o sábio sagrado.
"What's the news?" inquired the Rishi.
"Quais são as novidades?" perguntou o Rishi.
"Why have you left the king's palace!"
"Por que você deixou o palácio do rei!"
Our elephant thought about her words.
Nossa elefanta pensou sobre suas palavras.
"What shall I say to your reverence!"
"O que direi à Vossa Reverência!"
"You have been very kind to me"
"Você foi muito gentil comigo"
"You have granted every wish of mine"
"Você concedeu todos os meus desejos"
"I was a mouse and you gave me speech"

"Eu era um rato e você me fez falar"
"But as a mouse my life was in danger"
"Mas como um rato minha vida estava em perigo"
"You saved me by turning me into a cat"
"Você me salvou me transformando em um gato"
"But as a cat my life was no safer"
"Mas como gato minha vida não era mais segura"
"And you helped me become a dog"
"E você me ajudou a virar um cachorro"
"But as a dog I had not enough to eat"
"Mas como cão eu não tinha o suficiente para comer"
"You provided for me again"
"Você cuidou de mim novamente"
"And you turned my into a monkey"
"E você me transformou em um macaco"
"I had all I could wish to eat"
"Eu comi tudo o que queria"
"But I had no way of cooling my body"
"Mas eu não tinha como resfriar meu corpo"
"You helped me with this too"
"Você me ajudou com isso também"
"And you turned me into a wild boar"
"E você me transformou em um javali"
"Wild boars have a comfortable life"
"Os javalis têm uma vida confortável"
"But they don't live without danger"
"Mas eles não vivem sem perigo"
"And again you protected me"
"E mais uma vez você me protegeu"
"And you turned me into an elephant"
"E você me transformou em um elefante"
"Being an elephant has increased my bulk"
"Ser um elefante aumentou meu volume"
"But being an elephant has not increased my happiness"
"Mas ser um elefante não aumentou minha felicidade"
"I have one more boon to ask of you"
"Tenho mais uma bênção para lhe pedir"

"It will be the last boon I ask for"
"Será a última dádiva que peço"
"I see now who the happiest creature is"
"Agora vejo quem é a criatura mais feliz"
"A queen is the happiest in the world"
"Uma rainha é a pessoa mais feliz do mundo"
"Holy father, please make me a queen"
"Santo padre, por favor, faça de mim uma rainha"
"Silly child," answered the Rishi.
"Criança tola", respondeu o Rishi.
"How can I make you a queen!"
"Como posso fazer de você uma rainha!"
"Where can I get a kingdom for you!"
"Onde posso conseguir um reino para você!"
"Where would I find a royal husband!"
"Onde eu encontraria um marido real!"
But the Rishi was still patient.
Mas o Rishi ainda era paciente.
"There is one thing I can do for you"
"Há uma coisa que posso fazer por você"
"I can change you into a beautiful girl"
"Eu posso te transformar em uma linda garota"
"You will be as beautiful as a queen"
"Você será tão linda quanto uma rainha"
"You will possess all the charms you need"
"Você possuirá todos os encantos que precisa"
"Your charms can captivate a prince's heart"
"Seus encantos podem cativar o coração de um príncipe"
"But you must wait for what the gods decide"
"Mas você deve esperar o que os deuses decidirem"
"They will grant you an interview"
"Eles vão te conceder uma entrevista "
"Tou will have your chance with a prince!"
"Você terá sua chance com um príncipe!"
Our elephant agreed to the change.
Nosso elefante concordou com a mudança.
The beast was transformed by the Rishi.

A besta foi transformada pelo Rishi.
And now she was a beautiful young lady.
E agora ela era uma linda jovem.
The holy sage named her Postomani.
O santo sábio a chamou de Postomani.
Her name meant 'the poppy-seed lady'.
Seu nome significava "a senhora da semente de papoula".

Postomani lived in the Rishi's hut.
Postomani morava na cabana do Rishi.
She spent her time tending the flowers.
Ela passou o tempo cuidando das flores.
And she watered the plants in the garden.
E ela regou as plantas no jardim.
One day she was sitting at the hut.
Um dia ela estava sentada na cabana.
The Rishi was at the holy Ganges.
O Rishi estava no sagrado Ganges.
A richly dressed man came towards the cottage.
Um homem ricamente vestido veio em direção à casa de campo.
She stood up to welcome the man.
Ela se levantou para dar as boas-vindas ao homem.
And she asked the stranger who he was.
E ela perguntou ao estranho quem ele era.
"What have you come for?" she asked.
"O que você veio fazer?" ela perguntou.
"I have been on a hunt"
"Eu estive em uma caçada"
"But we chased the deer in vain"
"Mas perseguimos os veados em vão"
"Now I am thirsty from the heat"
"Agora estou com sede por causa do calor"
"I thought that a Rishi lives here"
"Eu pensei que um Rishi morasse aqui"
"I had come to ask him for water"
"Eu vim pedir água a ele"

"But now I see you live here"
"Mas agora vejo que você mora aqui"
Postomani answered the stranger.
Postomani respondeu ao estranho.
"Look upon this hut as your own"
"Considere esta cabana como sua"
"I am sorry, but we are poor"
"Sinto muito, mas somos pobres"
"We cannot offer you any entertainment"
"Não podemos oferecer-lhe nenhum entretenimento"
"But let me make your visit comfortable"
"Mas deixe-me tornar sua visita confortável"
"Because, I believe you are a king"
"Porque eu acredito que você é um rei"
"If I am not mistaken," she added.
"Se não me engano", acrescentou.
The stranger smiled in recognition.
O estranho sorriu em reconhecimento.

Postomani then brought a pot of water.
Postomani então trouxe um pote de água.
She went to wash her royal guest's feet.
Ela foi lavar os pés de seu convidado real.
But the visitor did not let her do this.
Mas o visitante não a deixou fazer isso.
"Holy maid, do not touch my feet"
"Santa donzela, não toque em meus pés"
"I am only a Kshatriya," he confessed.
"Sou apenas um Kshatriya", ele confessou.
"And you are the daughter of a holy sage"
"E você é filha de um sábio sagrado"
"Noble sir;" Postomani begun to confess.
"Nobre senhor", Postomani começou a confessar.
"I am not the daughter of the Rishi"
"Eu não sou filha do Rishi"
"And am I not a Brahmani girl either"
"E eu também não sou uma garota Brahmani"

"There is no harm in me touching your feet"
"Não há mal nenhum em eu tocar seus pés"
"Besides, you are my guest"
"Além disso, você é meu convidado"
"And I am bound to wash your feet"
"E eu sou obrigado a lavar os seus pés"
"Forgive my impertinence," the king wished.
"Perdoe minha impertinência", desejou o rei.
"What caste do you belong to?" he asked.
"A que casta você pertence?" ele perguntou.
"I only know what the sage told me"
"Eu só sei o que o sábio me disse"
"I heard my parents were Kshatriyas"
"Ouvi dizer que meus pais eram Kshatriyas"
The stranger wanted to know more.
O estranho queria saber mais.
"May I ask whether your father was a king!"
"Posso perguntar se seu pai foi rei!"
"You have an uncommon beauty," he said.
"Você tem uma beleza incomum", disse ele.
"And you possess a stately demeanor"
"E você possui um comportamento imponente"
"These qualities cannot be worked for"
"Essas qualidades não podem ser trabalhadas"
"It shows that you were born a princess"
"Isso mostra que você nasceu princesa"
Postomani avoided answering the question.
Postomani evitou responder à pergunta.
Instead she went inside the hut.
Em vez disso, ela entrou na cabana.
She brought out a tray of delicious fruits.
Ela trouxe uma bandeja de frutas deliciosas.
And she set the fruits before the king.
E ela colocou os frutos diante do rei.
The king, however, did not touch the fruits.
O rei, porém, não tocou nas frutas.
He waited until his question was answered.

Ele esperou até que sua pergunta fosse respondida.
"I only know what the holy sage says"
"Eu só sei o que o santo sábio diz"
"He says that my father was a king"
"Ele diz que meu pai era um rei"
"But he was overcome in a battle"
"Mas ele foi vencido em uma batalha"
"So he, with my mother, fled into the woods"
"Então ele, com minha mãe, fugiu para a floresta"
"My poor father was eaten by a tiger"
"Meu pobre pai foi comido por um tigre"
"My mother closed her eyes as I opened mine"
"Minha mãe fechou os olhos enquanto eu abria os meus"
"There was a bee-hive on the tree"
"Havia uma colmeia na árvore"
"I lay at the foot of that tree"
"Eu deitei ao pé daquela árvore"
"Drops of honey fell into my mouth"
"Gotas de mel caíram na minha boca"
"The honey maintained the spark inside me"
"O mel manteve a centelha dentro de mim"
"And then the kind Rishi found me"
"E então o gentil Rishi me encontrou"
"The holy sage brought me into his hut"
"O santo sábio me trouxe para sua cabana"
"This is the simple story of this wretched girl"
"Esta é a história simples desta menina miserável"
"The girl who now stands before the king"
"A menina que agora está diante do rei"
"Call not yourself wretched," replied the king.
"Não te consideres miserável", respondeu o rei.
"You are the most beautiful of women"
"Você é a mais bela das mulheres"
"And you are the loveliest of women"
"E você é a mais adorável das mulheres"
"You would adorn the grandest palaces"
"Você adornaria os palácios mais grandiosos"

Postomani had gotten her interview.
Postomani conseguiu sua entrevista.
She fell in love with the king.
Ela se apaixonou pelo rei.
And the king fell in love with her.
E o rei se apaixonou por ela.
The Rishi joined them in marriage.
Os Rishi se casaram com eles.
Postomani became the king's favourite queen.
Postomani se tornou a rainha favorita do rei.
And the former queen was in disgrace.
E a antiga rainha caiu em desgraça.
But Postomani's happiness was short-lived.
Mas a felicidade de Postomani durou pouco.
One day as she was standing by a well.
Um dia ela estava perto de um poço.
She was overcome by a moment of giddiness.
Ela foi tomada por um momento de vertigem.
Fortune had her fall into the water.
A sorte a fez cair na água.
And she died in the water of the well.
E ela morreu na água do poço.
The Rishi then came to the king.
O Rishi então foi até o rei.
"O king, grieve not over the past"
"Ó rei, não se aflija pelo passado"
"What is fixed by fate must come to pass"
"O que é fixado pelo destino deve acontecer"
"The queen drowned in your well"
"A rainha se afogou em seu poço"
"But she was not of royal blood"
"Mas ela não era de sangue real"
"She was born to a family of mice"
"Ela nasceu em uma família de ratos"
"Each evening she came to my hut"
"Todas as noites ela vinha à minha cabana"

"And I gave her the power of speech"
"E eu dei a ela o poder da fala"
"With speech she could express her wishes"
"Com a fala ela podia expressar seus desejos"
"I changed her according to her wishes"
"Eu a transformei de acordo com seus desejos"
"As a mouse she feared the cat"
"Como um rato, ela temia o gato"
"And so I changed her into a cat"
"E então eu a transformei em uma gata"
"As a cat she feared the dogs"
"Como uma gata, ela tinha medo dos cães "
"And so I changed her into a dog"
"E então eu a transformei em um cachorro"
"As a dog she had not enough to eat"
"Como cadela, ela não tinha o suficiente para comer"
"And so I changed her into a monkey"
"E então eu a transformei em um macaco"
"As a monkey she couldn't bear the heat"
"Como um macaco, ela não suportava o calor"
"And so I changed her into a wild boar"
"E então eu a transformei em um javali"
"As a boar her life was not safe"
"Como javali sua vida não era segura"
"And so I changed her into an elephant"
"E então eu a transformei em um elefante"
"That was the elephant you caught"
"Esse foi o elefante que você pegou"
"But as an elephant she was not loved"
"Mas como elefante ela não era amada"
"And so I changed her one last time"
"E então eu a mudei uma última vez"
"I changed her into a beautiful girl"
"Eu a transformei em uma linda garota"
"That is the girl that you married"
"Essa é a garota com quem você se casou"
"And that is the girl that drowned"

"E essa é a menina que se afogou"
"Take into favor your former queen"
"Leve em consideração a sua antiga rainha"
"And don't worry for my daughter"
"E não se preocupe com a minha filha"
"I will make her name immortal"
"Eu tornarei seu nome imortal"
"Let her body remain in the well"
"Deixe o corpo dela ficar no poço"
"Fill the well up with earth"
"Encha o poço com terra"
"In her flesh there is a seed"
"Na sua carne há uma semente"
"From her bones a tree will grow"
"De seus ossos crescerá uma árvore"
"We will name this tree after her"
"Vamos dar o nome dela a esta árvore"
"The tree shall be called 'Posto'"
"A árvore será chamada 'Posto'"
"This means 'the Poppy tree'"
"Isso significa 'a árvore da papoula'"
"From this tree there will come a drug"
"Desta árvore sairá uma droga"
"This drug will be called opium"
"Essa droga vai se chamar ópio"
"Opium will be a powerful drug"
"O ópio será uma droga poderosa"
"People will consume opium in every epoch"
"As pessoas consumirão ópio em todas as épocas"
"Opium will either be swallowed or smoked"
"O ópio será engolido ou fumado"
"And opium will be a wonderful narcotic"
"E o ópio será um narcótico maravilhoso"
"Opium will be used till the end of time"
"O ópio será usado até o fim dos tempos"
"You will recognize the opium smoker"
"Você reconhecerá o fumante de ópio"

"He will have many different qualities"
"Ele terá muitas qualidades diferentes"
"One quality for each of the animals"
"Uma qualidade para cada um dos animais"
"The animals which Postomani had lived as"
"Os animais que Postomani viveu como"
"He will be mischievous, like a mouse"
"Ele será travesso, como um rato"
"He will be fond of milk, like a cat"
"Ele gostará de leite, como um gato"
"He will be quarrelsome, like a dog"
"Ele será briguento, como um cão"
"He will be filthy, like a monkey"
"Ele ficará imundo, como um macaco"
"He will be savage, like a boar"
"Ele será selvagem, como um javali"
"He will be confident, like an elephant"
"Ele estará confiante, como um elefante"
"And he will be high-tempered, like a queen"
"E ele será temperamental, como uma rainha"

Strike, but Listen First
Ataque, mas ouça primeiro

There was once a king who had three sons.
Era uma vez um rei que tinha três filhos.
His royal subjects came to him one day and said;
Seus súditos reais vieram até ele um dia e disseram;
"Oh incarnation of justice! hear our plea"
"Ó encarnação da justiça! Ouve a nossa súplica"
"The kingdom is infested with thieves and robbers"
"O reino está infestado de ladrões e assaltantes"
"Our property is not safe from their thievery"
"Nossa propriedade não está a salvo de seus roubos"
"We pray your majesty to catch hold of these thieves"
"Rogamos a Vossa Majestade que prenda esses ladrões"
"We beg you punish them to the full extent of the law"
"Imploramos que os punam com todo o rigor da lei"
The king said to his sons, "Oh, my sons, I am old"
O rei disse aos seus filhos: "Oh, meus filhos, estou velho"
"But you are all in the prime of manhood"
"Mas vocês estão todos no auge da masculinidade"
"How is it that my kingdom is full of thieves?"
"Como é que o meu reino está cheio de ladrões?"
"I look to you to catch hold of these thieves"
"Espero que você pegue esses ladrões"
The three princes then made up their minds.
Os três príncipes então se decidiram.
They were going to patrol the city every night.
Eles iriam patrulhar a cidade todas as noites.
They set up a watch out in the outskirts of the city.
Eles montaram uma patrulha nos arredores da cidade.
The early part of the night had arrived.
O início da noite havia chegado.
So the eldest prince took on his duties.
Então o príncipe mais velho assumiu seus deveres.
He rode upon his horse through the whole city.
Ele cavalgou por toda a cidade.

But did not see a single thief anywhere he looked.
Mas não viu um único ladrão em lugar nenhum.
He came back to the policing station.
Ele voltou para a delegacia de polícia.
The middle part of the night had arrived.
A meia-noite havia chegado.
So the second prince took on his duties.
Então o segundo príncipe assumiu suas funções.
And he too rode through every part of the city.
E ele também cavalgou por todas as partes da cidade.
But he did not see or hear of a single thief.
Mas ele não viu nem ouviu falar de um único ladrão.
He came also back to the policing station.
Ele também voltou para a delegacia de polícia.
The latter part of the night had arrived.
A última parte da noite havia chegado.
So the youngest prince took on his duties.
Então o príncipe mais jovem assumiu seus deveres.
He went near the gate of his father's palace.
Ele foi até o portão do palácio de seu pai.
There he saw a beautiful woman leaving the palace.
Lá ele viu uma linda mulher saindo do palácio.
The prince asked the woman, "who are you?"
O príncipe perguntou à mulher: "Quem é você?"
"Where are you going at this hour of the night?"
"Aonde você vai a essa hora da noite?"
The woman answered the young prince.
A mulher respondeu ao jovem príncipe.
"I am Rajlakshmi, the guardian deity of this palace"
"Eu sou Rajlakshmi, a divindade guardiã deste palácio"
"The king will be killed this night"
"O rei será morto esta noite"
"I am therefore not needed here"
"Portanto, não sou necessário aqui"
"And that is why I am going away"
"E é por isso que eu vou embora"
The prince did not know what to make of this message.

O príncipe não sabia o que fazer com esta mensagem.
After a moment's reflection he said to the goddess;
Depois de um momento de reflexão, ele disse à deusa;
"But, suppose the king is not killed tonight"
"Mas, suponha que o rei não seja morto esta noite"
"Have you any objection to return to the palace?"
"Você tem alguma objeção em retornar ao palácio?"
"I have no objection," replied the goddess.
"Não tenho objeções", respondeu a deusa.
The prince then begged the goddess to go back.
O príncipe então implorou à deusa que voltasse.
And he promised to do his best to protect the king.
E ele prometeu fazer o melhor para proteger o rei.
Then the goddess entered the palace again.
Então a deusa entrou novamente no palácio.
Within a moment she disappeared into the palace.
Num instante ela desapareceu no palácio.

The prince went straight into the palace too.
O príncipe também foi direto para o palácio.
And he went into the bedroom of his royal father.
E ele foi para o quarto de seu pai real.
There his father lay immersed in deep sleep.
Lá, seu pai jazia imerso em sono profundo.
The king had a second, younger wife.
O rei tinha uma segunda esposa, mais jovem.
This woman was the stepmother of our prince.
Esta mulher era a madrasta do nosso príncipe.
She was sleeping in another bed in the room.
Ela estava dormindo em outra cama no quarto.
There was a light that was burning dimly.
Havia uma luz que queimava fracamente.
But then the prince saw something that surprised him!
Mas então o príncipe viu algo que o surpreendeu!
A huge cobra going round and round the golden bedstead.
Uma cobra enorme circulando em volta da cama dourada.
The bedstead on which his father was sleeping.

A cama onde seu pai dormia.
The prince with his sword cut the serpent in two.
O príncipe com sua espada cortou a serpente em duas.
But he was not satisfied with killing the cobra.
Mas ele não ficou satisfeito em matar a cobra.
So he cut the cobra up into a hundred pieces.
Então ele cortou a cobra em cem pedaços.
And he put the pieces of the cobra inside a pan.
E ele colocou os pedaços da cobra dentro de uma panela.
But while cutting the cobra a misfortune happened.
Mas enquanto cortava a cobra aconteceu um infortúnio.
A drop of blood fell on the breast of his stepmother.
Uma gota de sangue caiu no peito de sua madrasta.
The prince was in great distress by what had happened.
O príncipe ficou muito angustiado com o que havia
acontecido.
"I have saved my father, but killed my stepmother"
"Eu salvei meu pai, mas matei minha madrasta"
How could he remove the drop of blood from her breast?
Como ele poderia remover a gota de sangue do seio dela?
He wrapped round his tongue a piece of cloth sevenfold.
Ele enrolou um pedaço de pano sete vezes em volta da língua.
And with the cloth he licked up the drop of blood.
E com o pano ele lambeu a gota de sangue.
But his stepmother's sleep was not so deep.
Mas o sono de sua madrasta não era tão profundo.
And in his attempt to save her he awoke her.
E na tentativa de salvá-la, ele a acordou.
When opening her eyes she saw it was her stepson.
Ao abrir os olhos ela viu que era seu enteado.
The young prince rushed out of the room.
O jovem príncipe saiu correndo da sala.
The queen, hated her stepson, the youngest prince.
A rainha odiava seu enteado, o príncipe mais novo.
And she had every intention to ruin his reputation.
E ela tinha toda a intenção de arruinar a reputação dele.
She called out to her husband, "My lord, my lord"

Ela gritou para o marido: "Meu senhor, meu senhor"
"Are you awake? are you awake? Rouse yourself up"
"Você está acordado? Você está acordado? Desperte!"
"Here is a nice piece of news for you"
"Aqui está uma boa notícia para você"
The king on awaking inquired what the matter was.
O rei, ao acordar, perguntou o que havia acontecido.
"What the matter is, my lord, let me tell you"
"O que aconteceu, meu senhor, deixe-me dizer-lhe"
"Your worthy son was just here in this room"
"Seu digno filho esteve aqui nesta sala"
"The youngest prince, of whom you speak so highly"
"O príncipe mais jovem, de quem você fala tão bem"
"I caught him in the act of touching my breast"
"Eu o peguei no ato de tocar meu peito"
"I don't doubt he came with wicked intents"
"Não duvido que ele tenha vindo com más intenções"
The king was horror-struck by what he heard.
O rei ficou horrorizado com o que ouviu.
The prince went back to where his brothers kept watch.
O príncipe voltou para onde seus irmãos estavam vigiando.
But he told them nothing of what had happened.
Mas ele não lhes contou nada do que havia acontecido.

Early in the morning the king called his eldest son.
De manhã cedo o rei chamou seu filho mais velho.
"I entrust my life and my honor to men"
"Confio minha vida e minha honra aos homens"
"But what if one of these men prove faithless?
"Mas e se um desses homens se mostrar infiel?
"How should such a man be punished?"
"Como um homem assim deveria ser punido?"
The eldest prince replied to his father, the king.
O príncipe mais velho respondeu ao seu pai, o rei.
"Doubtless such a man's head should be cut off"
"Sem dúvida, a cabeça de tal homem deveria ser cortada"
"But first you should establish the facts"

"Mas primeiro você deve estabelecer os fatos"
"You must see whether the man is really faithless"
"Você deve ver se o homem é realmente infiel"
"What do you mean?" inquired the king.
"O que você quer dizer?" perguntou o rei.
"Let your majesty be pleased to listen"
"Que Vossa Majestade tenha o prazer de ouvir"
Once upon on a time there lived a goldsmith.
Era uma vez um ourives.
This goldsmith had a son who had a wife.
Este ourives tinha um filho que tinha uma esposa.
His wife had the rare faculty of understanding beasts.
Sua esposa tinha a rara capacidade de entender os animais.
But she never told anyone about her uncommon gift.
Mas ela nunca contou a ninguém sobre seu dom incomum.
Not even her husband knew she could understand animals.
Nem mesmo seu marido sabia que ela conseguia entender os animais.
One night she was lying in bed beside her husband.
Uma noite ela estava deitada na cama ao lado do marido.
From the river by their house she heard a jackal howl.
Ela ouviu o uivo de um chacal vindo do rio, perto da casa deles.
"There goes a carcass floating on the river"
"Lá vai uma carcaça flutuando no rio"
"There's a diamond ring on the dead man's finger"
"Há um anel de diamante no dedo do morto"
"Will anyone take the ring and give me the corpse?"
"Alguém pegará o anel e me dará o cadáver?"
The woman understood the jackal's language.
A mulher entendeu a linguagem do chacal.
She got up from bed and went to the river-side.
Ela se levantou da cama e foi até a beira do rio.
The husband had not been in deep sleep.
O marido não estava em sono profundo.
So with his wife's movements he woke up too.

Então, com os movimentos de sua esposa, ele também acordou.
And he followed his wife to see where she went.
E ele seguiu sua esposa para ver onde ela ia.
But he kept his distance, so that he could observe her.
Mas ele manteve distância para poder observá-la.
The woman went into the water next to their house.
A mulher entrou na água ao lado da casa deles.
She tugged the floating corpse towards the shore.
Ela puxou o cadáver flutuante em direção à costa.
And she saw the diamond ring on the finger.
E ela viu o anel de diamante no dedo.
She was unable to loosen the ring with her hand.
Ela não conseguiu soltar o anel com a mão.
Because the fingers of the dead body had swelled.
Porque os dedos do cadáver estavam inchados.
So she bit off the finger with her teeth.
Então ela arrancou o dedo com os dentes.
And she put the dead body upon land, for the jackal.
E ela colocou o cadáver em terra, para o chacal.
Then she returned to bed, where her husband already was.
Então ela voltou para a cama, onde seu marido já estava.
The young goldsmith lay almost petrified with fear.
O jovem ourives ficou quase petrificado de medo.
He was convinced he was lying next to a Rakshasi.
Ele estava convencido de que estava deitado ao lado de uma Rakshasi.
He spent the rest of the night tossing in his bed.
Ele passou o resto da noite se revirando na cama.
And early in the morning spoke to his father.
E de manhã cedo falou com seu pai.
"The woman thou hast given me is not a real woman"
"A mulher que me deste não é uma mulher de verdade"
"The woman thou hast given me to wife is a Rakshasi"
"A mulher que me deste por esposa é uma Rakshasi"
"Last night I was lying in bed with her"
"Ontem à noite eu estava deitado na cama com ela"

"By the river I heard the howl of a jackal"
"À beira do rio ouvi o uivo de um chacal"
"My wife too, heard the howl of the jackal"
"Minha esposa também ouviu o uivo do chacal"
"Thinking I was asleep; she went towards the howl"
"Pensando que eu estava dormindo, ela foi em direção ao uivo"
"I was surprised to see her go out of bed alone"
"Fiquei surpreso ao vê-la sair da cama sozinha"
"Suspecting some sort of evil, I followed her outside"
"Suspeitando de algum tipo de mal, segui-a para fora"
"But she could not see that I had followed her"
"Mas ela não conseguia ver que eu a havia seguido"
"What did she do, do you think? O horror of horrors!"
"O que você acha que ela fez? Ó horror dos horrores!"
"From the stream she dragged a dead body out"
"Ela arrastou um cadáver do riacho"
"And what do you think she did with the dead body?"
"E o que você acha que ela fez com o cadáver?"
"She wasted no time devouring the dead man!"
"Ela não perdeu tempo devorando o morto!"
"All this I had the misfortune to see with my own eyes"
"Tudo isso eu tive o infortúnio de ver com meus próprios olhos"
"While she feasted on the carcass I went back to bed"
"Enquanto ela se banqueteava com a carcaça, voltei para a cama"
"In a few minutes she also returned to bed"
"Em poucos minutos ela também voltou para a cama"
"She bolted the door shut, and lay beside me"
"Ela trancou a porta e deitou-se ao meu lado"
"Oh my father, how can I live with a Rakshasi?"
"Oh meu pai, como posso viver com uma Rakshasi?"
"She will certainly kill me and eat me up one night"
"Ela certamente me matará e me comerá uma noite"
You can imagine the shock of the old goldsmith.
Você pode imaginar o choque do velho ourives.

Both father and son agreed about what should be done.
Tanto pai quanto filho concordaram sobre o que deveria ser feito.
The woman should be taken deep into the forest.
A mulher deve ser levada para o interior da floresta.
And she should be left for wild beasts to devoured.
E ela deveria ser deixada para ser devorada por feras selvagens.
Accordingly, the young goldsmith spoke to his wife.
Então, o jovem ourives falou com sua esposa.
"My dear love," he said to his wife.
"Meu querido amor", disse ele à esposa.
"You had better not cook much this morning"
"É melhor você não cozinhar muito esta manhã"
"Boil a little rice and burn a brinjal"
"Ferva um pouco de arroz e queime uma berinjela"
"Because today we are going to see your parents"
"Porque hoje vamos ver seus pais"
"Your mother and father are dying to see you"
"Sua mãe e seu pai estão morrendo de vontade de ver você"
The woman was full of joy at the unexpected news.
A mulher ficou cheia de alegria com a notícia inesperada.
She loved returning to her father's house.
Ela adorava voltar para a casa do pai.
And she finished the cooking in no time.
E ela terminou de cozinhar num piscar de olhos.
The husband and wife snatched a hasty breakfast.
O marido e a esposa tomaram um café da manhã apressado.
And soon after breakfast they started their journey.
E logo após o café da manhã eles começaram sua jornada.
The way to her father's house was through dense jungle.
O caminho para a casa de seu pai era através da selva densa.
It was the perfect place to abandon his wife.
Era o lugar perfeito para abandonar sua esposa.
She was bound to be eaten up by wild beasts there.
Ela estava fadada a ser devorada por feras selvagens ali.
But while they were walking the woman heard a snake.

Mas enquanto caminhavam, a mulher ouviu uma cobra.
"Oh passer-by, in yonder hole there is a frog"
"Ó passante, naquele buraco há um sapo"
"How thankful I would be if you caught the frog"
"Como eu ficaria grato se você pegasse o sapo"
"And the hole is full of gold and precious stones"
"E o buraco está cheio de ouro e pedras preciosas"
"Give me the frog, and take the treasure for yourself"
"Dê-me o sapo e leve o tesouro para você"
The woman forthwith went to the frog's hole.
A mulher foi imediatamente até a toca do sapo.
And she began digging the hole with a stick.
E ela começou a cavar o buraco com um pedaço de pau.
The young goldsmith was now quaking with fear.
O jovem ourives agora tremia de medo.
He thought his Rakshasi-wife was about to kill him.
Ele pensou que sua esposa Rakshasi estava prestes a matá-lo.
And then his wife called for him to help her.
E então sua esposa chamou-o para ajudá-la.
"Take all this gold and these precious stones"
"Pegue todo esse ouro e essas pedras preciosas"
The goldsmith did not understand her request.
O ourives não entendeu o pedido dela.
Timidly he went to where she had dug the hole.
Timidamente ele foi até onde ela havia cavado o buraco.
But he was infinitely surprised by what he saw.
Mas ele ficou infinitamente surpreso com o que viu.
The hole was full of gold and precious stones.
O buraco estava cheio de ouro e pedras preciosas.
"How did you know there was a treasure here?"
"Como você sabia que havia um tesouro aqui?"
And finally his wife told him of her gift.
E finalmente sua esposa lhe contou sobre seu dom.
"I can understand all the beasts in the forest"
"Eu posso entender todos os animais da floresta"
"Just over there, there is a snake coiled up"
"Ali tem uma cobra enrolada"

"She had told me there was a treasure here"
"Ela me disse que havia um tesouro aqui"
The husband now felt very blessed with his wife.
O marido agora se sentia muito abençoado com sua esposa.
"My love, it has gotten very late today"
"Meu amor, hoje já está muito tarde"
"I don't think we will reach your father's house"
"Não creio que chegaremos à casa do seu pai"
"Nightfall will catch us before we get there"
"O anoitecer nos pegará antes de chegarmos lá"
"If we stay we might be devoured by wild beasts"
"Se ficarmos, poderemos ser devorados por feras selvagens"
"I propose therefore that we both return home"
"Proponho, portanto, que ambos voltemos para casa"
You can imagine the wife's disappointment.
Você pode imaginar a decepção da esposa.
But she agreed with her husband's assessment.
Mas ela concordou com a avaliação do marido.
It took them a long time to reach home.
Demorou muito tempo para eles chegarem em casa.
They were laden with a large quantity of gold.
Eles estavam carregados com uma grande quantidade de
ouro.
And they were carrying many precious stones.
E eles carregavam muitas pedras preciosas.
But eventually the got close to their home.
Mas eventualmente eles chegaram perto de casa.
"My dear, go by the back door," said the goldsmith.
"Minha querida, vá pela porta dos fundos", disse o ourives.
"I will go by the front door and see my father"
"Eu vou pela porta da frente e verei meu pai"
"And I will show him all this treasure"
"E eu lhe mostrarei todo esse tesouro"
So she entered the house by the back door.
Então ela entrou na casa pela porta dos fundos.
But the old goldsmith had reason to be there too.
Mas o velho ourives também tinha motivos para estar lá.

He had gone there to collect a hammer.
Ele tinha ido lá para pegar um martelo.
The old goldsmith saw his Rakshasi daughter-in-law.
O velho ourives viu sua nora Rakshasi.
He concluded she had swallowed up his son.
Ele concluiu que ela havia engolido seu filho.
And he therefore struck her with the hammer.
E ele então a golpeou com o martelo.
The blow immediately killed his daughter-in-law.
O golpe matou imediatamente sua nora.
At that moment the son came into the house.
Naquele momento o filho entrou em casa.
But it was too late for him to explain.
Mas era tarde demais para ele explicar.
And so the eldest prince's story concluded.
E assim a história do príncipe mais velho terminou.
"You might have to cut a man's head off"
"Você pode ter que cortar a cabeça de um homem"
"But first you should establish the facts"
"Mas primeiro você deve estabelecer os fatos"
"You must see whether the man is really faithless"
"Você deve ver se o homem é realmente infiel"

The king then called his second son to him.
O rei então chamou seu segundo filho.
"I entrust my life and my honor to men"
"Confio a minha vida e a minha honra aos homens "
"But what if one of these men prove faithless?
"Mas e se um desses homens se mostrar infiel?
"How should such a man be punished?"
"Como um homem assim deveria ser punido?"
The second prince replied to his father, the king.
O segundo príncipe respondeu ao seu pai, o rei.
"Doubtless such a man's head should be cut off"
"Sem dúvida, a cabeça de tal homem deveria ser cortada"
"But first you should establish the facts"
"Mas primeiro você deve estabelecer os fatos"

"What do you mean?" inquired the king.

"O que você quer dizer?" perguntou o rei.

"Let your majesty be pleased to listen"

"Que Vossa Majestade tenha o prazer de ouvir"

Once upon a time there reigned a king.

Era uma vez um rei.

This king was very fond of going out hunting.

Este rei gostava muito de sair para caçar.

One day his horse took him into a dense forest.

Um dia seu cavalo o levou para uma floresta densa.

He went far from his followers, deep into the woods.

Ele foi para longe de seus seguidores, embrenhando-se nas profundezas da floresta.

He rode on and on through the endless, quiet forest.

Ele cavalgou sem parar pela floresta silenciosa e sem fim.

He saw neither villages nor towns, only trees.

Ele não viu nem vilas nem cidades, apenas árvores.

On the long, lonely journey he became very thirsty.

Na longa e solitária jornada ele ficou com muita sede.

He could see no pond, nor lake, nor stream.

Ele não conseguia ver nenhuma lagoa, nem lago, nem riacho.

But then he saw something dripping from a tree.

Mas então ele viu algo pingando de uma árvore.

He concluded it was rainwater resting in a cavity.

Ele concluiu que era água da chuva depositada em uma cavidade.

He stood on horseback beneath the tree, cup in hand.

Ele estava a cavalo, embaixo da árvore, com uma xícara na mão.

He caught the drops slowly dripping into the small cup.

Ele pegou as gotas pingando lentamente no pequeno copo.

The water, however, was not rain from the sky.

A água, porém, não era chuva do céu.

A huge cobra sat on top of the tall tree.

Uma enorme cobra estava pousada no topo de uma árvore alta.

The snake had struck the tree in rage with its sharp fangs.

A cobra atacou a árvore com raiva e suas presas afiadas.
The snake's poison came out and fell downward in heavy drops.
O veneno da cobra saiu e caiu em gotas pesadas.
The king thought the falling liquid was simple rainwater.
O rei pensou que o líquido que caía era simplesmente água da chuva.
The horse sensed the danger and tried to warn him.
O cavalo percebeu o perigo e tentou avisá-lo.
The cup was nearly filled with the deadly snake-poison.
O copo estava quase cheio do veneno mortal de cobra.
The king raised the cup and prepared to drink.
O rei levantou a taça e se preparou para beber.
But the horse moved wildly, with the king on its back.
Mas o cavalo se movia descontroladamente, com o rei em suas costas.
The cup fell from his hand, and the poison spilled.
O copo caiu de sua mão e o veneno se derramou.
The king became angry and struck the horse's neck.
O rei ficou furioso e bateu no pescoço do cavalo.
The blow from the sword immediately killed his horse.
O golpe da espada matou imediatamente seu cavalo.
And so the second prince's story concluded.
E assim a história do segundo príncipe terminou.
"You might have to cut a man's head off"
"Você pode ter que cortar a cabeça de um homem"
"But first you should establish the facts"
"Mas primeiro você deve estabelecer os fatos"
"You must see whether the man is really faithless"
"Você deve ver se o homem é realmente infiel"

The king then called to him his third youngest son.
O rei então chamou seu terceiro filho mais novo.
"I entrust my life and my honor to men"
"Confio minha vida e minha honra aos homens"
"But what if one of these men prove faithless?
"Mas e se um desses homens se mostrar infiel?

"How should such a man be punished?"
"Como um homem assim deveria ser punido?"
"Doubtless such a man's head should be cut off"
"Sem dúvida, a cabeça de tal homem deveria ser cortada"
"But first you should establish the facts"
"Mas primeiro você deve estabelecer os fatos"
"What do you mean?" inquired the king.
"O que você quer dizer?" perguntou o rei.
"Let your majesty be pleased to listen"
"Que Vossa Majestade tenha o prazer de ouvir"
Once long ago there reigned a wise and noble king.
Era uma vez, há muito tempo, um rei sábio e nobre.
In his palace he kept a bird of Suka species.
Em seu palácio ele mantinha um pássaro da espécie Suka.
One day the bird went out flying into the fields.
Um dia o pássaro saiu voando para os campos.
There he saw his father and mother calling from above.
Lá ele viu seu pai e sua mãe chamando lá de cima.
They asked him to come visit them in their nest.
Eles pediram que ele fosse visitá-los em seu ninho.
The nest was far away in a distant hidden land.
O ninho ficava muito longe, numa terra distante e escondida.
The Suka said, "I'll come if I get king's leave"
O Suka disse: "Eu irei se tiver permissão do rei"
"I'll speak to the king today and return tomorrow"
"Falarei com o rei hoje e retornarei amanhã"
"Please wait at this same spot in the morning"
"Por favor, espere neste mesmo local pela manhã"
That very day, Suka spoke with the gentle, kind king.
Naquele mesmo dia, Suka falou com o gentil e bondoso rei.
The king gave permission for the bird to leave.
O rei deu permissão para o pássaro partir.
Although he was sad to part with his bird.
Embora ele estivesse triste por se separar de seu pássaro.
The next morning, Suka met his parents again.
Na manhã seguinte, Suka encontrou seus pais novamente.
He flew with them to their nest on a tall tree.

Ele voou com eles para o ninho em uma árvore alta.

The three birds lived together happily in peaceful joy.

Os três pássaros viviam juntos, felizes e em paz.

They stayed like this for a fortnight of lovely days.

Eles ficaram assim por quinze dias adoráveis.

But even those quiet and pleasant days had to end.

Mas mesmo aqueles dias tranquilos e agradáveis tiveram que acabar.

Suka said, "Beloved parents, the king gave me two weeks"

Suka disse: "Amados pais, o rei me deu duas semanas"

"That time is now over, so I must return tomorrow"

"Esse tempo acabou, então devo retornar amanhã"

His father and mother agreed and blessed his decision.

Seu pai e sua mãe concordaram e abençoaram sua decisão.

They told him to carry a gift for the king.

Disseram-lhe para levar um presente para o rei.

After some talk, they chose some fruit as a gift.

Depois de alguma conversa, eles escolheram algumas frutas para presente.

The fruit had grown from the Immortality Tree.

O fruto cresceu da Árvore da Imortalidade.

Early the next morning, Suka went to the tree.

Na manhã seguinte, Suka foi até a árvore.

And he plucked a magical glowing fruit.

E ele colheu uma fruta mágica e brilhante.

He held the fruit gently in his beak, full of care.

Ele segurou a fruta delicadamente em seu bico, cheio de cuidado.

The fruit was heavy and slowed his swift flying pace.

A fruta era pesada e diminuiu seu ritmo de voo rápido.

He could not reach the city before night arrived.

Ele não conseguiu chegar à cidade antes da noite chegar.

Suka stopped to rest in a tree along the way.

Suka parou para descansar em uma árvore ao longo do caminho.

He feared the fruit might drop while he slept.

Ele temia que a fruta caísse enquanto ele dormia.

If he kept the fruit in his beak, it could fall.
Se ele mantivesse a fruta no bico, ela poderia cair.
But he saw a hole in the trunk of the tree.
Mas ele viu um buraco no tronco da árvore.
He placed the fruit safely inside the dark tree.
Ele colocou a fruta em segurança dentro da árvore escura.
But inside the hole, there lived a poisonous black snake.
Mas dentro do buraco vivia uma cobra preta venenosa.
In the night, the snake bit the fruit with venom.
À noite, a cobra mordeu a fruta com veneno.
And the fruit became smeared with deadly poison.
E a fruta ficou manchada com veneno mortal.
At dawn Suka took the fruit back in his beak.
Ao amanhecer, Suka pegou a fruta de volta no bico.
He flew again on his journey to the king's palace.
Ele voou novamente em sua jornada ao palácio do rei.
As he reached the palace the king was sitting with ministers.
Quando chegou ao palácio, o rei estava sentado com
ministros.
The king was overjoyed to see Suka return once more.
O rei ficou muito feliz ao ver Suka retornar mais uma vez.
He greatly admired the beautiful, shining fruit gift.
Ele admirou muito o lindo e brilhante presente de frutas.
The fruit was lovely to look at and admire.
A fruta era linda de se ver e admirar.
It was the finest fruit found across the earth.
Era a melhor fruta encontrada na Terra.
And anyone who ate the fruit was granted immortality.
E qualquer um que comesse do fruto recebia a imortalidade.
The king was about to eat the beautiful fruit.
O rei estava prestes a comer a bela fruta.
But his ministers warned him the fruit might be poisoned"
Mas seus ministros o avisaram que a fruta poderia estar
envenenada"
"It would be better to test the fruit before you eat it"
"Seria melhor testar a fruta antes de comê-la"
He threw the fruit to a crow sitting on the wall.

Ele jogou a fruta para um corvo sentado no muro.
The crow ate from the fruit, and dropped dead instantly.
O corvo comeu a fruta e caiu morto instantaneamente.
The king, thinking Suka tried to kill him, grew furious.
O rei, pensando que Suka tentou matá-lo, ficou furioso.
He seized the bird and killed him with his bare hands.
Ele agarrou o pássaro e o matou com as próprias mãos.
He ordered the seed to be planted outside the city.
Ele ordenou que a semente fosse plantada fora da cidade.
The seed became a tree with the same glowing fruit.
A semente se tornou uma árvore com o mesmo fruto brilhante.
The king feared the fruit would bring more death.
O rei temia que a fruta trouxesse mais mortes.
So he had the tree fenced off and guarded.
Então ele mandou cercar e guardar a árvore.

There lived in that city an old, poor Brahman man.
Naquela cidade vivia um velho e pobre brâmane.
He and his wife survived only on the town's charity.
Ele e sua esposa sobreviveram apenas com a caridade da
cidade.
One day the Brahman mourned his long, miserable, life.
Um dia, o brâmane lamentou sua longa e miserável vida.
He said, "Instead of begging, I will eat poison fruit."
Ele disse: "Em vez de implorar, comerei frutas envenenadas".
"I'll end my life beneath that deadly tree in silence."
"Acabarei com minha vida em silêncio, embaixo daquela
árvore mortal."
That very night, he rose quietly and left his home.
Naquela mesma noite, ele se levantou silenciosamente e saiu
de casa.
His wife suspected and followed behind in silence.
Sua esposa suspeitou e seguiu atrás em silêncio.
She had decided to die too, alongside her sad husband.
Ela também decidiu morrer, ao lado do seu triste marido.
She loved him deeply and didn't wish to stay behind.
Ela o amava profundamente e não queria ficar para trás.

The palace guard was asleep that night, unaware of visitors.
A guarda do palácio estava dormindo naquela noite, sem saber da presença de visitantes.
The Brahman reached the garden and plucked a hanging fruit.
O brâmane chegou ao jardim e colheu uma fruta pendurada.
He looked at it once and ate the entire fruit.
Ele olhou para ela uma vez e comeu a fruta inteira.
His wife cried, "If you die, my life becomes nothing"
Sua esposa gritou: "Se você morrer, minha vida não se tornará nada".
"I will also eat and die here with you now"
"Eu também comerei e morrerei aqui com você agora"
So saying she plucked a fruit and ate it.
Dito isso, ela colheu uma fruta e a comeu.
They thought the poison would act slowly through the night.
Eles achavam que o veneno agiria lentamente durante a noite.
So they both went home and quietly lay down in bed.
Então ambos foram para casa e deitaram-se calmamente na cama.
They believed they would never again rise from sleep.
Eles acreditavam que nunca mais acordariam.
To their surprise, they woke up feeling full of life.
Para sua surpresa, eles acordaram se sentindo cheios de vida.
Not only were they alive, but they were young again.
Eles não apenas estavam vivos, mas também eram jovens novamente.
And they were strong and had new found energy.
E eles eram fortes e tinham uma nova energia.
Neighbors hardly recognized them, so changed they looked.
Os vizinhos mal os reconheceram, tão mudados eles pareciam.
The old Brahman was now handsome and full of youth.
O velho brâmane agora era bonito e cheio de juventude.
His grey hair vanished, and had colour again.
Seus cabelos grisalhos desapareceram e voltaram a ter cor.
His wrinkled cheeks turned smooth, and his skin shone.

Suas bochechas enrugadas ficaram lisas e sua pele brilhava.
And as for his wife, she became extremely beautiful.
E quanto à sua esposa, ela se tornou extremamente bela.
She looked as beautiful as any lady of the kingdom.
Ela parecia tão bonita quanto qualquer dama do reino.
The king heard of their miraculous transformation.
O rei ouviu falar da transformação milagrosa deles.
He asked his guards to send the Brahman to him.
Ele pediu aos seus guardas que enviassem o Brahman até ele.
And he asked the Brahman the source of his youth.
E ele perguntou ao brâmane a fonte de sua juventude.
The Brahman told the king every detail of the story.
O brâmane contou ao rei cada detalhe da história.
The king then wept for his poor, loyal pet bird.
O rei então chorou por seu pobre e leal pássaro de estimação.
He deeply regretted killing his faithful bird.
Ele se arrependeu profundamente de ter matado seu fiel
pássaro.
And he wished he had known the bird's loyalty.
E ele desejou ter conhecido a lealdade do pássaro.
And so the second prince's story concluded.
E assim a história do segundo príncipe terminou.
"You might have to cut a man's head off"
"Você pode ter que cortar a cabeça de um homem"
"But first you should establish the facts"
"Mas primeiro você deve estabelecer os fatos"
"You must see whether the man is really faithless"
"Você deve ver se o homem é realmente infiel"
"I know Your Majesty suspects me of evil last night"
"Eu sei que Vossa Majestade suspeita que eu fiz algo errado
ontem à noite"
"Please allow me to explain myself before punishing me"
"Por favor, permita-me explicar-me antes de me punir"
"While making rounds I saw a woman leave the palace"
"Enquanto fazia a ronda, vi uma mulher sair do palácio"
"I stopped her, and she said her name was Rajlakshmi"
"Eu a parei e ela disse que seu nome era Rajlakshmi"

"She claimed to be the guardian deity of the palace"
"Ela afirmava ser a divindade guardiã do palácio"
"She said she was leaving because death was near"
"Ela disse que estava indo embora porque a morte estava próxima"
"The king," she said, "would be killed later that night"
"O rei", disse ela, "seria morto mais tarde naquela noite".
"I begged her to go back into the palace"
"Eu implorei para que ela voltasse para o palácio"
"And I promised to do my best to protect you."
"E eu prometi fazer o meu melhor para proteger você."
"I ran quickly into Your Majesty's chamber without delay."
"Corri rapidamente para os aposentos de Vossa Majestade, sem demora."
"There I saw a cobra circling your golden bedstead."
"Lá vi uma cobra circulando sua cama dourada."
"I fought the snake and killed it with my blade."
"Lutei contra a cobra e a matei com minha lâmina."
"I chopped the body into many exactly one hundred pieces."
"Cortei o corpo em exatamente cem pedaços."
"I placed those pieces inside the pan for proof."
"Coloquei esses pedaços dentro da panela como prova."
"But something occurred as I was cutting up the snake."
" Mas algo aconteceu enquanto eu estava cortando a cobra."
"A drop of blood fell onto the breast of your wife."
"Uma gota de sangue caiu no peito de sua esposa."
"I feared I had saved my father, but killed my stepmother."
"Eu temia ter salvado meu pai, mas matado minha madrasta."
"I wrapped my tongue tightly with cloth seven times."
"Enrolei minha língua firmemente com um pano sete vezes."
"Then I licked up the drop of venomous blood."
"Então lambi a gota de sangue venenoso."
"While I was licking the blood, my stepmother awoke."
"Enquanto eu lambia o sangue, minha madrasta acordou."
"She saw me and opened her eyes with confusion."
"Ela me viu e abriu os olhos, confusa."
"This is the truth of what I did last night."

"Essa é a verdade do que fiz ontem à noite."
"If Your Majesty commands, then cut off my head now."
"Se Vossa Majestade ordenar, corte minha cabeça agora."
The king, full of love and joy, embraced his son.
O rei, cheio de amor e alegria, abraçou seu filho.
From that moment, he loved him more than ever before.
A partir daquele momento, ele o amou mais do que nunca.